万卷楼
国学经典
修订版

汲取先贤智慧
铺就成功阶梯

万卷楼

万卷楼国学经典 · 修订版

人间词话

［清］王国维 著 夏华 等 编译 陈丽平 修订

北方联合出版传媒（集团）股份有限公司
万卷出版有限责任公司
2023年 · 沈阳

图书在版编目（CIP）数据

人间词话 / 王国维著；夏华等编译；陈丽平修订
. 一 沈阳：万卷出版有限责任公司，2023.5
（万卷楼国学经典：修订版）
ISBN 978-7-5470-6221-0

Ⅰ. ①人… Ⅱ. ①王… ②夏… ③陈… Ⅲ. ①词话
（文学）— 中国 — 近代 Ⅳ. ①I207.23

中国国家版本馆CIP数据核字（2023）第041469号

出 品 人：王维良
出版发行：北方联合出版传媒（集团）股份有限公司
　　　　　万卷出版有限责任公司
　　　　　（地址：沈阳市和平区十一纬路 29 号 邮编：110003）
印 刷 者：辽宁新华印务有限公司
经 销 者：全国新华书店
幅面尺寸：170mm×240mm
字　　数：340 千字
印　　张：20.5
出版时间：2023 年 5 月第 1 版
印刷时间：2023 年 5 月第 1 次印刷
责任编辑：张洋洋
装帧设计：徐春迎
责任校对：张 莹
ISBN 978-7-5470-6221-0
定　　价：58.00 元
联系电话：024-23284090
邮购热线：024-23284050

出版说明

"读万卷书，行万里路"这是中国古人"修身"的两条基本途径。晋代著名史学家陈寿给自己的书斋命名为"万卷楼"，此后，历代以"万卷楼"命名的书斋，由宋至清有数十家：宋代有方略、石待旦等；元代有陈杰、汪惟正等；明代有项笃寿、杨仪、范钦等；清代有孙承泽、黄彭年等。可见，"读万卷书"的理想在中国传统知识分子中是何等的根深蒂固。

读"万卷书"不仅是古人的理想，当我们懂得了读书的意义，都会自然而然地产生强烈的"博览群书"的愿望。然而，人类历史悠久，书籍浩如汪洋大海，时代发展到今天，科技与经济的发展更使得人类的精神领域空前丰富，获取信息与知识的途径不断增加。"万卷书"早已不再是一个象征性的概念，如何从这"万卷"之中，找到最值得细细品读的作品，已经成为人们必须解决的问题。

爱因斯坦曾说过："在阅读的书中找出可以把自己引到深处的东西，把其他一切统统抛掉。"这正是在阐述读书时选择的重要性。而他所说的把我们"引到深处的东西"无疑就是我们所需要深度阅读的作品，也就是我们常说的经典作品。

卡尔维诺对经典作出的定义之一是：经典就是我们正在重读的。的确，在对经典作品反反复复的品味中，人们思想得到了升华，从浅薄走向思考，最后走到通达。我们都曾有这样的感触，面对海量的书籍和信息，一方面，人们在向着功利性浅阅读大张其道，另一方面，我们的精神深处又在不断地呼唤能够滋养自己内心的深度阅读。因此，经典的价值不仅没有因为浅阅读时代的到来而有所损失，反而更显示出其珍贵来。

在惜字如金的中国传统典籍当中，从来不乏这种需要反复品味的经典。从先秦诸子到历代的经史子集，这些经典为一代代的中国人提供了取之不尽的精神滋养，为中华文化的传承和发展建立了基础。我们把这种包蕴中国文化的学问称为国学。国学的范围非常广泛，它包含了文学、历史、哲学、艺术、语言、音韵等在内的一系列内容。

包罗万象的国学经典为我们提供了广泛的教育。阅读国学经典，也就是在与我们的"先圣先贤"对话和交流，一步步地摸进我们的历史和传统。这个过程可以让我们领会先贤的旨趣，把握他们的神髓，形成恢宏的历史意识，可以让我们通晓文义、熟习经史、通彻学问，让我们成为博学之士。另一方面，国学经典所代表的传统学问，更是具有极为厚重的伦理色彩。阅读国学经典的过程，不仅是增进知识的过程，而且是一个熏陶气质、改善性情、提高涵养的过程，这个过程在潜移默化中培养着行谊谨厚、品行端方、敦品励行的谦谦君子。

当然，随着时代的发展，国学早已不再是人们追求事功的唯一法典，我们也不赞成对国学的功能无限夸大。但毫无疑问，阅读国学经典，必能促进我们对真、善、美的崇敬之心，唤起我们对伟大、深邃、美好事物的敏感和惊奇，同时也让我们了解到先贤们在探寻知识过程中思考的重大课题和运用的基本原则。这些作品体现着我们民族精神的精髓，如《周易》所阐述的"自强不息"的君子人格，《论语》所强调的"和而不同"的包容精神，《诗经》所培养的温柔敦厚的情感，《道德经》所闪耀的思辨智慧，等等，它们共同构筑了中华民族传统的精神范式。品读先贤留下的经典，恰如与他们进行一次次心灵的直接触碰，进而去审视我们自己的内心，见贤思齐，激浊扬清。

正是基于对国学经典的这种认识，我们精选了这套《万卷楼国学经典》系列丛书，以期引导步履匆匆的现代人走近国学经典、了解国学经典。在选编过程中，我们希望能够体现这样一些特点。

首先，我们希望这套丛书能够最具代表性。在选目中，我们注重于最经典、最根源的作品，在有限的时间内，把那些最具影响力，最应该知道的作品提交给读者。四书五经、先秦诸子、唐诗宋词等这些具有符号意义的作品无疑是最应该为我们所熟知的，因此，丛书所选的30种作品都是这些经典中的经典。

其次，我们希望能够做出好读的经典。在面对国学作品时，佶屈的文言和生僻的字词常让普通读者望而却步。所以，我们试图用简洁易懂的形式呈现经典，使读者可随时随地以自己的时间、自己的速度来进入阅读。因此，我们为原著精心添加了注音、注释和译文，使读者能够真正地"无障碍阅读"。同时，我们还邀请北京大学、南京大学、复旦大学等知名学府的古代文学方面专家对丛书进行了整体修订，对原文字句及标点进行核准，适当增删注释条目、校订注释内容，对白话翻译做进一步校订疏通，使图书内容臻于完善，整体品质得到了大幅度提升。作为一名读者，也许你会常常感慨，以前没有花更多的时间去读更多的经典，如今没有机会或能力来细读，但实际上，读经典什么时间开始都不算晚，"万卷楼"就是一个极好的途径。重读或是初读这些经典，一样可以塑造我们未来的生活。

第三，我们希望呈现一套富有美感的读物。对于经典而言，内容的意义永远排在第一位，但同时，我们也希望有精彩的形式与内容相匹配，因而，我们在编辑过程中选取了大量的古代优秀版画作为本书的插图，对图片的说明也做了精心设计。此外，图书的编排、版式等细节设计都凝聚了我们大量的思索。我们希望这套经典不只是精神的食粮，拥有文本意义上的价值，更能带来无限美感，成为诗意的渊薮。

"经典作品是这样一些书，我们越是道听途说，以为我们懂了，当我们实际读它们，我们就越是觉得它们独特、意想不到和新颖。"卡尔维诺经典的评论让人击节叹赏，我们也希望这套丛书能够彰显经典的价值，使读者在细细品读中真正融化经典，真正做到"开茅塞、除鄙见、得新知、增学问、广识见"。同时，经典又是可以被享受的。当我们走进经典之时，不能只作为被动的接受者，也可用个人自我的方式进入经典，做精神的逍遥之游，对经典作品进行贴近个体生命的诠释和阅读，在现实社会之中营造自由的人生意境和精神家园，获取一种诗意盎然的人生。

怎样阅读本书

原文： 根据权威版本，精心核校，确保准确性。

词解： 准确解读大师评论含义。

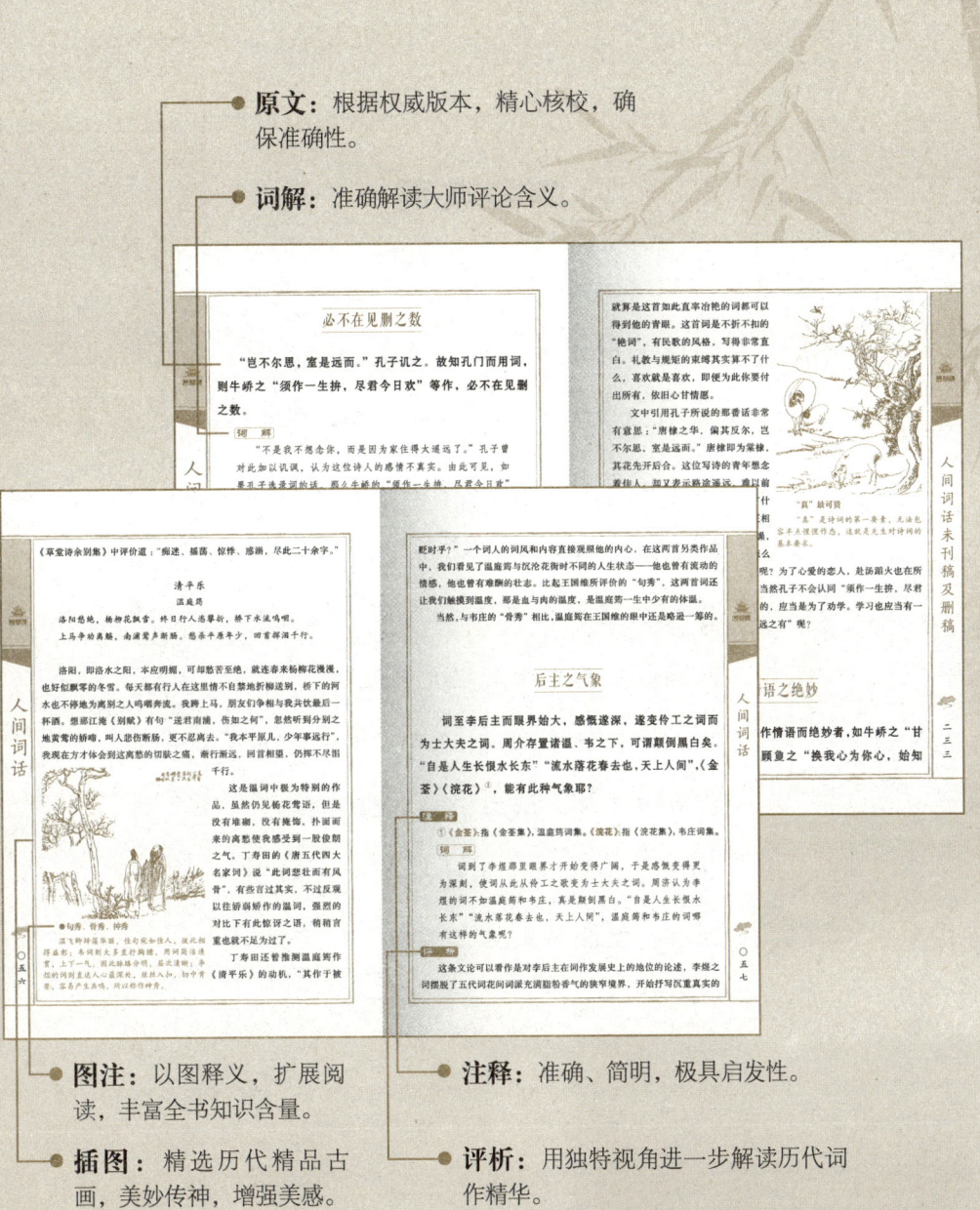

图注： 以图释义，扩展阅读，丰富全书知识含量。

插图： 精选历代精品古画，美妙传神，增强美感。

注释： 准确、简明，极具启发性。

评析： 用独特视角进一步解读历代词作精华。

内容概要

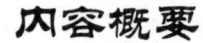

　　《人间词话》是近代国学大家王国维的代表作。他以传统词话的形式，汇集西方哲学、文学和美学思想，对中国传统文学进行了精彩而独到的点评。全书以"境界"说为核心，立论精辟、自成体系，在中国文学批评史上具有举足轻重的地位。

　　为了便于读者阅读，本书对原作进行了精心加工，配以注释、词解、评析，并辅以精美的插图和生僻字注音，使全书更具时代感

目 录

人间词话

今天我们看到的《人间词话》并不是当年王国维发表的原貌。王国维最早的手稿当中总共辑录了一百二十五条词话，而他在一九〇八年到一九〇九年间，分三次公开发表的《人间词话》只是其中的六十三条，另外还增补了一条来作为第六十四条加入到通行本中。这六十四条词话是以唐宋时代的经典词作为骨架，融合了中西方的多个审美视角，从「境界」说开端，构建出独树一帜的美学体系。《人间词话》发表之后，不但震动了整个中国学界，也震撼了全世界，它被誉为二十世纪领先于国际学术界的伟大学术成就。在这里，你能够看出一位晚清文人，在国破山河在的萧瑟当中，以笔墨雕梁画栋，构建伟大的文学殿堂，向全世界展示着中华民族不朽的文化瑰宝。王国维《人间词话》本无标题，本书各标题为编者所加。

词中"境界"最美

词以境界为最上。有境界则自成高格，自有名句。五代、北宋之词所以独绝者在此。

词 解

词以境界为最高的审美标准，词有了境界就会自然而然地形成高绝的格调，自然会由此产生绝妙的佳句。五代与北宋的词之所以最为绝妙就在于此。

评 析

文学之美悄然流传在不同的时代、不同的地域，被那时、那地的"主人"装扮成不同的风景。在这个"美的历程"中，"美"呈现出丰富多彩的姿态。到了王国维的眼里，它又是怎样的存在呢？

本书一开篇就把为词之美定在了"境界"二字上。

关于"境"的论断早在《庄子·齐物论》中就见诸笔端。自唐代以来，"境"与"景"互通，本是对景物的客观描绘，佛家将"境界"赋予了"自家势力所及之境土"的含义，犹指个人精神或感受能力之所及的境地，将这个词带入了富有人文色彩的精神世界。

这表明"境界"是主客观合一的产物。一个人的精神层次是影响其对自然事物把握的重要因素，渗透着人格修养和情志追求。

其实，"境界"并不是一个完全独创的概念，它脱胎于传统的"意境"论之中。意境论的全面形成要追溯到唐代以后。王国维早在《人间词》中就进一步肯定了"意境"为五代、北宋词之所长。但是，时隔一年后刊行《人间词话》，他又为何会提出"境界"之说呢？

后人常将"境界"与"意境"等同，但细细品来却不然。从现代文艺学观点来看，"境界"要比"意境"宽泛得多。"意境"专指作品中勾勒出的情景交融、跃然纸上的生动形象和延伸出的审美想象空间，它仅局限于文学客体的字面表达；"境界"则从字面托出，将审美的标准扩展到文学主体，即对作者的思想和情操的审视。

●有境界才有高度

五代、北宋之词意境优美而深远，纯以技巧来看，后世或有发展，但从"境界"来看，后世词人尤其是南宋以后的词人是无法企及的。北宋后又有谁能唱出"大江东去"的豪情，又有谁可以写出"自在飞花轻似梦，无边丝雨细如愁"的深切婉转，还有谁能吟出似"对潇潇暮雨洒江天，一番洗清秋"的盛景呢？

先生在《人间词话选》中对本句有展开式的补充，他认为，用"气格""神韵"塑造作品的意蕴，这是"末"，而"境界"才是为文的根本，"境界具，而二者随之矣"。内心真挚、境界超逸的人，就算朴实的只言片语，也能点透灵犀，使人们眼前浮现真切的情景，传达美的奥义，达到意境的极致，这自然可以构建作品的高妙格调，而历史对美的宠爱又怎能不让这样的佳作万古流芳呢？想那从禅宗流传而出的会心之语，虽无华辞丽藻，却有醍醐灌顶的畅然——这也是一首美词欲企及的水准啊！

这种审美视角的转换，实际上渗透着先生对特定历史环境下文人风气的感召。

明清时期的文学转向了以小说、戏曲为代表的市民文艺，将世俗人情纳入创作对象的范围。到了晚清，社会动荡、思潮涌动，在新旧变革的冲击下，究竟如何为文已经混沌不清。在先生看来，当时的文化界已经人心不古，他认为，为文不仅要在文辞的摹状貌中有清晰、生动的表达，更要坚持古人的

人间词话

节操与格调，体现为文者的精神魅力，而不是一味地媚俗。

在此，"境界"已经不仅是一种对诗词的审美标准，它更随着人的创造力而衍生开去，从而引领了一个时代的风尚。

境界自古难相别

有造境，有写境，此理想与写实二派之所由分。然二者颇难分别。因大诗人所造之境，必合乎自然，所写之境，亦必邻于理想故也。

词　解

作者笔下展现出来的世界，有通过想象虚构出来的，也有描写现实的，这恰恰是理想与写实两派的区别。但是这二者实际上很难进行分辨。因为大诗人所创造出来的境界必然是合乎自然的，所描写出的境界必然贴近于理想。

评　析

文学中有二原质焉：曰景，曰情。前者以描写自然及人生之事实为主，后者则吾人对此种事实之精神的态度也。故前者客观的，后者主观的也；前者知识的，后者感情的也。自一方面言之，则必吾人之胸中洞然无物，而后其观物也深，而其体物也切；即客观的知识，实与主观的感情为反比例。

——王国维《文学小言》第四则

文人墨客之所以对"境界"如此推崇，是由于它开启了引人入胜的无限遐想空间。那么，这个空间是怎样具体呈现在笔墨之间的呢？王国维总结出"造"和"写"两种方式。

造境的奇妙之处在于从虚构或是情感化的理想意象着手，一个"造"字充分体现出作者主观思想对境界的构建与把控，这是对"人"在文学创作中主导作用的有力肯定。

中国古代很早就把"作者"纳入文学活动的基本要素。《尚书·尧典》中就有"诗言志"的记载，《荀子·乐论》也有"夫乐者，乐也，人情之所必不免也"的表述。由此看来，王国维的"造境"呈现的是心灵对文字的灌注。

相比之下，写境关注的则是现实的状貌。

熟悉国画的人一定知道，国画的笔法取自书法的推运之功。因此，一个"写"字有如马良的一支神笔，点染着朱砂藤黄，一幅雨密燕疏的画卷倏然而就。写境好似一面澄净的水银镜，流光之所及都真真地现了身。

就此，正如先生所说，"理想派"和"写实派"分属开来。但是，这一虚一实真的如此泾渭分明吗？"然二者颇难分别。"

在王国维给出的答案里，我们要注意一点，那就是"分别"一词。《人间词话》手稿版中，这里用的是"区别"。一个词的变化就为本节后面的论断开宗明义，"造境"和"写境"可以框定概念而加以区别，但在骨子里却是"你侬我侬"的。

人们常用近代文学的"浪漫主义"和"现实主义"来对应"造境"和"写境"。虽然它们并不真切地契合，但在以自然主义为依托的原点上却是一致的。称得上"大诗人"的作品，即便再光怪陆离也要"道法自然"，再至情至性也要发乎自然，这是中国古代哲学在文学中的传承，也是王国维阐明"所造之境，必合乎自然"的原因。

那么，"写境"就只是自然之色的对照吗？

让我们来仔细观察"写"字的繁体"寫"。其中"臼"是古人把稻谷放在石臼中捣掉皮壳制成米的工具。由此可知，"写"和舂米过程类似，既有对自然事物的收集，也有通过主观分析后去粗取精的提炼。因此，"写境"绝不单单等同于复制，它也是人的思考力的反映，故"所写之境，亦必邻于理想故也"。

"造境"和"写境"的难舍难分，是中国古典美学的一大特征——虚实相生的体现。南宋诗人叶绍翁曾有一篇名作《游园不值》：

> 应怜屐齿印苍苔，小扣柴扉久不开。
>
> 春色满园关不住，一枝红杏出墙来。

带着闭门羹的扫兴，一枝怒放的红杏却映入眼帘，这峰回路转的叙述和描写都是自然而真切，可那叫人怦然心动的感觉，却是诗人以满园春色、姹紫嫣红的臆测为读者营造而来的——身未入园，情已感叹。而这一锁、一露、一景、一叹的矛盾，更叠加出沙下金、石中玉的哲理思考。诗人如同一位高超的"造梦者"，点一境而生二境，就连一石二鸟之功也自惭形秽啊！

自然是文学创作基线，"造"和"写"的水乳交融，将诗词装点得亦

●写境与造境

写境者，即以客观之笔写现实之境。譬如"楚天千里清秋，水随天去秋无际"等。造境者，以主观之笔写虚拟之境，譬如"当时明月在，曾照彩云归"。

真亦幻，使读者在虚实间有如徜徉于苏州园林般畅然惬意——有谁能说苏园不是美之大成呢？

"有""无"见豪杰

有有我之境，有无我之境。"泪眼问花花不语，乱红飞过秋千去"，"可堪孤馆闭春寒，杜鹃声里斜阳暮"，有我之境也。"采菊东篱下，悠然见南山"，"寒波澹澹起，白鸟悠悠下"，无我之境也。有我之境，以我观物，故物皆著我之色彩。无我之境，以物观物，故不知何者为我，何者为物。古人为词，写有我之境者为多，然未始不能写无我之境，此在豪杰之士能自树立耳。

词解

境界又分为"有我之境"与"无我之境"，"泪眼问花花不语，乱红飞过秋千去""可堪孤馆闭春寒，杜鹃声里斜阳暮"，这都是有我之境。"采菊东篱下，悠然见南山""寒波澹澹起，白鸟悠悠下"，这是无我之境。有我之境，以我观物，因此外物都沾染上我的感情色彩。无我之境，是以物观物，分不清什么是我，什么是物。古人填词，写有我之境的是绝大多数，然而未必不能写无我之境，这就取决于杰出的诗人敢于独树一帜，写出与众不同的作品。

人间词话

有一则关于风与旗的禅语：不是风在动，不是旗在动，而是心在动。现代人以是否有思维来区别人和动物，而在古代，这个准绳则是"灵"。作为灵魂的独家拥有者，人类在进行文学创作的时候，常常以心意入文，或言志，或抒情，这是作为人的一种本能表达。

因此，我们要先来澄清一个误区。王国维把境界分为"有我之境"和"无我之境"，这里的重点并不是"我"这个主观意象，而是"有""无"这两种表现手法将"我"放在什么位置上。换句话说，是放在字词之内，还是寄寓弦音之外。

王国维之所以有"物观"的表述，很大程度上是受到了叔本华的哲学思想的启发。叔本华就认为，人都是有意欲的，只有绝灭欲念才是最高的解脱。但是，叔本华的观点应用在文学中却有些偏颇，毕竟，再客观的表达也酝酿于人的灵魂之中，发酵于人的灵感之中，是无法做到主观色彩的绝对剔除的。

在"有我之境"中，以"泪眼""可堪"四句为例，说明这是一种情感直白、主观色彩鲜明的意境表达。

的确，花朵安然静立本是很平常的事情，但在饱受相思之苦的泪眼里，此处无声并非胜有声，反而让读者倍感凄楚；暮春风疾，殷红的花瓣被裹挟着，在秋千上打了个转儿，又转身飞走了，飞花飘舞本是个烂漫的景致，可在静静流淌的凄楚中，再美的舞姿也只能乱人心绪，甚至使观者叹别流逝的青春。同样，孤馆春寒、杜鹃斜阳都积蓄了作者的愁苦，呈现出哀哀的萧瑟之景。

"有我"的表达手法使万物"皆著我之色彩"，作者的情感饱满丰盈，当我们阅读它时，犹如清晨的雨后，推开封闭了一夜的窗子，清新扑面而来，强烈地刺激着感官。这种"以我观物"而生发的刺激极易引起读者的共鸣，达到以情动人的功效。

"以物观物"则不然。

"无我之境"将作者的个人情绪挡在了画面之外,表面上一派自然风光,但却不动声色地传递着某种情愫。这就好像皮厚汁浓的椰子果,直接用吸管戳下去,它面不改色,但稍后却能让你饱尝香甜一般。王国维对其"不知何者为我,何者为物"的阐释正与"庄生晓梦迷蝴蝶"的典故契合。庄周与蝴蝶的视野短暂互换,既是物我两忘,也是物我相容,因为,最大的有就是无,而最大的无也就是有。

民间有个笑话:刘罗锅对乾隆皇帝说,陶渊明居然能"采菊'东'篱下,悠然见'南'山",他明显是个斜眼儿嘛!戏笑之余,一幅老翁赏菊沐香的画面浮现眼前。面对这样一幅景致,诗人的思绪并不明显,关键在于读者阅读时的心境。你可以说这是"不为五斗米折腰"的人生悠闲之大境,也可以说这是仕途不济、难觅知音的无奈遣怀。真就像原诗最后两句所言:"此中有真意,欲辨已忘言。"

"寒波澹澹起,白鸟悠悠下。"冷眼一看摸不清诗人意欲何为,但后两句"怀归人自急,物态本闲暇"以"有我"解释了"无我"的衬托之意,使读者豁然开朗。再反观这两句的景致,更加回味无穷!

相比"有我"给读者带来的共鸣感受,"无我"则更倾向于高层次的领悟。自然的纯粹可以屏蔽作者主观的干扰,启发读者用个性的"慧眼"去探寻文字背后的故事。"无我之境"能够产生这种无

● **有我与无我**

"古人为词,写有我之境者为多。"其实于词而言,无我之境是极为难寻的。这是词的抒情特性所决定的。苏轼的"缺月挂疏桐,漏断人初静",张孝祥的"素月分辉,明河共影,表里俱澄澈"略微有些"临境忘我"。名家手笔,自能游走自如。

中生有的效果，好似魅力无穷的幻术。情感充沛的表达方式容易把握，而且很多人都做得很好，但王国维十分青睐的"无我"却为者寥寥。毕竟提来满满一桶水解渴的常规思路要比望梅止渴的另辟蹊径容易得多，所以，王国维称其为"豪杰"也并不为过。

范仲淹曾以"不以物喜，不以己悲"为人生的大智慧，这并不是推崇冷酷无情，而是希望人们能够从"当局者"跳脱出来成为"旁观者"，不要被个人感情所蒙蔽，更清晰地审视外物和自身，从而真正地实现自我的诉求。做到这一点，你便是人生的"豪杰"！

动静两相依

无我之境，人惟于静中得之；有我之境，于由动之静时得之。故一优美，一宏壮也。

词　解

无我之境，诗人只有在精神与感情处于平静状态时才能得到。有我之境，在从激动转向平静时能够得到。所以一种是优美，一种是壮美。

评　析

本则里不止有两个"静"。"无我之境，人惟于静中得之。"隐去了一个环节，应是"人惟于静之静时得之"。两个"静"指的是逻辑上的思考和梳理，后补的"静"指的是与"动"相对应的人生阶段或境遇。

王国维在《叔本华之哲学及其教育学说》一文中写道："美之中又有优美与壮美之别。今有一物，令人忘利害之关系，而玩之不厌者，谓之曰优美之感情。若其物不利于吾人之意志，而意志为之破裂，唯由知识冥想其理念者，谓之曰壮美之感情。"由此可知，"无我之境"撇开了功利之心，把对万事万物的经历和感观当作游戏一般，像顽童一样乐此不疲，王国维称其为"优美"是侧重此种感情落落大方的优雅。然而，一个人的优雅可不是一蹴而就的，能够做到"泰山崩于前而色不改"，必定经过了排山倒海的磨砺。"色不改"就是极致的静态，它需要诸多"动"来铺就。

看那少年英才，红口白牙，满腹道德文章、惊世之学，如此意气风发之年怎能不闯荡江湖、激昂人生呢？此时对万物的思考必是大喜大悲之色。再看那正当而立的岳飞将军，搅动他心志的是"靖康耻，犹未雪；臣子恨，何时灭"，一腔报国热血在身体中沸腾，经过"莫等闲，白了少年头"的"冥想其理念"，才有了"壮志饥餐胡虏肉，笑谈渴饮匈奴血"的豪迈。一代名将的雄壮之姿赫然在前，谁人能不为《满江红》的壮美所震撼呢？这便是动之静时的宏壮。

当人心绪不宁之时，或惆怅、或悲抑、或欣喜、或感伤，而世间万象，则无不染上浓重的感情色彩。我喜则境跃然，有若"红杏枝头春意闹"；我怅则境深远，有若"断鸿声远长天暮"；我愁则境黯淡，有若"伫倚危楼风细细，望极春愁，黯黯生天际"；我慨则境广阔，有若"楚天千里清秋，水随天去秋无际"；我惘则境迷离，有若"雾失楼台，月迷津渡"；我悲则境凄冷，有若"料得年年肠断处，明月夜，短松冈"。总而言之，在情绪激荡、意绪纷扰之时，诗人笔下

● 不同的意境

无我之境让人感到恬淡与悠然，有我之境让人感到宏阔而壮美，其实优美与宏壮是指意境，也是指情绪。泰戈尔说："生如夏花般绚烂，死如秋叶般静美。"夏花与秋叶其实正符合这两种意境。

就会呈现有强烈感情色彩的"有我之境"。"有我之境"不会在安宁平和中取得，而会在从动到静的过程中取得。

理想与写实共存

自然中之物，互相关系，互相限制。然其写之于文学及美术中也，必遗其关系、限制之处。故虽写实家，亦理想家也。又虽如何虚构之境，其材料必求之于自然，而其构造，亦必从自然之法则。故虽理想家，亦写实家也。

词解

自然中的事物，彼此关联，彼此制约。但是要将自然当中的事物展现在文学及美术作品中，必定要舍弃它们的联系与制约的状态。所以即便是写实家也同样会是理想家。从另一方面来讲，无论是怎样虚构的境界，它的资料必然源于自然，而且其结构也必然服从自然法则，所以即便是理想家，也必然是写实家。

评析

在"造境""写境"的辨析中，我们已经明确，在诗词创作中即便是主观造境也要以道法自然为原则。本则里，王国维再次强调了"写实"和"理想"以自然为对象的相互融通，更进一步说明了自然之道应该如何"法"。

俄国文艺理论家车尔尼雪夫斯基曾经说过，艺术来源于生活却又高于生活。王国维的此番论断与其有异曲同工之妙。艺术形象势必要与自然保留共通性，汲取生活中的常规意象，但是它区别于自然的独特性才是真正

●写实之境

"斜阳却照深深院"取其悠长，"杜鹃声里斜阳暮"取其凄切。虽为写实，其实是融合了自身的感受和喟叹，舍弃了事物的某些特性，就是"写实家亦理想家"。

的魅力所在。那么，艺术与自然的平衡怎样才能做到呢？

《清明上河图》包罗万象，以真景实态展现了北宋时期的市井风俗，是写实艺术的代表之作。其中，各色人物有一千六百多个，动物二百多个。但是，即便如此卷帙浩繁，也只是真实生活的一个缩影。

汴京郊外、汴河、城内街市三大场景的排布远比画面所表现的要复杂得多，这便是自然原有的"关系""限制"。张择端运用散点透视的方法，将桥近檐远、人出舟没以审美角度构建在客观场景之中，而三大场景的衔接和具体内容也是经过选择、提炼的。整幅图画看似简单的场景罗列，但每每着眼小处，又自成一景，作者在取景、构图中的匠心可见一斑。

作者运用的处理手法，就是王国维所说的"遗"——撇开自然中破坏表达和审美的细枝末节，保留艺术形象的主体和主旨深入刻画。喜欢看《国家地理》杂志的书友，一定对它醒目的黄框标志印象深刻，这个框就是取景框。自然万物的神秘瑰丽无法一言以蔽之，需要取其一景观察、延伸。先生的"遗"就是这取景框。不过，需要注意的是，取景不是断章取义，不是凭空捏造，这一点先生在对"虚构之境"的说明中给予了肯定。

理想派多用"遗"的方法处理自然对象，但先生要求它"材料必求之于自然""构造亦必从自然之法则"，可见艺术加工也要有底线。

江城子·乙卯正月二十日记梦

十年生死两茫茫，不思量，自难忘。千里孤坟，无处话凄凉。纵使相逢应不识，尘满面，鬓如霜。

夜来幽梦忽还乡，小轩窗，正梳妆。相顾无言，惟有泪千行。料得年年肠断处：明月夜，短松冈。

无论何时读到苏试的这首词，都会觉得鼻子酸酸的。若说爱意绵绵的情话，"夏雨雪，天地合，乃敢与君绝"的山盟海誓远比它动听。它之所以打动读者，在于幽梦还乡时小窗梳妆的这个小景。想来，以梦境入词本是浪漫色彩的一种体现，可是丈夫瞧见妻子对镜贴花黄是日常生活中再平常不过的事情了，它的自然让"相顾无言，惟有泪千行"更加刺痛人心。

这篇悼亡词的哀悼对象是王弗，是苏轼老师之女。王弗自15岁嫁给苏轼，作为一个中规中矩的大家闺秀，她无法给予多情而尚不成熟的丈夫风花雪月的浪漫爱情，更多的只有心智上的训导和匡扶。曾有文献记载，苏轼出入老师家门时，王弗常用美食做饵向苏轼劝学，为了让苏轼开怀，还不时相约瑞草桥畔野炊；后来，苏轼担任凤翔府签判，虽然官场不甚得意，但却交友广泛，可每每友人登门拜访，王弗都会"垂帘听政"，事后向丈夫评断此人可交与否，因此引

●虚构之境

"料得年年肠断处，明月夜，短松冈"，境中的景物都是取材于平时所见，读来如身临其境。这就是"其材料必求之于自然，而其构造亦必从自然之法则"。

来苏轼诸多不满。

然而，在王弗27岁英年早逝后的十年间，苏轼虽大放文豪之异彩，更有朝花玉露般的朝云姑娘相伴，但却始终无法放下只来得及共苦、却来不及同甘的王弗。于是，这首《江城子》就成了苏轼迟到的表白。依照苏、王二人的经历，花前月下的缠绵悱恻是不切实际的，在苏轼的脑海中最多的只是妻子日常的梳妆之姿，这个平实的场景不仅真切，而且还带入了作者未曾对妻子疼爱有加的愧疚之情。

描写梦境是古词中很常见的浪漫主义表现手法，古人之所以钟情于它，与其神游太虚却发乎自然、易于被读者接受有很大关系。苏轼不仅借用梦境，还以梦中"相顾无言，惟有泪千行"的假设情景，弹尽此时无声胜有声的弦外之音——是激动？是遗憾？是思念？是自责？都留给读者去细细品味吧！

无论在"材料"还是"构造"上，这首词的"虚构之境"都表达得真切，也让人神伤得真切。对自然的合理取舍和辩证应用，是一部好作品的奥义。

情真境亦真

境非独谓景物也，喜怒哀乐，亦人心中之一境界。故能写真景物、真感情者，谓之有境界；否则谓之无境界。

词　解

意境并不仅仅是指对景物的描写，人的喜怒哀乐都是心中的境界。所以说能写出真的景物、真挚的感情的作品，才是有境界的，否则就是没境界。

人间词话

人们对于"境"的认识，常局限于它的客观指向。本则中，王国维将"境"的内涵扩展到"人心"之中，肯定了"喜怒哀乐"是"境"的重要组成部分，并且提出，无论是客观景物还是主观情感都聚焦到一个"真"字上，只有实现了它，才能真正拥有不俗境界。

在这里，我们需要注意的是，王国维没有用"自然"这个概念，却强调了两个"真"，那么"自然"和"真"是什么关系呢？

"真"在《说文解字》中的解释是"仙人变形而登天"。没想到吧，就像对"境"的认识一样，原以为会有个对应客观现实的说法，结果却出乎意料地撞上了神仙！但仔细一想，这就是古人造字时留给我们的启示啊。

"一人得道，鸡犬升天"，仙人之所以能够飞天，是因为他得其道，而"地法天，天法道，道法自然"的古代哲学思想，早就把道和自然紧密地联系在了一起。由此可见，"真"与"自然"在本质上是相通的。然而，造字者为何不用人人可见的自然事物解释"真"，偏偏要摆出个天外飞仙的梦幻造型呢？在古人看来，神仙并非无稽之谈，它和客观万物是一样的。但随着时代和文明的发展，即便是在晚清，"神仙"也是归于主观意念的存在。所以，"真"在内涵上要比"自然"多出一个层次。

"少年不识愁滋味，爱上层楼，爱上层楼，为赋新词强说愁。"自古以来，为文者都不推崇少年强说愁。古时候，一群应试的举子在一起攀谈，忽然有人有感而发，赋诗一首，可诗刚落地，他就后悔莫及地说，哎呀，眼看就要考试了，可要收起这多余之情啊。情感不是需要冥思苦想、反复斟酌的八股文章，喜欢就是喜欢，讨厌就是讨厌，没有格式，没有规律，就像"鲁提辖拳打镇关西"时的"无明业火"，对它的把握在于水到渠自成，油然而生。

你可不要小看了这人间之情，情若至真时，它足以让海市蜃楼触手可及。

常听老人言，"强扭的瓜不甜"。一对男女，即便个个珠圆玉润，出自钟鸣鼎食之家，如果没有真情做红线，再美的鸳鸯帷帐也无法填补空虚的"幸福"。"君情与妾意，各自东西流。昔日芙蓉花，今成断根草。"金屋藏娇的誓言虽羡煞旁人，可童言无忌怎敌得过真爱的润物无声。自古帝王家的金砖玉瓦下，埋葬了多少薄命红颜，可如梁祝这般朴素而虚幻的民间传说，却历久弥新，生生不息。

吾宜速归宿，乃尔连理枝。
红室双烛照，妆家伴随之。

相传，这首诗是祝英台写给梁山伯的情话，她用藏头的方式向梁兄传达了这样的信息：吾乃红妆，宜尔室家，宿枝照之。我这女儿之身要快些归位才好，要不然你竟不知这眼前人就是缘定三生的连理枝。照之兄（梁山伯字照之），我对你的心意就如同栖息枝头的巢鸟，现在就等你用红绸布置好新房，点亮喜烛，待我画个桃花妆，此生天涯相伴。

祝英台迫于马家提亲，不顾女子的矜持向梁山伯表白爱意。全诗字里行间无一处实景，可英台唯恐身许他人、错失真命的焦急与迫切一展无余。封建礼教之下，还有什么比一个女子的红烛之约更能证

● 以真取胜

"真"是构建"境界"的关键点，假如是虚情假意，即便辞藻华丽，也不过虚有其表。真正可以触动人们心灵的诗歌，其情必定是非常真切的。例如，"梧桐更兼细雨，到黄昏、点点滴滴""凝泪眼，杳杳神京路，断鸿声远长天暮"，境界自成。

明她对一个男人的爱呢？祝英台的真情不仅打动了梁山伯，更让这个颇具叛逆精神和浪漫色彩的传说活在一代代人的心间——相信爱情的火种永世不灭。

情到浓时人自醉，情由真挚境自来。"真感情"让浪漫主义更现实，让现实主义更浪漫，它是文学的生命。这三个字才是本则的命门所在。因为人的情感比眼睛还要敏感，它不只容不得一丁点儿沙子，连一点儿水分都要不得。

一字境界全出

"红杏枝头春意闹"，著一"闹"字，而境界全出。"云破月来花弄影"，著一"弄"字，而境界全出矣。

词解

"红杏枝头春意闹"，一个"闹"字使得境界完全展现出来了。"云破月来花弄影"，一个"弄"字让境界完全展现出来了。

评析

王国维认为文学语言是文学的基础。本则是对此前写实中有理想、理想中有写实的例证。在王国维看来，宋祁和张先的名句足以"一言以蔽之"。

"山不在高，有仙则灵。"诗词本就是短小精悍的艺术，"仙"寄宿在一字之中就可以蓬荜生辉。古来描写春天的诗句不胜枚举，怎么王国维就单单看上了宋祁的《玉楼春》呢？原来，是他的"春意闹"引来了金凤凰。

玉楼春·春景

东城渐觉风光好，縠皱波纹迎客棹。绿杨烟外晓寒轻，红杏枝头春意闹。
浮生长恨欢娱少，肯爱千金轻一笑？为君持酒劝斜阳，且向花间留晚照。

宋祁流传后世的诗词并不多，《全宋词》中也只有六首。在当时，宋祁也算是北宋的一个传奇：年仅26岁就高中状元，但因其兄宋庠名列探花，根据弟不在兄前的等级观念，章献太后将兄弟俩的名次调换了，可世人还是称他们为"双状元"，分称大宋、小宋。他们的家乡河南雍丘（今民权县双塔集）为"二宋"修建了状元双塔。

哥哥宋庠在政事上比较保守，当时正值范仲淹推行变法，宋庠极力反对。可是宋祁虽然不是范仲淹一党，但也提出了"三冗三费"，即冗官、冗兵、冗僧，道场斋醮、多建寺观、靡费公用，主张裁减官员，节省经费，以振兴朝政。一个人的政治思想往往也映射着他的文学追求，《郡斋读书志》就评价宋祁的诗文多用奇字。

果不其然，"红杏枝头春意闹"一出，宋祁就得了个"红杏尚书"的美誉。

这首词的上阕以初春的风景兴起，描写早起春游泛舟的所见所感，体察入微，笔触细腻；下阕笔锋一转，由感生思，借托夕阳晚照抒情，情致婉曲。而一个"闹"字，正是全词的词眼。

据县志记载，汴京东郊一带多园林，是踏青赏景的好去处。上阕从"渐觉"景色宜人开始，应着春意袭人的

●红杏枝头春意闹

寒意尽管尚未褪尽，但毕竟已是春意盎然的时节。红杏枝头，更让人倍感春意喧闹。这里借助属于听觉感受的"闹"字渲染，活脱脱地显现出春天充满生机的可爱之处。

早春脚步，带入了一丝动感的节拍。紧接着，微风低拂，细波粼粼而出，沿着逐渐扩散的圆晕看去，一艘游船正向波心驶来，一来一往，动意渐强。

前两句的动中之景，为后两句的静态描写做了很好的铺垫。

河面上这般热闹，河畔的花木也不甘示弱。看那微微萌出小芽的杨柳，淡淡新绿，依依影动，仿若蒙蒙云烟，在破晓的天光里忽聚忽散，这才教人回过神来：哎呀，若是刚刚过去的寒冬，可不敢顶着晨雾出门，现在虽仍有寒意，却是一派清新景象呢。倘若万物有灵，你一定会瞧见个淡妆清秀、温婉矜持的绿衣少女，她端坐在河畔的石桌旁，含羞生春风，掩扇露朝曦。

春意盎然的背景下，静若处子的画面好生单薄，若是再配上个动若脱兔，便是应景的美事。宋祁工词的奇妙之处，就在于打破按部就班的静态描写思路，让活泼开朗的"红杏姑娘"突然闯进画面。她虽然与"绿衣"同样托生于静物，但却抢着绽放枝头，红艳的色彩更具雀跃的生机。宋祁在她的身上也注入了动感，与前两句的动相比，此动重于心动，并将上阕的中心对象"春意"全力收在"闹"字上。通过这个主观意态的词汇，前文动中的"风光""波纹""客棹"，静中的"绿杨""红杏"瞬间如走马灯般浮现眼前，引入心底；短暂的平静之后，一束明媚的春光乍现，万物骤然升腾出春的热烈。

如此蓄势，只为"闹"字将春情决口奔流而出，读来好不快意！后文借此快意思量开来，感叹道，人生在世之所以总是忧恨劳形，是因为你紧抱千金、事事小心，如此看重利益得失怎能轻松一笑呢？瞧瞧人家绿衣和红杏，乍暖还寒时节就迫不及待地享受春的气息了，所以，虽然游玩了一天，还是要以杯中酒敬劝斜阳，不要吝啬温暖的春光，慢些归去，且为绿柳红花间的彻悟者多留些赏心乐事吧！

"闹"字虽在中腰，却统领全词，无论是景中的境界，还是情中的境界都让人感动于心，也不枉费先生对其"境界全出"的评价。"影"字的妙用虽不在全局，但在文学价值的气场上是绝不逊色的。

《词林记事》中记载，景文过子野家，将命者曰："尚书欲见云破月来花弄影郎中。"子野内应曰："得非红杏枝头春意闹尚书耶？"这里的景文就是宋祁，而子野则是被世人称为"张三影"的张先。张先比宋祁大八岁，但四十岁才中进士，在治世之才上不及宋祁。可论到诗词文章，他们却在同一个时代蜚声文坛，这一则趣闻就以二人"礼尚往来"的称赞点明了彼此在文学审美上的心照不宣。

清末词学理论家陈廷焯评价张先时说："才不大而情有余，别于秦、柳、晏、欧诸家，独开妙境，词坛中不可无此一家。"第六则中，王国维肯定了"真感情"在境界中的重要。下面，我们就来看看"弄"字是如何传情的。

天仙子

张 先

《水调》数声持酒听，午醉醒来愁未醒。送春春去几时回？临晚镜，伤流景，往事后期空记省。

沙上并禽池上暝，云破月来花弄影。重重帘幕密遮灯，风不定，人初静，明日落红应满径。

相传，《水调》曲是隋炀帝兴修京杭大运河时所作，后经演绎，旋律婉转幽怨，闻者感伤。这一年，张先五十有二，在嘉禾郡（今浙江嘉兴）任判官。老来客居异地，人地生疏，职位又不算高，本想辞去烦扰的官家应酬，百无聊赖，独酌自闲，可微醉中却听到《水调》的声声切切，被曲中的悲愁激醒。然而，人醒愁自醉。曲声里，想起那些逝去的青春时光和年少风流，再看看镜中老迈的皮相，更感伤流年难再现、往事皆成空。

就这样，往事桩桩件件而过，不觉间天色渐晚。庭院水池边的沙洲上，一对禽鸟正偎依缠绵，享受日落的温馨，可自己孤家寡人冷空室，触景生情，悲从中来。斜阳转瞬间归去，只剩下幽暗的天际。感伤中抬眼望去，竟看

到明月刚好从被风儿吹破的云中露出笑靥，它的柔光洒在摇曳的花枝上，像是那花儿正在整理梳妆，还对着影子检视婀娜的身姿。

张先是非常推崇"花弄影"的，但是侧重在"影"的妙趣。可是王国维所赞誉的"弄"字，更能体现词人的内心世界，赋予花影以灵魂。张先一生宦途不温不火，晚年还算悠闲，诗词多以士大夫的闲散生活和风流情韵为主，据说他85岁时还买妾，想必年轻时莺莺燕燕不少。词中，先前还观禽鸟徒伤悲，而云破月来之际反

●且向花间留晚照

是杯中的美酒，还是眼前春色令人沉醉了呢？在此等大好春光中，原来斜阳也可以变得这般可爱。全词风格清新流畅，如画美景仿佛就在眼前。"闹"字是点睛之笔，为此词增辉不少，三分春色，这样一渲染，就变为十分。

有"救赎"的意味。那花影多么似曾相识，谁家碧玉顾影抚弄的身姿曾经打动了这位多情郎？重温这曾经的美好，便可淡却这形单影只的寂寥。

回忆再美好也只能是零落的过去。晚风袭来，凉意甚浓，回到寝室放下帘幕，可灯火仍然飘摇不定，于是垂下一层又一层，密密实实地守护好这身边仅存的温暖。灯火有帘幕相助，那月下的花儿呢？风还在阵阵喧嚣，人们也刚刚安歇，可是花儿怎能安睡？待明早醒来，它们定会被吹落一地。

读罢全词，画面定格在晨曦中的满地落红，不由得让人怜惜"花弄影"的曼妙，毕竟那心与景交融的一句曾深深打动你我。怪不得，明代三大才子之一的杨慎会用"绝倒，绝倒"来感佩张先的妙笔。

纵观这两个名句，字面上只见物不见情，作者将情感隐于物中，却发于颇具主观动感的关键词，这样的巧妙正是"境界全出"的奥义。现代汉语将"闹"和"弄"的用法归为通感、移情和拟人修辞。不过，它们虽然

有修饰的意味，却是作者落笔即成的率性而为，否则，先生也不会将源于自然的"境界"美名冠于其上了。

看来，顶级的技法，就是将技法当作最自然的流露。

意境大小皆英雄

境界有大小，不以是而分优劣。"细雨鱼儿出，微风燕子斜"，何遽不若"落日照大旗，马鸣风萧萧"？"宝帘闲挂小银钩"，何遽不若"雾失楼台，月迷津渡"也！

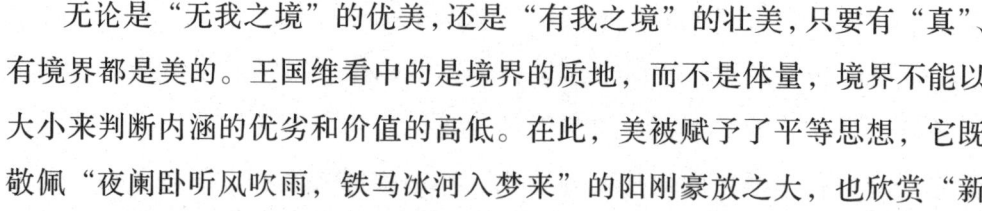

词解

境界是有大小的区别的，但是不能依据这一点来区别它的好坏高低。"细雨鱼儿出，微风燕子斜"，怎么就比不上"落日照大旗，马鸣风萧萧"？"宝帘闲挂小银钩"，怎么就不如"雾失楼台，月迷津渡"呢？

评析

三国时期的刘备在写给刘禅的遗诏中训导道，"勿以恶小而为之，勿以善小而不为"。恶与善一旦定了性，就与大小、多少无关了，一件微不足道的坏事也是冲破了道德的底线，一件力所能及的善举也能成为燎原的星星之火。审美不也是这样吗？

无论是"无我之境"的优美，还是"有我之境"的壮美，只要有"真"、有境界都是美的。王国维看中的是境界的质地，而不是体量，境界不能以大小来判断内涵的优劣和价值的高低。在此，美被赋予了平等思想，它既敬佩"夜阑卧听风吹雨，铁马冰河入梦来"的阳刚豪放之大，也欣赏"新

人间词话

帖绣罗襦，双双金鹧鸪"的阴柔婉约之小，所以人间才有了"豪放词"和"婉约词"的惊世之叹。境界的大或小因不同作者的不同喜好和境遇而相区别，却都体现出作者对美的智慧和感悟，只因"小"就被轻贱不仅是明珠暗投，也是审美中的一大缺失。

水槛遣心（其一）

杜　甫

去郭轩楹敞，无村眺望赊。

澄江平少岸，幽树晚多花。

细雨鱼儿出，微风燕子斜。

城中十万户，此地两三家。

杜甫一生忧国忧民，直言敢谏，不畏强权，也因此"忙"着被贬，"忙"着搬家。公元759年冬天，47岁的杜甫辗转来到成都，在友人的帮助下，于成都西郊风景如画的浣花溪畔修建茅屋居住，取名"成都草堂"，后世经韦庄重建和历朝历代的多次修整才成了今天的"杜甫草堂"。杜甫的诗文以"沉郁顿挫"为主，这首关于草堂的诗是他的一首转型之作。

"去郭轩楹敞，无村眺望赊。"将新居所远离城郭、庭院开阔的大环境呈现眼前。浣花溪发源于岷江支流，唐时虽以"溪"称，但水域宽阔。诗人站在溪畔临着栏杆眺望远方，目力之所及几乎没有村庄的遮挡，这难得的体验竟使人不知"远"究竟有多远了。

澄澈的江水，浩瀚广阔，竟看不到多少堤岸，这是春神对大地的恩赐啊！在诗人眼里，没有"逝者如斯夫！不舍昼夜"的光阴叹慰，没有"诗酒临江，横槊赋诗"的豪气干云，只有春水盈盈填平两岸的欣喜。如此润泽的土地怎能不滋花养木？环视草堂四周，林木郁郁葱葱，花朵蔓蔓枝枝，在春日的黄昏里，这些染上明黄的鲜花开得更加娇艳了。

如此风水宝地，只有我一人独享吗？也许是天官被浣花溪的美妙打动，竟悄然送来绵绵的无垠之水。丝丝细雨轻快地在江面跳跃，好似邻家小妹欢喜地叩响小伙伴家的门扉。果不其然，还在"春眠不觉晓"的鱼哥哥被吵醒了，它游到水面，和丝雨妹妹嬉戏开来。他们的欢笑顺着微风传向天际，低飞的燕子也倾斜着身子避雨而翔，仿佛在倾听它们的两小无猜。

不论是谁听到这句"细雨鱼儿出，微风燕子斜"都会立刻在脑海浮现以上的画面，这是因为诗人对事物的体察达到了细微精妙的极致。宋代词人叶梦得曾在《石林诗话》中评价，"此十字，殆无一字虚设"。雨水滴落水面的动荡，对于鱼儿来说是一种信号，下雨时自然中的臭氧大量释放，水面的养分增多，鱼儿常常临近水面"呼吸新鲜空气"。古人虽不知科学缘由，但雨来鱼出的现象却是常见的。而且，若雨量过大，鱼儿只会被隆隆的拍打声吓得躲入水底。"细雨"合情合理，恰到好处，"出"更写出了鱼儿的欢腾。"微风燕子斜"也是如此。微雨中飞行的燕子，势必本能地倾斜身子减少被淋湿的面积；燕子小巧轻弱，如果遇到狂风骤雨，定是在家中护巢的。燕子娴熟自在的飞行状态，被"斜"字活灵活现地点化出来。一"出"一"斜"果然是"自有天然之妙"。

天命之年，杜甫从庙堂走向山野，他第一次从水天一色中看到心神的辽远，第一次聚焦嫩鱼娇燕的恬然自得，管他城中万户侯的朱门酒肉、车水马龙，此地两三家为邻，就足以闲话家常、把臂同游了。如此笑看人生的心情，诗中没用一个字表述，只是句句写景，但是你却能每时每刻地感受到诗人悠然自得的惬意，可谓字字遣心——这不正是王国维所称道的无我之境吗？

据说，杜甫草堂外的花草树木都是杜甫以诗文换来的，水槛也是自家修葺的。以杜甫的秉性，他能如此纡尊降贵必然是内心放下了。一个内心温柔的人，诗文自然也是婉转的，这便是王国维将这首诗归于"小"境名下的原因。

人间词话

另一首《后出塞》以开元天宝年间的军士为主人公，叙述他从应召入伍到逃离军营的经历，反映的是安禄山天宝之变"酿乱期"的历史事件。在忠君报国为上的意识形态下，与恬淡的心境相比，以历史、国家入题的激情满怀自然被认为是"大"境。

后出塞（其二）

杜 甫

朝进东门营，暮上河阳桥。

落日照大旗，马鸣风萧萧。

平沙列万幕，部伍各见招。

中天悬明月，令严夜寂寥。

悲笳数声动，壮士惨不骄。

借问大将谁？恐是霍嫖姚。

杜甫借主人公的遭遇，塑造了一个既有贪功恋战心理，却又有国家民族观念，最终看破主帅的不臣之心，为了避免叛逆的恶名而逃走的新兵形象。借此，也抒发了作者对国家的忧思。

前两句诗文是整首诗向高潮的过渡，描写了新兵入伍后的感想。"落日照大旗，马鸣风萧萧"是新兵眼中最震撼也最动情的一幕。早晨刚刚入营报到，傍晚已经出征到河阳桥界。热烈的夕阳下，一杆鲜艳的军旗猎猎而动，英姿飒爽。人说，军旗是一个军队灵魂的象征。虽然经过一天的操练和跋涉，将士们却毫无懈怠之气，一面军旗展现着全军的精气神。在如此庄严的旗帜和肃穆的氛围下，一个新兵即使不适应出征的辛苦，也会被这豪迈的气势所感染。侧耳倾听，军队所到之处没有喧嚣，没有嘈杂，只有军马在风中嘶鸣。那马声既是雄壮的，也是孤寂的，它似乎在向将士们宣告前方战事的危急和行军作战的义无反顾。"大旗"和"马鸣"是让这个新兵意识觉醒的具体意向，它们具象、朴实，容易捕捉。而接下来的描写则与这两句的气势相对比，用人性的柔弱反衬出军纪严明：入夜无声，在背井离乡之时，听到静营的胡笳声，再骄傲的风华少年也会倍感悲戚。那么，谁是这些思乡之人的主心骨呢？想必定是堪比霍去病的大将之才吧——没错，他就是备受皇恩的安禄山。

安史之乱对盛唐是一大重创，也是唐王朝走向衰落的催命符。杜甫是这场动乱的亲历者，见证了一个骁勇善战的大将的真面目居然是狡猾奸诈、狼子野心的乱臣贼子。他曾目睹叛军杀戮、洗劫百姓的暴行，人民的痛苦更让多愁善感的杜甫百感交集，也使这首诗蒙上了一层悲壮的色彩，读来难掩心中的澎湃。

山河岁月、天下黎民，自然是"大"境，可是，淡泊名利、悠然自得虽然是"小"，但在境界的广度和深度上也毫不逊色。《孟子·尽心上》有言："穷则独善其身，达则兼善天下。"这对后人出世和入世思想有很大影响。由此看来，"细雨鱼儿出，微风燕子斜"与"落日照大旗，马鸣风萧萧"是两种平行境界，甚至是两种审美角度中的典范，不可混为一谈，也自然不能以"大""小"来评定优劣。此外，自古以来，"君君臣臣，父父子子"的纲常思想深入人心，人们只知道君权天授，而不知道一个人作为独立个体的天赋人权。这两首诗虽然不能以人权思想来辩驳众人对其"大""小"的界定，但王国维举出的这两个例子也是很有深意的。

看过两个对比鲜明的例子，王国维又举出了一对同是"怎一个'愁'字了得"的例子。下面，让我们看看，同样的愁在境界上有何不同。

浣溪沙

秦　观

漠漠轻寒上小楼，晓阴无赖似穷秋，淡烟流水画屏幽。

自在飞花轻似梦，无边丝雨细如愁，宝帘闲挂小银钩。

踏莎行

秦 观

雾失楼台，月迷津渡，桃源望断无寻处。可堪孤馆闭春寒，杜鹃声里斜阳暮。

驿寄梅花，鱼传尺素，砌成此恨无重数。郴江幸自绕郴山，为谁流下潇湘去？

《浣溪沙》写的闺中春愁，借一位相思女子的精致小楼和闲淡的精神世界，以较为直白的方式表达了词人对自由的渴望，以及对生活百无聊赖的无奈。

初春的微寒悄悄浸透整栋小楼，透过窗向外望去，早晨的昏阴看得人失魂落魄，竟好似萧瑟的深秋。本以为乍暖还寒时能有几分清丽的色彩，可天色还不如屋内布满画境的屏风清幽：蒙蒙水汽飘逸在潺潺流水之上，仿若仙境。此时，一片花瓣飞落手边，抬眼看着几片簌簌而下的飞花，轻盈自在得好似一场美梦，可是这份自在却不属于我，这份愁怨就像绵长的细雨，憋闷在天际无法倾吐。本就无事可做，还让景色惹来烦忧，于是随手挂上窗帘，将愁绪都隔在窗外吧。

《踏莎行》表达的则是秦观被接二连三贬谪后的失意伤怀，是百

●不同境界均可至美

"宝帘闲挂小银钩"境界远远不如"雾失楼台，月迷津渡"的阔远，但其感触却是同样的深沉动人。由此可见，在诗词的境界当中，不管是宏壮或是清幽，都可以成就至美之景。

●**发现隐藏之美**

　　诗人将幽微处或是壮阔处的感受融入景致当中，我们因此才得以发现深藏在这个世界当中的美，以及世界带给我们的独特感受。

无聊赖，是对朝廷党派之争的忧愁，甚至是对斗争将自己卷入旋涡的怨恨。

　　大雾将楼阁榭台都遮蔽了，渡口的雾气更重，迷迷蒙蒙中也分辨不出天际和月亮。这样的坏天气，作者仍在旅居的客舍楼上寻找传说中的世外桃源，极尽目力却是徒然。他索性回到屋内，然而人地生疏，独自一人与春寒为伴，就像被锁在一起，这样的寂寥还可以忍受，可听到杜鹃在残照中呼唤着"不如归去"，思乡之情有如泉涌。好在有亲朋的信件慰藉，可读着读着，更感忧愁，它们砌成一道厚厚的"恨"墙——看那郴江还有幸自在地绕着郴山，可是我这异乡客究竟要为谁去搅潇湘之水呢？

　　对比两首词，虽然落脚点都是"愁"，但《浣溪沙》句句写实景，一句"宝帘闲挂小银钩"更是写得生动、准确，相思女子的闲愁形象豁然闪现在眼前；而《踏莎行》却是情景交融，从"雾失楼台，月迷津渡"起句，展开的是一幅情景交融的画面，"失""迷"二字带有明显的主观色彩，"楼台""津渡"更是像杜鹃寓意归去一样具有更上层楼、到达彼岸的精神意蕴，因此，人

为性更进一层。一个是实景，且勾勒明晰，一个是情景，且寓意深厚，在清朗和朦胧之中，哪一个更"大"呢？尽管我国古代文学审美向来崇尚含蓄，此处"雾失"句与"落日"句一样被奉为"大"境。根据王国维的审美理论，生动的景致本身就是"境"的初衷，"宝帘"句虽"小"，却也不失化境的本色。

境界方为根本

严沧浪《诗话》谓："盛唐诸公，唯在兴趣。羚羊挂角，无迹可求。故其妙处，透澈玲珑，不可凑拍。如空中之音、相中之色、水中之影、镜中之象，言有尽而意无穷。"余谓：北宋以前之词，亦复如是。然沧浪所谓兴趣，阮亭所谓神韵，犹不过道其面目，不若鄙人拈出"境界"二字，为探其本也。

词 解

　　严羽在《沧浪诗话》中提出"盛唐诸公，唯在兴趣。羚羊挂角，无迹可求。故其妙处，透澈玲珑，不可凑拍。如空中之音、相中之色、水中之影、镜中之象，言有尽而意无穷。"我认为，北宋之前的词就是这样的。但是严羽的"兴趣"，王士祯的"神韵"，不过是触及了诗词的表面，不如我提出的"境界"二字，探究到了诗词的根本。

　　《人间词话》手稿中，这一则的"不若"本写作"不如"。看来王国维对"兴趣""神韵"之说本是不屑的，通行版中的一字之差，也难掩先生对"境界说"的得意和自信。那么，这三者之间究竟有何区别，"境界说"又为何略胜一筹呢？

　　《沧浪诗话》是南宋诗论家严羽的名作，被后人奉为中国古典美学经典，与《人间词话》齐名。严羽在《诗辨》中，提出了"诗有别趣，非关理也"的写作主张，认为诗的语言贵在"不落言筌"，内容贵在"吟咏性情"，推崇盛唐时期由"兴趣"而发的创作理念。今人也常说"兴趣是最好的老师"。的确，"兴趣"带给诗人创作的灵感，可以将身心愉悦时的欣喜激动自然而然地灌注于作品之中，做到羚羊挂角般不着痕迹。兴趣就好比传递妙音的空气，展现美色的表象，倒映盈月的水面，包罗万象的澄镜，严羽认为，它是唐人眼中一切美的触点。

　　诚然，因兴趣而生的诗作浑然天成，但单单推崇兴趣就流于恣意，缺乏风骨和韵致。这也许与严羽所处的历史环境有关。南宋时期虽然不乏李清照这样温婉细腻的词人，但诗词在主体上还是爱国主义的悲愤、激昂等基调，就连李清照也有"生当作人杰，死亦为鬼雄"的名句讽刺南宋军政。而北宋时期，诗歌式微，词兴起，且宋朝程朱理学发扬光大，诗词内容多寓含哲理，文人的抒怀激情本就有所限制，再加上异族侵略的大背景，文人们难免怀念盛唐时期的丰衣足食、社会安定，可以无拘无束地由着性子吟诗作赋。因此，"兴趣"说带有一定的时代和个人色彩，即便触及文学的创作本源，也显得原始而浅显。

　　阮亭，即王士祯，他提出的"神韵"说是对前人诗论的一大发展。神韵本是绘画理论中的概念，南齐谢赫在《古画品录》用以评价顾骏。严羽也曾在《沧浪诗话》提到"诗之极致有一，曰入神"。王士祯将"神韵"概念提炼出来，引入文学理论，强调诗文的言外之意、弦外之音，要有"冲淡""超逸""含蓄""蕴藉"的表达，就好像珍馐齿颊留香，天籁余音绕梁。

对于一幅画来说，神韵可以让它变得生动，甚至有画龙点睛的奇妙效果。对于诗歌来说亦然，这本是诗论的一大进步。可是，王士祯的"神韵"说却将写实性强和直抒胸臆的诗作挡在了审美的门外，片面强调空灵、虚幻的境界，这不仅抹杀了诗歌观照现实的意义，也使诗歌创作变得不食人间烟火，读来不知所谓。

"兴趣"和"神韵"体现的都是主观感受，侧重情感表达，而一个流于放纵，一个流于狭隘，忽视了"诗言志"的初衷。诗歌需要抒情，但是抒情诉求不是简单地用表示情感的词语来堆砌的。

如果你想向一个女子表达爱慕之情，在情书中写上"我真的实在非常太爱你了"，不仅会唐突佳人，还让人觉得莫名其妙，丝毫表达不出你的相思之情；倘若换成一篇《上邪》："山无陵，江水为竭，冬雷震震，夏雨雪，天地合，乃敢与君绝！"如此看得见、摸得着的誓言，让纸页上跳动着一颗痴情之心。

说到底，抒情只是一种表达方式，所以先生说"兴趣""神韵"只不过说出

●境界贯穿诗歌创作始终

"兴趣"偏向于作者在诗歌创作之前的构思酝酿，"神韵"则是偏向于读者在诗歌创作之后的感悟，而"境界"则是贯穿诗歌创作过程的始终，融合了作者的写作功底以及读者的鉴赏能力。因此，静安先生才指出"境界"才是探究到了诗(或词)的本质的理论。

了诗歌的表面意义。而"境界"就不同了，它是囊括了"景物"和"喜怒哀乐"的审美系统。先生的"境界"不排斥抒情的框架形式，又以真真切切的"境"加以填充，不仅吸取了"兴趣"和"神韵"在精神表达上的追求，也还原了诗歌的触摸感、立体感，以包容的态度肯定写实和写意之美。

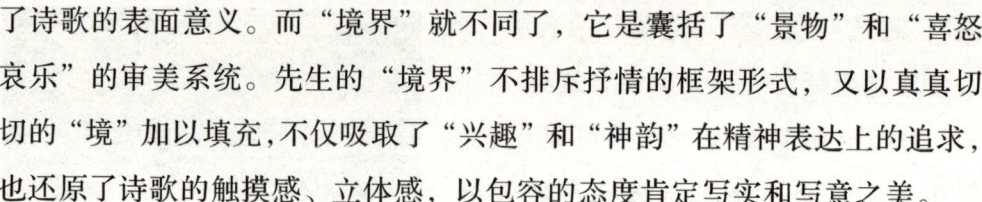

气象胜万千

太白纯以气象胜。"西风残照，汉家陵阙"，寥寥八字，遂关千古登临之口。后世唯范文正之《渔家傲》，夏英公之《喜迁莺》，差足继武，然气象已不逮矣。

词解

李白纯粹是以诗中蕴含的气象取胜。"西风残照，汉家陵阙"，这短短八个字，就让后世千年在这里登高望远的诗人都无法超越。后世的人中只有范仲淹的《渔家傲》、夏竦的《喜迁莺》还能勉强继承其风范，只是词中的气象已经无法企及了。

评析

相对于"境界"，"气象"是一个更为宏观的审美着眼点。

"气象"一词原本指风雨雷电、霜雪寒露等大气变化所呈现的状态，古时候也预示吉凶。当它被引入人文语境时，指事物的情势、状态，人的气度、格局，以及文艺作品的气韵、风格。无论"气象"被延伸到哪个领域，万变不离其宗，它都彰显了一种开阔、宏大的整体风貌，就像天空带给人们的爽朗和高奇一样，有着俯视万物、包罗万象的纷繁，却又静观独立，笑傲沧海。因此，"气象"比"境界"更侧重于整幅作品的格调，一言道

破由文字蒸腾而来的情感氛围。

　　王国维中意李白的"西风残照，汉家陵阙"，是因为他将天外来客似的"气象"融入"境界"之中，点开了千百年来无数读者的心境——也许，只有"诗仙"才能做到如此信手拈来。

忆秦娥

箫声咽。秦娥梦断秦楼月。秦楼月。年年柳色，灞陵伤别。

乐游原上清秋节。咸阳古道音尘绝。音尘绝。西风残照，汉家陵阙。

　　这是李白的一首怀古伤今、寓意深远的旷世杰作，被后人称为"百代词曲之祖"。

　　西汉刘向的《列仙传》曾记载，秦穆公的爱女弄玉精通音律，她爱上了善于吹箫且能奏出凤凰鸣啼的萧史，秦穆公成全二人喜结连理，并建造了凤楼送给新人，后来，二人合奏妙音，引来凤凰群集，带着他们飞升成仙。这就是词中提到的"秦娥"和"秦楼"。

　　依照《史记》的评断，秦穆公位列春秋五霸，是秦帝国的奠基人之一，他女儿的故事也被后世传为夫妻之道的佳话，这些意象用在诗文里，代表着江山鼎盛、百姓安居的升平世态。可是，李白却让箫声呜咽幽怨，秦娥午夜惊梦，一开篇就以典故将哀境铺陈开来：大秦霸业又如何？想那阿房宫可怜焦土时，萧史也不再以箫凤鸣，弄玉也会忧心难眠，倚栏愁对千秋月。好个千秋月啊，你见证了秦楼的兴衰，至今颜色未改，年复一年地倾洒在路边的杨柳间，可惜秦楼不在，繁华俱往矣，秦时月照亮的已是汉帝陵。

　　曾经称霸天下的大秦帝国还不是改朝换代随了汉家姓，可是盛极一时的大汉王朝，那个开创了"文景之治"的灞陵主人汉文帝，终究也只能长眠地宫，滚滚红尘谁又能留住盛世的青春呢？整首词中的秦或汉只不过是朝代的代表，在它们身上也有唐朝的影子，据说当时常用"汉"指代唐朝，以象征盛世和避讳。上阕中，秦汉的时空凭借同一个月亮交错着，整首词的背景骤然有了苍茫的意味，以情景交融支起了气象的骨架。

上阕以哀境入笔写悲凉，下阕却以乐境写悲壮。乐游原本是当年汉宣帝兴建的乐游苑，曾经的清秋重阳节定是茱萸遍插，登高游人络绎不绝。可如今，长安郊外的这块高地却冷冷清清，那曾经热闹非凡、通往秦都咸阳的古道也人迹罕至，车马无痕，往日多么辉煌的景象都在这里一一消散了。两个顶针的"音尘绝"好似绵延的消散之音，在读者耳畔萦绕开来，织起一张萧瑟遗世的视听之网将自己包裹，任凭谁的呼唤也不能抽离那满眼的悲壮：凄紧的西风，落寞的残阳，风景依旧，陵墓和宫阙已换了门楣。

"音尘绝"所营造的那张网就是整首词的气象，它是由前面所有意象堆积而成的，这一句只是将网收紧，是"气象"的点睛所在，它让读者可以沉浸其中。"汉家陵阙"象征了一个逝去的盛世，可秦朝，甚至李白所处的唐朝又何曾不是盛世？只一句，李白对现世的忧思感怀一览无余，好似一声沉闷的回响，虽无惊天动地之声，却足以振聋发聩。词中的"气象"所带来的余味，它形成一种深沉辽远的气场，使读者震撼。

为了进一步证明李白"以气象胜"，王国维先举出了豪放派代表人物范仲淹的代表作《渔家傲》，以说明并不是只要以江山社稷的时政入题就可以"气象"不凡，后举出夏竦皇家风范十足的《喜迁莺》，以说明"气象"并不在于奢华的意象和宏大的场面。下面就让我们一探究竟。

渔家傲·秋思

塞下秋来风景异，衡阳雁去无留意。四面边声连角起。千嶂里，长烟落日孤城闭。

浊酒一杯家万里，燕然未勒归无计。羌管悠悠霜满地。人不寐，将军白发征夫泪。

这首描写塞外军旅生涯的词作堪称豪放词的开山之作。宋词多见儿女

情长的缠绵悱恻，由于个人经历有限，文人墨客大都跳不出香闺玉阁，可范仲淹却以粗犷豪迈的男儿志、江山事打破藩篱，不仅使文坛新风送爽，而且在写作的功力上毫不逊色，将宋词推向了一个崭新的境界。

这篇代表作，成篇于范仲淹自越州改任陕西经略副使（地方军政长官）兼任延州（今延安）知州的时候。当时，西夏连年侵扰北宋边境，作为戍边重将，范仲淹是出名的军纪严明、爱兵如子，更被西夏人忌惮，感叹其"胸中自有数万甲兵"。但是，由于朝政腐败，国力积弱，边防空虚，即便如此威武的士气还是不能力挽狂澜，宋军一败再败，延州就是败守的城池之一。

被焚烧、劫掠一空的延州使塞下风光失去了往日的壮阔，而多了几分凄惨，秋风萧瑟，大雁南迁，让人有被遗弃之感。一开篇，我们就能闻到火药和边塞的沙土味道。号角声，微茫的群山，旷野中的落日，再加上紧锁的孤城，上阕以诸多实景营造出苍凉的氛围，使词的气象极为沉郁萧瑟。

紧接着，下阕借浊酒排遣思乡之情，却想到未立"燕然勒石"那样的战功，未将西夏的威胁去除，怎能像大雁那样毫无牵挂地归去？上阕的"无留意"与此处的"归无计"形成强烈对比，结构精妙。身为统帅，词人对国家满腔热情，也对将士体恤备至。羌笛呜咽，月光似霜雪，可是他却睡不着：戍边生活不知要到何年何月，每个日月都伴着将士们苍老的白发和眼泪度过。至此，词人对朝廷政治的失望和无助表露无遗。

范仲淹首先是政客、军人，最后才是文人，《渔家傲》整首词寄寓着范仲淹一虎不敌群狼、朝内无援的郁结难抒，李白是以客观视角感慨世事变化。此外，范诗以传统的点点罗列方式，只有空间的转移和丰富，而李诗则以时空交错的借景勾连使整体氛围更加宏阔。因此，与李诗相比，《渔家傲》虽然同样以江山社稷为重，词风慷慨苍凉，就历史感而言逊色于《忆秦娥》。

喜迁莺

霞散绮，月沉钩。帘卷未央楼。夜凉河汉截天流。宫阙锁清秋。

瑶阶曙。金盘露，凤髓香和烟雾。三千珠翠拥宸游。水殿按《凉州》。

●西风残照，汉家陵阙

"银汉截天流""珠翠拥宸游"虽然也有着如虹气势，但终究逃不过温香软玉的内蕴，尽管气势磅礴，终究不过是财大气粗，与"四面边声连角起"的开阔雄大相比略逊一筹，更比不上"西风残照，汉家陵阙"的意蕴苍茫。"气象已不逮矣"由此可见一斑。

这是一首描写皇家宫廷气派景象的词。作者夏竦自幼擅长诗文，才情横溢、倚马可待。他的父亲是位武将，在夏竦十九岁时战死沙场，他因此被抚恤成为一个小武官。可是夏竦明明是文科生的料，真是明珠暗投。于是，他等在宰相李沆下朝的路上借机求见，将自己的词集献上，一句"山势蜂腰断，溪流燕尾分"就使李沆对他青睐有加。第二天，李沆将夏竦的词集呈给宋真宗，请求真宗给夏竦换了个主簿的文职。从此，夏竦便以诗文著称宦海。

李白的放荡不羁，也要卖唐明皇个面子，以"云想衣裳花想容"盛赞杨贵妃，更何况小小年纪就懂得筹谋人生的夏竦。

落霞散尽，旖旎犹在，娥眉月初升。月光淡淡，顺着卷起珠帘的窗棂照进未央楼。一开篇，夏竦就将镜头定格在了皇家大殿。西汉的未央宫是天子接见朝臣议政和日常起居的地方，"未央"一语双关，既借指皇宫富丽和政事昌明，又含有繁盛延绵未尽的本意。"夜凉河汉截天流，宫阙锁清秋。"可见皇宫之大，幽深杳杳，连星月的光辉都被银河截了去，不为后宫带去一丝喧嚣，那层层叠叠、绵绵延延的宫阙仿佛锁住了这初秋的夜

凉如水。仅此一句就是一幅横绝豪迈的画面。下阕突然切换到近景，玉阶仙草纷纷展露，香烛袅袅，轻雾飘飘。是谁在这静谧的夜晚有如仙人下凡呢？"三千珠翠拥宸游，水殿按《凉州》。"原来是皇驾出行，珠翠簇拥，宫乐齐鸣，后宫三千粉黛虽如珠如宝，却只为这一颗星而闪耀。霎时，皇家仪仗的富丽堂皇一览无余。

表里大不同

张皋文①谓飞卿②之词"深美闳约"，余谓此四字唯冯正中③足以当之。刘融斋谓飞卿"精艳绝人"，差近之耳。

注　释

①**张皋文**：张惠言（1761—1802），字皋文，一作皋闻，号茗柯，清代经学家、文学家。少为词赋，擅长《易》学，与惠栋、焦循一同被后世称为"乾嘉易学三大家"，工词及散文，为常州词派的创始人。著有《茗柯文编》。②**飞卿**：温庭筠（约812—866），字飞卿，唐代诗人、词人。富有天才，文思敏捷，但恃才傲物，喜欢讥刺权贵，多犯忌讳，长期遭到贬抑，终生不得志。精通音律。工诗，与李商隐齐名,时称"温李"。其诗辞藻华丽，称艳精致，内容多写闺情。其词艺术成就在晚唐诸词人之上，为"花间派"首要词人。③**冯正中**：冯延巳（903—960），南唐诗人，又名延嗣，字正中，历仕南唐烈祖、中主二朝，三度拜相，官至太子太傅，谥忠肃。他的词多写闲情逸致，文人的气息非常浓，对北宋初期的词人有很大的影响。

词　解

张惠言说温庭筠的词深邃美艳、宏阔婉约，我认为这样的评价只有冯延巳才足以担当。刘熙载说温庭筠的词精妙绝伦，这个评价才比较贴切。

评 析

张惠言是清代常州词派的开创者，追求诗词的清空醇雅，在格调与韵致上继承了花间词派的华丽婉约，因此他才会盛赞道："自唐之词人李白为首，其后韦应物、王建、韩翃、白居易、刘禹锡、皇甫松、司空图、韩偓并有述造，而温庭筠最高，其言深美闳约。"

很明显这位花间狂热者的评价是有些偏颇的。作为旁观者，王国维认为温庭筠的作品的确美不胜收，但也只是"精艳绝人"的感官享受，当不起"深美闳约"的内在风韵。能当得起的，当数冯延巳。

王国维引用刘熙载的"精艳绝人"是有误的。刘熙载原文道："温飞卿词精妙绝人，然类不出乎绮怨。""艳""妙"一字之差，虽是王国维的笔误，但也可见他对温庭筠作品的直观感受。如果说"妙"字更多地含有读者们的联想和引申，那么"艳"字就在很大程度上还原了温作的本来面貌。

事实上也的确如此。温庭筠堪称花间词派的开山鼻祖，那些流光溢彩的文字，真就是由珠玉香软的百花丛中而来的。

菩萨蛮

小山重叠金明灭，鬓云欲度香腮雪。懒起画蛾眉，弄妆梳洗迟。

照花前后镜，花面交相映。新帖绣罗襦，双双金鹧鸪。

这首如泣如诉的小词就出自温庭筠的手笔。看着这般美妙的字句，大家却很难想象它的作者竟因相貌丑陋，而被称作"温钟馗"。《北梦琐言》中更有记载：温庭筠有个孙子，官至常侍，别无他长，就是善于引用生僻的文典。后来，他游历到四川，本来想凭借自己的一技之长讨个州牧门客，结果被当面拒绝，理由是他面貌拙丑，长得太像他爷爷温庭筠了。

温庭筠是名相温彦博的裔孙，是第一个专攻词作的唐代诗人，可大部分词作都填了晚唐五代供歌唱赏玩的艳曲，内容多是相思恨别、儿女情长。他自己也风流混迹于青楼教坊，还因此结识了少女时代的鱼幼微，就是鱼玄机。

想当年曹植走七步作出的也不过是绝句，温庭筠双手交叉八次就能作出八句韵文。他天才绝世、词气英发，文思更如白驹过隙。文才是温庭筠值得骄傲的资本，他的丑陋反而成为个性的标榜。温庭筠坚信，这根粗壮的"稻草"一定可以改变被人轻贱的命运。

长期以来积聚心中的不甘，都通过一篇篇鲜丽璀璨的诗词释放出来。可是，常言道"过犹不及"。也许是太想以才情之胜、诗词之美来掩盖相貌的不足和内心的自卑，温庭筠逐渐形成了张扬不羁的性格。

温庭筠自四十岁开始应举，却因受政治事件牵连而屡屡落第。眼看入闱无望，他竟做起"枪手"替考生作文，"救数人"的绰号让历年的监考官视之如洪水猛兽。有一年，号称最严格的监考官沈询主持春闱，在他的眼皮底下，温庭筠竟帮了七八个人。年过不惑的温庭筠，仍旧是仗着自己的才能"摔罐子"。

那时，唐宣宗喜欢宫中女眷唱《菩萨蛮》，但是大家的歌词来来去去都是大同小异，缺乏新意。相国令狐绹与温庭筠私交甚好，就求温庭筠替自己写几首献给皇后。"相国枪手"估计也是温庭筠此生当过的最大的官了。温庭筠二话没说，二十篇活色生香的《菩萨蛮》让整个后宫都如痴如醉，令狐绹也因此甚得龙心。二人本来约好，这个秘密要烂在肚子里，可是温庭筠却给捅了出去。是真不小心，还是唯恐天下不知他的大才？令人揣测。令狐绹虽然没被问罪欺君，但也颜面尽失，从此疏远了这不靠谱的"温钟馗"。

有相国大人做靠山的时候，温庭筠尚不能平步青云，可想而知他得罪靠山之后的境遇。温庭筠的后半生穷困潦倒，好不容易有个监考助理的差事，他还因公示试卷、以文论事而得罪了权贵，终究还是一贬再贬。似乎，除了早年胸怀大志的《苏武庙》等诗歌之外，这是为数不多的能展现他人

●懒起画蛾眉，弄妆梳洗迟

温庭筠的词将秾艳香软、美人慵懒的娇柔姿态展现出来，仿佛就在眼前。但除去相貌、服饰、神态、动作，其相思的苦楚隐匿文中过深，情致有被华丽辞藻掩盖的感觉。

生抱负的故事。在风雨飘摇的社会环境下，在这样抑郁的人生境况下，温庭筠选择了躲入烟花柳巷，得过且过，多少志士的棱角和激情都化作风花雪月了。

不客气地说，一个幼稚至此且逃避世事的人，他的作品在思想、眼界、见识上都局限于苦中作乐、及时行乐，再曼妙的"玲珑影"也只不过是浮华皮相，就好像五官精致、花枝招展的美人，唯独眼睛不见神韵。但不可否认，温庭筠的词极富联想感，刘熙载称它"精妙"一点不为过。"水村江浦过风雷，楚山如画烟开。"（《河渎神·铜鼓赛神来》）迎神出庙的赛会如风雷汇聚，喧嚣热闹后霎时回归空寂，一聚一散，神仙来去自由的身影赫然呈现于眼前。这种联想感来自作者精确的意象选择和表述，但遇到张惠言那样颇具联想力的"粉丝"，很容易将自己的主观延伸误认为是原文的"深美闳约"。

王国维认为，相比视觉系的温庭筠而言，冯延巳才是真正的"深美闳约"。

在我们看来，"深美闳约"这四个字是个很混搭的组合。"深""闳"本是别有洞天的大观园，"美""约"则呈现柔媚细腻的小清新。颇具小清新味道的大观园，好似美声花腔般既有感官的冲击力又深意无穷。

冯延巳生活在温庭筠去世后近五十年的南唐。这五十年间，花间词派已经发扬光大，冯延巳就深受其影响。"梅落新春入后庭，眼前风物可无情。

曲池波晚冰还合，芳草迎船绿未成。且上高楼望，相共凭栏看月生。"（《抛球乐》）同样少年意气的冯延巳却不像温庭筠那样沉溺莺莺燕燕的香闺多情，他将生命短暂的忧患意识通过爱情的愁苦表达出来，如此一来，相比温词的横向联想感，冯延巳作品中的境界更呈现出立体的景深。这样的差别，与温、冯二人的人生经历密不可分。

大家都知道南唐二主都是风月主，其实南唐开国皇帝李昪也曾是个文艺青年。国家初建，李昪相中了才艺卓著的冯延巳，让他常侍太子李璟身边，伴学伴游，这对李璟文学是有一定影响的。初入官场就与太子交游，可见前途无量。后来，冯延巳位极人臣，虽然他在政事上平庸甚至谄媚荒唐，还深陷"宋党"事件而受牵连，但仍被李璟所信服，一生过着优越富庶的生活。

温庭筠和冯延巳都是以文才起家，但温庭筠终生不得志，只能寄托于文章，而冯延巳官场得意、平步青云，文学不是他人生的中心，只是一种辅弼仕途、娱乐消遣的工具，温、冯在为文的心态上有着不同的侧重。此外，冯延巳毕竟是皇家近臣，抛开政治素养不论，他的视野比温庭筠多了时政利弊、天下苍生，在文章的立意上也自然开阔、高昂许多。

采桑子

樱桃谢了梨花发，红白相催。燕子归来，几度香风绿户开。

人间乐事知多少，且酹金杯。管咽弦哀，慢引萧娘舞袖回。

本词作者为冯延巳。冯延巳深知自己的政治作为的半斤八两，他的愁怨不是生不逢时而是力不从心。但是，身居高位的他又不便于直抒胸臆，因此他的作品总是朦朦胧胧、影影绰绰地表达一种愁绪。"红白相催""香风绿户"色彩柔和明亮而不黏腻，这既是对春去秋来的感慨，也是对时光匆匆的无奈。南唐江山不过两代便岌岌可危，身为国家重臣却败战连连，

● 几度香风绿户开

冯延巳的词，虽然辞藻华美不足，但具有一种清丽之态。全词情景交融，意蕴深婉，语淡意远，笔法上乘，把那种夹杂着无限失望与期许的怅惘表现得淋漓尽致。

自己的生命也随时间的流逝而衰微。"人间乐事知多少，且酹金杯"很有李白"人生得意须尽欢，莫使金樽空对月"的意味。对比温庭筠的破罐子破摔，冯延巳对人生的态度少了几分怨气，多了几分清朗，使人读起来也畅然。然而，"管咽弦哀"的现实环境仍然无法改变，与其说是慢慢引得舞娘回袖，不如说冯延巳渴望留住眼前的繁华，即便要退去也慢些再慢些吧。字字句句除了悲愁，还有更深一层的悲怆，那景象是纵深的，是立体的，这也是温庭筠的思想和生活中不会触及的，这就是"深美闳约"与"精妙绝人"的区别。

词品各有千秋

　　"画屏金鹧鸪"，飞卿语也，其词品似之；"弦上黄莺语"，端己语也，其词品亦似之；正中词品，若欲于其词句中求之，则"和泪试严妆"殆近之欤？

"画屏金鹧鸪"，是温庭筠的词作，而其词品与之相似；"弦上黄莺语"是韦庄的词作，其词品也与之类似；如果要从冯延巳的词当中找出一句能够总结其词品的话，大概是"和泪试严妆"最为接近吧。

评 析

静安先生尤善捕捉最具特色的句子，来恰到好处地展现词人的个人风格，即词品。本则里，温庭筠、韦庄、冯延巳都被自己的妙语贴上了或秾丽、或自然、或深沉的标签，王国维以事实说话，很是令人信服。

"画屏金鹧鸪"是一个臻美的物件，用它来代表温庭筠的词再恰当不过了。温庭筠的许多词作里都有"金鹧鸪"的身影，类似的意象还有"金凤凰""金翠钿"等。无论实物是否描金画银，重重叠叠的"金"字足以窥视词人对华美的渴望，词风秾丽。温词就好像小家碧玉梦入藏金阁，满眼璀璨奢华，来不及都投以深情疼爱，只能细数那些光鲜的状貌。这种客观、静态的视角的确被温庭筠运用到了极致，精美无人能及，但他所传达的情感却是浓稠的伤情，甚至是没有血色的美。

更漏子

温庭筠

柳丝长，春雨细，花外漏声迢递。惊塞雁，起城乌，画屏金鹧鸪。
香雾薄，透帘幕，惆怅谢家池阁。红烛背，绣帘垂，梦长君不知。

翠柳丝绦纤长，春雨细密窸窣，花丛外，更漏声声连连。这时光的窃窃私语，惊扰了边关的大雁、宿城的乌鸦，它们似乎都感应到了光阴的流逝，只有这画屏上金灿灿的鹧鸪鸟，不畏年华易老，不为所动。满室熏香疏淡，不见踪影，可还是透过层层帘幕袭来，就像那闺中女子的惆怅，不知不觉地竟弥漫了整间闺阁。夜已深，红烛渐渐消残，床边的绣帘垂下，影影绰绰。孤寂夜长梦更长，可这梦中的相思之苦只能独自伤怀，那心爱之人永远无从知晓。

整首词的意象和场景都很集中，我们可以想象出，一位半卧香榻上的女子望着窗外默默沉吟的画面。温庭筠的词作大多铺排在尺寸之间，就好像一张取景精致的"画屏"，尽收眼底。在这样小的空间内，词人又以代表性极强的意象组成了一个个独立的场景，或并列，或递进地排列起来，使读者或联想，或沉浸，很有静态"蒙太奇"的效果。

开篇的"柳丝""春雨""漏声"从形似到声似的排比，使人联想到似水流年；下阕的"雾薄""透帘"比拟"惆怅"的无声蔓延；前文的更漏声声、时光匆匆又与后文的"梦长"对比，让人真切地感受到相思之梦对主人公的折磨。

温庭筠细腻的观察力和精妙的表现手法，深深打动了我们。这些罗列满眼的意象营造了那份久久不肯散去的惆怅，它沉闷而压抑，甚至凝固在我们的四周。这就是温庭筠的风格，一个个温婉华丽甚至黏腻的意象扑面而来，而带给人们的却是毫无生命的沉寂——有时，它会令你窒息。他的词，渗透着他对那个时代的看法，就像"金鹧鸪"对时间的无动于衷，他对这个世界是麻木的。他不在乎为那些倡优歌妓写词和歌，至少，在那些秾丽得有些泯灭个性的词曲中，他还是活生生的。

"弦上黄莺语"是一场生命的对话，它展现出韦庄真挚自然的词风。韦庄和温庭筠同为花间词人，并称"温韦"，但是词风上却有很大区别。如果说温庭筠的词是牡丹，那么韦庄的词就是水仙。"弦上黄莺语"多么生动迷人，简洁明快间就将一丝生机铺展开来，词句与生命融为一体，就像水仙凭水而生，也因水而丽。"语淡而悲，不堪多读"（《词综偶评》）就是韦庄与温庭筠词作在本质上的区别。

其实，韦庄在词作出名之前，他最著名的是一篇乐府长诗《秦妇吟》。

当年，四十五岁的韦庄进京应举，正赶上黄巢起义，他和弟妹深陷战乱而失散，悲愤交加而作《秦妇吟》控诉战乱对百姓的残害，因而成名。"还将短发戴华簪，不脱朝衣缠绣被。翻持象笏作三公，倒佩金鱼为两史。"(《秦妇吟》)抛去阶级观念不说，这几句将黄巢起义军急于封侯拜相却不知礼法的丑态刻画得入木三分，由此，可见韦庄质朴而精准的白描功底。

王国维之所以唯独挑选了这一句来概括韦庄的词，还有一个弦外之音："黄莺语"妙在婉转动听，声声清脆而不聒噪，音音圆润而不甜腻。韦庄的词看似含蓄婉丽却不乏直抒胸臆，就连晚清著名词家陈廷焯也在《白雨斋词话》中说道："韦端己词，似直而纡，似达而郁，最为词中胜境……"

菩萨蛮
韦　庄

红楼别夜堪惆怅，香灯半卷流苏帐。残月出门时，美人和泪辞。
琵琶金翠羽，弦上黄莺语。劝我早归家，绿窗人似花。

想那家中红楼宛苑，分别前夕，我曾与你在此度过最后一晚，那郁结难抒的惆怅，今朝想来历历在目：任凭香灯燃尽，书开半卷，帷帐轻挽，我们相顾无言；不知是几更天，娥眉月还没落去，我便要踏上旅途，回顾小楼，竟看到美人梨花带雨，含泪相送。如今，我身在异乡，听闻那镶着金翠羽的琵琶缓缓而奏，好似黄莺私语般温婉浓情，更催生了我对你的思念。你在绿窗下送别时如花般的身影一直萦绕难却，如今你还好吗？

这首词呈现给我们的是往昔和今朝两个场景，它们以"弦上黄莺语"为媒介相互通联。这便是韦庄在结构设置上的巧妙之处，使得情由景发，顺理成章，又使得开篇的"惆怅"基调一贯到底，读其词犹如含其情，浑然天成。

对比温庭筠和韦庄的这两首代表作，我们会发现，虽然同为儿女情长，但他们在创作手法上完全不同。相比温庭筠的单一场景，韦庄善于组合场景，时空间的交互使表达更有张力，就像此前王国维对李白《忆秦娥》一词在气象上的赞许。相比温庭筠以静态"蒙太奇"抛个拼图哑谜给我们，韦庄更善于运用动态镜头向我们直白地倾诉衷肠。前者好似绘画时将所见逐一罗列，各自成景，引人联想；后者则是在叙述剧情，由一个个小情景剧连成全篇，以真切的情景感染人。若要做个推断，温庭筠在现代定是个油画家或摄影家，而韦庄定是个戏剧家或导演。

不同的创作手法必然导致不同的阅读体验。韦庄赋予词句以情节，这就迫使语言朴质而生活化，自然不如温庭筠那般秾丽华美。但是，我们却在他的字句中感受到流动的情感和人物的音容笑貌，比起在温词浓稠的伤情中沉沦，在这里更能呼吸到悲伤的空气。这两种审美体验将读者带入两处风格迥异的水月洞天。

温、韦生活在同一个动荡的时代，他们有着相似的经历：年少傲才，背井离乡，半生漂泊。比温庭筠幸运的是，韦庄如愿以偿考取功名，后来还做了前蜀的开国宰相，一展政治抱负。因此，在温庭筠的岁月里，我们看到的"惆怅"是无边无际的无奈，毫无被拯救的希望，而在韦庄的洞天里，他的"惆怅"却是有寄托的、有期盼的，至少还有那个绿窗下的花影为他摇曳生姿。无论尺长寸短，温庭筠之"金鹧鸪"，韦庄之"黄莺语"都是真我、有我，只不过韦庄更从容自然，更契合人们对生机的向往，可是谁又能说，"金鹧鸪"的摄人心魄不是一种才情呢？

"和泪试严妆"是一种人生的感悟，它来自冯延巳对生活的体察和对政事不济的感慨。前一则，我们已经探究过冯延巳的词风——华丽之下的悲情，乐境之中的苦况，恰恰是泪痕交错中和着泪水点绛唇、敷香粉的百感交集。"和泪"点出了冯词的题材也属花间一脉，情感基调不外乎相思闺怨，"严妆"则说明冯延巳的言辞精当，相对浮华的花间词，更具端庄。更重要的是，"严妆"本是正襟危坐，可泪下的严妆却是强颜欢笑，在此，我们可以感受到词人在兀自悲情和残酷现实之间的挣扎，以及他选择的结果：在哀伤中直面人生。因此，才有了"开眼新愁无问处"的莫名伤感，"醉里不辞金盏满，阳关一曲肠千断"的愁情往复，"终日望君君不至，举头闻鹊喜"的悲中希冀。

菩萨蛮

冯延巳

娇鬟堆枕钗横凤，溶溶春水杨花梦。红烛泪阑干，翠屏烟浪寒。
锦壶催画箭，玉佩天涯远。和泪试严妆，落梅飞晓霜。

娇柔的鬟髻懒懒地堆在枕头上，任凭凤钗毫无章法地乱横而别。这小憩间，我梦到春水荡漾、杨花翻飞，一个多情的季节，多少芳华韵致。可一觉醒来，眼前的红烛泪潸潸而下、层层堆叠，好似我思念你时依偎远眺的栏杆；烛烟缭绕中，满是青翠的画屏竟也寒烟如浪。时光匆匆而过，滴漏的锦壶仿佛催促着沉静如画的箭标沉沉浮浮，从离别算起，我那心爱之人早已远走天涯。红烛泪怎比得过我的相思泪？胭脂涂在脸上，与泪水相溶，虽然镜中的自己双眼蒙眬，但还是要画个精致的红妆。毕竟，梅花虽傲骨，终有落尽时，残香满地也阻挡不了寒霜纷飞。

冯词虽没有韦词那么富有情节，它的空间也似乎是温词那样只在尺寸之间，但却以小场景包容了大时空，词中的美人与情郎分别，她的思念在凌乱的凤钗里，在融融

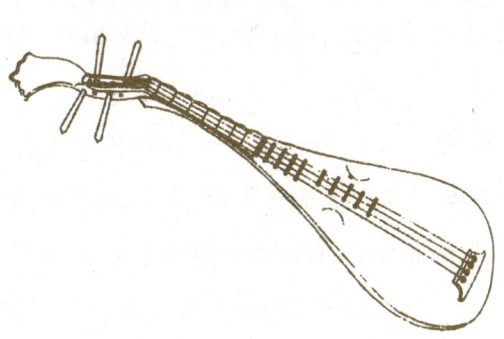

●**红楼别夜堪惆怅**

如今，我身在异乡，听闻那镶着金翠羽的琵琶缓缓而奏，好似黄莺私语般温婉浓情，更催生了我对你的思念。你在绿窗下送别时如花般的身影一直萦绕难却，如今你还安好吗？

●和泪试严妆，落梅飞晓霜

胭脂涂在脸上，与泪水相溶，虽然镜中的自己双眼蒙眬，但还是要画个精致的红妆。毕竟，梅花虽傲骨，终有落尽时，残香满地也阻挡不了寒霜纷飞。

的春梦里，在恣意滴落的烛泪里，在悠悠的寒烟里。上阕将相思之情借梦中、梦醒的情节和所见之物倾诉而出，虚幻和现实两个世界都被"情"字填满，可见主人公用情之深、相思之苦。下阕点明，这份相思不因时光渐逝，"玉佩天涯远"而消减，那么用什么来证明呢？"和泪试严妆"正表明了美人的态度——泪流过，情悲过，日子还要继续过，相思不忘过。让人忽然想起仓央嘉措的那句"你念，或者不念我，情就在那里，不来不去"。虽然，没有仓央嘉措那样直白得锥心刺骨，但对人世的通透却是异曲同工。

相比温词的一味沉沦、韦词的遥想寄托，冯延巳让我们看到一个人穿过"惆怅"的云雾向前走的身影。当然，他传达的"向前"不是轰轰烈烈地振奋精神、力挽狂澜，也没有"莫使金樽空对月"的洒脱豪爽，面对未来的忧患，他仍逃不出无所作为的惨淡哀怨，就像他对南唐政事的力不从心甚至是怀有私心一样，他只能甚至是选择作为一个旁观者。试问，谁又能抵挡自然的力量和历史的车轮呢？在我看来，冯延巳的"和泪试严妆"抛开了国家意志，抛开了权力担当，在他还原的个人意志中，读者看到了一个平凡人对人生的思考：就算不如意也要活下去，活得好。以人生入词，是冯词区别于温词、韦词的关键——虽然这思考尚粗浅，但却独树一帜。

从唐代到五代，同样身处动荡时代的三位才子，却有三种人生结局。

是造化弄人也好，是性情差异也罢，我们都能在他们的作品中看到极具个人色彩的性情。有人说温庭筠的词缺乏个性，但并非如此，他在香艳中沉溺，甚至泯灭自己，这本身就是他的表达，是他的真性情。在这一则里，我们的确能够看出王国维对三人词品高低的排序：冯词犹上，韦词其后，温词次之。但是正如王国维此前所说，文字是对人生境界的观照，境界只有大小，不分优劣，温庭筠作为花间词派的开创者，韦庄、冯延巳作为其发扬者，三种不同境界都值得欣赏和玩味。

千古谁解其中味

南唐中主词"菡萏香销翠叶残，西风愁起绿波间"，大有"众芳芜秽""美人迟暮"之感。乃古今独赏其"细雨梦回鸡塞远，小楼吹彻玉笙寒"，故知解人正不易得。

词　解

南唐中主李璟的词"菡萏香销翠叶残，西风愁起绿波间"，很有《离骚》中"众芳芜秽""美人迟暮"的感觉。但是古今诸人都只欣赏他的"细雨梦回鸡塞远，小楼吹彻玉笙寒"，这样看来，真正能够理解词作的人实在是非常难得。

评　析

五代是个乱世，在文学上没有那么多束缚，可以信马由缰。有趣的是，这个尚武的时代却推崇柔美的词曲，花间词派生机勃勃地茂盛生长。是逃避残酷的现实吗？"风乍起，吹皱一池春水""小楼吹彻玉笙寒""一江春水向东流"，这些流传千古的名句绝对不是泛泛之作，浅浅一读，便觉词人的满腹心事。原因在于人们对穷兵黩武的厌倦，对技不如人的担忧，以及对恬静淡泊的向往。不过李璟是个例外，他根本就没长"忧患"那根筋。

南唐，一个曾在五代十国中称雄的一方霸主，但只经历开国皇帝李昪一世的文治武功，便开始衰落。等到二世主李璟的时候，迫于后周柴荣的威慑，竟削去帝号，改称国主，这就是"南唐中主""南唐后主"的由来。虽说虎父无犬子，但李璟没长成"虎二代"。在军事上，他只会发号施令，却不懂用兵之道。宠臣冯延巳曾在溜须拍马的言辞中透露，想当年李昪为了区区几千人的损失便茶饭不思，而李璟发数万人征战，却照旧饮酒作乐、打球赛马，真是"王者风范"。不过，李璟的确继承了李昪"文艺青年"的基因。

他在文学上的成就，离不开一个人的潜移默化，那就是冯延巳。相传"细雨梦回鸡塞远，小楼吹彻玉笙寒"也是得到这位老师首肯的。

《南唐书·冯延巳传》记载了这样一个故事：冯延巳的"风乍起，吹皱一池春水"和李璟的"小楼吹彻玉笙寒"都被世人称为妙句。李璟曾经戏弄冯延巳说："吹皱一池春水的是风，跟爱卿你有什么关系啊？"冯延巳则回答道："臣无端感伤，自然不如陛下'小楼吹彻玉笙寒'来得真切。"李璟听了很是高兴。

如果大家觉得这个例子只不过是逢迎之言，不足为信，那么再讲王安石的故事：

王安石问黄庭坚："你写了这么多词，可曾读过李后主的词？"黄庭坚说："的确读过。""那你觉得他哪句写得最好？"王安石追问道。"'一江春水向东流'甚得我心。"黄庭坚答道。王安石却摇摇头，说："不然，依我看，这句不如'细雨梦回鸡塞远，小楼吹彻玉笙寒'和'细雨湿流光'当得起'最好'这个名号啊！"

显然，王荆公将李璟和冯延巳的词安到了李煜的头上，但是瑕不掩瑜，荆公对"细雨梦回鸡塞远，小楼吹彻玉笙寒"的认可了然眼前。

从李璟对冯延巳的戏弄中，可见"小楼吹彻玉笙寒"是他"正合朕意"的得意之语。这句作者喜欢、千古名士也喜欢的句子究竟好在哪里？先生又为何会钟情于其词句呢？

摊破浣溪沙

李　璟

菡萏香销翠叶残，西风愁起绿波间。还与韶光共憔悴，不堪看。

细雨梦回鸡塞远，小楼吹彻玉笙寒。多少泪珠无限恨，倚阑干。

上阕以夏末秋来的季节流转兴起，下阕以相思难却、感伤无限收拢。整首词清丽明秀，天然去雕饰，唯独下阕首句"细雨梦回鸡塞远，小楼吹彻玉笙寒"欲说还休，叫人捉摸不定。俞平伯曾点评说："细雨"和"梦回"只是凑巧，因为细雨不足以惊梦，就算顺理成章也淡然无味，不如不串讲；据周邦彦的词句"夜深簟暖笙清"来看，要笙暖才能吹得悠扬，但小楼响彻乐声，吹得如此起劲儿，玉笙却寒着。雨中是否有梦，楼中是否吹笙？俞老的回答是："'细雨梦回鸡塞远'就是'细雨梦回鸡塞远'。"这两句合起来，只看姿态神思，则有"佳侠含章之美"，但要具体说明所指

●细雨梦回鸡塞远，小楼吹彻玉笙寒

细雨点滴犹在耳，蓦觉已不在梦中，征人却依旧远在天涯海角，忽然间感到痛彻心扉；小楼独处，玉笙吹彻，寒意入骨，在这清寂空旷的氛围中，悲苦之情悠远无极，仿佛永无尽头。此句意境凄清，无声的伤悲动人心魄，一个"彻"字，写尽了人间寂寞。

的确为难，也没有必要。

由此看来，"细雨梦回鸡塞远，小楼吹彻玉笙寒"的魅力就在于梦幻般的缥缈之美。按照先生的"境界说"，这是造境之美。"细雨"为梦醒发现妾在此、君在彼而造，只在连接近远两度空间，不在挥洒与否；"玉笙"为独立小楼不禁秋寒而造，只在渲染凄切的思念，不在声丽与否。我们最喜欢那个"彻"字，在氤氲的氛围中，它似乎不仅仅指小楼一处，而是将乐声灌满此地与远方，以及主人公的内心，一种寒透发丝的空寂使我们不禁寒战。而纵观"小楼吹彻玉笙寒"一句，我们看到，此时的美人与远方的爱郎共登小楼，共吹玉笙，如此绵延的意境实在感人至深。

画骨难画神

温飞卿之词，句秀也；韦端己之词，骨秀也；李重光①之词，神秀也。

注　释

　①**李重光**：即李煜，五代十国时南唐国君，字重光，号钟隐、莲峰居士。是南唐中主李璟第六子，史称李后主。北宋灭南唐后，其被俘至汴京，封为右千牛卫上将军、违命侯。后因作感怀故国的名词《虞美人》而被宋太宗毒死。李煜艺术才华非凡，书画音律无一不精，诗文造诣也颇高，尤以词的成就最高，被誉为"千古词帝"。

词　解

　温庭筠的词，句秀。韦庄的词，骨秀。李煜的词，神秀。

评 析

关于温庭筠的词，我们已经分析了很多。在此，静安先生以"句秀"来概括，言简意赅地点明了温词浮华其表、情滞难深的特点。不过，这样的信息用"文秀""章秀"也可以传达，为什么偏偏是"句秀"呢？其实先生的意图不仅于此。

揣摩之下，"句秀"很有断章、偶然的意味。《菩萨蛮》(小山重叠金明灭)《更漏子》(柳丝长)所描述的都是巴掌大的空间中金簪叹玉、晓月惜花，客观的实景描写比比皆是，它们罗列在一起自然是如断线的珍珠，合在一起也只是大珠小珠落玉盘般的清脆之响，不成曲调。"句秀"还有一层含义，那就是妙句嵌于词中，不成篇章。

除了这两篇代表作，不论是"玉炉香，红蜡泪"，还是"千里玉关春雪，雁来人不来"，"句秀"的特点都随处可见。虽然温庭筠的大部分作品都不能免"俗"，但还是有几篇不落窠臼之作的。

梦江南
温庭筠

梳洗罢，独倚望江楼。过尽千帆皆不是，斜晖脉脉水悠悠。肠断白蘋洲。

梳妆打扮一番，只为等君归来。我一个人在小楼上倚着门廊，默默地眺望江面，看那船儿一批又一批地驶来，满怀期盼地寻找你的身影，可是它们却又都一一驶过，只留下无限落寞。夕阳西下，晚照的余晖深情脉脉地注视着江面，可水面空空荡荡，江水毫不在意地悠悠而逝，就好像我的期盼到头来终是一场空，唯有在这白蘋洲上伤心断肠。

同样的小场景，与其他断点式的温词相比，这首词却一气呵成。从"梳洗"到"断肠"，以思妇望君君不至的情节贯穿，开篇、高潮、结尾段段分明、蓄势丰满，读罢，那思绪愁情犹似江水般奔流而来，一泻千里。沈际飞在

清平乐

温庭筠

洛阳愁绝，杨柳花飘雪。终日行人恣攀折，桥下水流呜咽。

上马争劝离觞，南浦莺声断肠。愁杀平原年少，回首挥泪千行。

　　洛阳，即洛水之阳，本应明媚，可却愁苦至绝，就连春来杨柳花漫漫，也好似飘零的冬雪。每天都有行人在这里情不自禁地折柳送别，桥下的河水也不停地为离别之人呜咽奔流。我跨上马，朋友们争相与我共饮最后一杯酒。想那江淹《别赋》有句"送君南浦，伤如之何"，忽然听到分别之地黄莺的娇啼，叫人悲伤断肠，更不忍离去。"我本平原儿，少年事远行"，我现在方才体会到这离愁的切肤之痛，渐行渐远，回首相望，仍挥不尽泪千行。

● 句秀、骨秀、神秀

　　温飞卿辞藻华丽，佳句宛如佳人，彼此相得益彰；韦词则大多直抒胸臆，用词简洁连贯，上下一气，因此脉络分明，层次清晰；李煜的词则直达人心最深处，丝丝入扣，切中肯綮，容易产生共鸣，所以称作神秀。

　　这是温词中极为特别的作品，虽然仍见杨花莺语，但是没有堆砌，没有掩饰，扑面而来的离愁使我感受到一股俊朗之气。丁寿田的《唐五代四大名家词》说"此词悲壮而有风骨"，有些言过其实，不过反观以往娇弱矫作的温词，强烈的对比下有此惊讶之语，稍稍言重也就不足为过了。

　　丁寿田还曾推测温庭筠作《清平乐》的动机，"其作于被

人间词话

贬时乎？"一个词人的词风和内容直接观照他的内心，在这两首另类作品中，我们看见了温庭筠与沉沦花街时不同的人生状态——他也曾有流动的情感，他也曾有难酬的壮志。比起王国维所评价的"句秀"，这两首词还让我们触摸到温度，那是血与肉的温度，是温庭筠一生中少有的体温。

当然，与韦庄的"骨秀"相比，温庭筠在王国维的眼中还是略逊一筹的。

后主之气象

词至李后主而眼界始大，感慨遂深，遂变伶工之词而为士大夫之词。周介存置诸温、韦之下，可谓颠倒黑白矣。"自是人生长恨水长东""流水落花春去也，天上人间"，《金荃》《浣花》①，能有此种气象耶？

注 释

①《金荃》：指《金荃集》，温庭筠词集。《浣花》：指《浣花集》，韦庄词集。

词 解

词到了李煜那里眼界才开始变得广阔，于是感慨变得更为深刻，使词从此从伶工之歌变为士大夫之词。周济认为李煜的词不如温庭筠和韦庄，真是颠倒黑白。"自是人生长恨水长东""流水落花春去也，天上人间"，温庭筠和韦庄的词哪有这样的气象呢？

评 析

这条文论可以看作是对李后主在词作发展史上的地位的论述，李煜之词摆脱了五代词花间词派充满脂粉香气的狭窄境界，开始抒写沉重真实的亡国之痛，感慨悲凉的人生苦难，使词从供伶人乐工于花前月下、青楼勾栏娱乐的工具，变为士大夫抒情言志的文学体裁，李煜对词境的开拓为宋词的繁荣奠定了极为深厚的基础。

"自是人生长恨水长东"出自李煜的《相见欢》。

相见欢

林花谢了春红，太匆匆。无奈朝来寒雨晚来风。

胭脂泪，相留醉。几时重？自是人生长恨水长东！

以春红二字代花，是修饰，也是艺术，此春红是极美而又可爱的名花，可惜竟然已经凋谢。凋零如果是时间推移，自然凋谢，尽管可惜，但理所当然；如今却是朝雨暮风，不断摧残引发的。名花凋零，犹如美人夭逝，可怜可痛。以此可知，愤慨当中隐含着"无奈"，悲伤莫名。上阕中的三句，都是千回百转的情怀。

"胭脂泪"三字，异常哀艳，"留人醉"，这个"醉"字并不是"陶醉"这一常见的含义，而是悲伤凄婉到了极致，心如迷醉。

最后一句犹如上阕的歇拍长句，也是运用了叠字衔联法："朝来""晚来""长恨""长东"，前后呼应，更增加其异曲同工之妙，使其感染力量倍增。顾随先生评论李煜的词，认为"问君能有几多愁，恰似一江春水向东流"，其美中不足之处就在于"恰似"，因为明喻不如暗喻，一语道破"如""似"，意味便显得浅薄。而"自是人生长恨水长东"，恰好避免了这一处微小的瑕疵，消除了比喻的痕迹，而意境则转高一层。美意不留，芳华难驻，此恨无穷，而无情东逝之流水，不舍昼夜，浪淘尽，千古风流人物，只是表现的风格手法不同。

"流水落花春去也，天上人间"出自李煜《浪淘沙》。

人间词话

浪淘沙

帘外雨潺潺，春意阑珊，罗衾不耐五更寒。梦里不知身是客，一晌贪欢。
独自莫凭栏，无限江山，别时容易见时难，流水落花春去也，天上人间。

　　门帘之外传来雨声潺潺，浓郁的春天气息即将损耗殆尽。罗织的锦被耐受不住五更时分的寒冷。唯有迷梦中会忘掉自己是羁旅之客，才能享受到片刻的欢娱。独自一人在太阳下山时，坐在高楼上倚靠栏杆遥望着远方，想到昔日拥有的无限江山，心中就会涌起无尽的伤感。离开故土很容易，但要再见它就很难。犹如奔流到海不复回的江水，凋落的红花跟春天一起消逝，今昔对比，一个宛如在天上，一个是跌落凡尘。

　　这首词作为李煜后期作品的代表，反映了他在亡国之后的囚居生涯中的困苦心情，确实正如王国维所说"眼界始大，感慨遂深"。能以白描的手法诉说内心的极度痛苦，具有撼动读者心灵的惊人艺术魅力。

　　周介存，即周济（1781—1839），字保绪，一字介存，清代词人、词论家。其《介存斋论词杂著》写道："毛嫱，西施，天下美妇人也。严妆佳，淡妆亦佳，粗服乱头，不掩国色。飞卿，严妆也。端己，淡妆也。后主则粗服乱头矣。"

　　但静安先生对于周济对温、韦、

●流水落花春去也，天上人间

　　叹息春归何处。张泌《浣溪沙》有"天上人间何处去，旧欢新梦觉来时"的句子，"天上人间"，是说相隔甚为遥远，不知所在何处。这是指春，也兼指人。词人长叹水流花落，春去人逝，故国一去难返，无由再见。

后主的词评是存在误解的，王国维认为这是把后主置于温、韦之下，其实周济的本意是说后主的词如绝美之人，纵然不加修饰，美人之资质也未有减损，这其实是褒扬李后主的词自然浑成，生机勃勃，与"神秀"的评价是一致的。

怀赤子之心

词人者，不失其赤子之心者也。故生于深宫之中，长于妇人之手，是后主为人君所短处，亦即为词人所长处。

●生于深宫，怀赤子之心

李煜作为一代帝王，从小生长于温柔乡中，但因此其心志得以超然世外，有着众人所没有的心路历程，因此得葆赤子之心。

词　解

词人就是不失其赤子之心的人。所以出生于深宫之中、成长于妇人之手的生活环境，虽然对于一个君王来说是短处，但对于一个词人来说却正是他的长处。

评　析

赤子之心在这里和上面的两种来源都有关系，但又不与二者完全相同，在这里可以理解为"真心"，认为诗人不应失其赤子之心，就是强调诗人应该真诚地对待自然与人生，作品应该出于至性至情，这与前面文论中，他主张要写真景物、真感情是完全一致的，而写真景物、真感情的一个重要前提就是要有真性情。

对后主李煜而言，因为他"生于深宫之中，长于妇人之手"，这在一方面制约了他在政治上的作为，但他同时却因此而超然世外，得以更深刻地体验我情我性，特别是其后期由一代君王到阶下囚的巨大转变，使其感情更加纯粹，性情也愈加真切。诚如有学者所言，李煜文学之成功，是顺境保有赤子之心，逆境也保有赤子之心的结果。但是这里与下面的文论在有的学者看来是有矛盾的，我们将在下面具体讨论。

李后主之性真

客观之诗人不可不多阅世。阅世愈深，则材料愈丰富，愈变化，《水浒传》《红楼梦》之作者是也。主观之诗人不必多阅世。阅世愈浅，则性情愈真，李后主是也。

词　解

　　客观的诗人，不能不多经历世事，经历世事越深切，那么材料就积累得越丰富，越富有变化，《水浒传》《红楼梦》的作者就是如此。主观的诗人，不必多经历世事，阅世越浅，则性情越纯真，李煜就是如此。

评　析

这条文论招致了很多的批评。以李煜为例，很多学者提出，李煜写得最好的词并不是他在养尊处优的时候写就的，而恰恰是在他经历了重大的变故，眼界扩大、感慨加深后写成；如果他没有这段阅历的话，也就没有这些流芳千古、脍炙人口的好词了。这个逻辑看似很有说服力，其实是对于这则文论的误读：首先，不必多阅世并不等于不阅世，虽然没有指出这个阅世的度应当如何衡量，但是至少这里显示出王国维的严谨；其次，主观之诗人和客观之诗人的说法，除了应结合前面有关文论，还可以参考作者在《文学小言》中的相关论述："文学中有二原质焉：曰景，曰情。前者以描写自然及人生之事实为主，后者则吾人对此种事实之精神的态度也，故前者客观的，后者主观的，前者知识的，后者感情的。"最后，静安先生对于当时的社会现实是有批判的，他曾说过："社会上之习惯，杀许多之善人，文学上之习惯，杀许多之天才。"结合当时的社会现状，我们认为，即便认为这些言论有些过于严厉，也是完全情有可原的。由此可见，上面的论述是很有见地的：李煜文学之成功，是顺境保有赤子之心，逆境也保有赤子之心的结果。

李煜的词分为前、后两期，前期是他身为南唐皇帝，春风得意时期写下的词作，其作品主要是描写帝王的奢华生活，或是表达离别相思。

李煜身为皇帝，其身份和地位决定了他的思想有着无尽的自由，使他具有原始的生命形态和自由放纵的意识（赤子之心），并连带着使自己的词作具有一种率真自然之美。但他的这种率真与后期创作的率真是不同的。后期是内心中有着太多的哀愁积压在心中不得不发泄，而前期则是任由自己放纵。

李煜在国破家亡，自己被软禁后，词风产生了重大变化，风格哀怨缠绵却暗含磅礴气势，是表达亡国之痛、故国之思。例如，那首著名的《虞美人》：

虞美人

春花秋月何时了，往事知多少？小楼昨夜又东风，故国不堪回首月明中。

雕栏玉砌应犹在，只是朱颜改。问君能有几多愁，恰似一江春水向东流。

李煜身在汴梁，却无时无刻不在怀念着过去在故国的生活。

望江南

多少恨，昨夜梦魂中。还似旧时游上苑，车如流水马如龙，花月正春风。

"车如流水马如龙，花月正春风。"李煜表达了对过去生活的无限怀念，可如今心中只剩下无尽的恨，还有满腔的无奈。

李煜用词作展现了自己的深层苦难，同时还暗含了一种浓厚的悲剧氛围与忏悔意识，他对自己的灵魂进行了拷问：

破阵子

四十年来家国，三千里地山河。凤阁龙楼连霄汉，玉树琼枝作烟萝。几曾识干戈？

一旦归为臣虏，沈腰潘鬓消磨。最是仓皇辞庙日，教坊犹奏别离歌。垂泪对宫娥。

●恰似一江春水向东流

这种愁无穷无尽，犹如"春水"般不断上涨，江水的深沉与连绵不绝，都和作者心中的"愁"一样。以水之恒流，比喻愁痛的无尽，那一缕缕浓重的愁绪让人肝肠寸断！可以说此时的李后主是在用心头滴下的热血在创作！

"几曾识干戈"，短短的五个字，饱含了无限的悔恨和懊恼。如此多的恨意从何而来，正是因为他时时都在拷问自己的灵魂，直抒胸臆，并没有因为自己被严密监视而畏首畏尾，这就是静安先生所说的"赤子之心"。

李后主以自己的词，以自己的赤子之心，更是以生命之词把自己的名字镌刻在了文学史上，并自成一家，承上启下。李后主正是依靠这一点，才得以留下千古名词！他的浪漫挥洒、神秀自然、天真率直和不知理性节制，使他卓然成家。

以血写情感

尼采①谓："一切文学，余爱以血书者。"后主之词，真所谓"以血书者"也。宋道君皇帝《燕山亭》词亦略似之。然道君不过自道身世之戚，后主则俨有释迦、基督担荷人类罪恶之意，其大小固不同矣。

注 释

①尼采（1840—1900），德国哲学家，唯意志论和生命哲学主要代表之一。以"超人"哲学著称。他在《苏鲁支语录》中说："凡一切已经写下的，我只爱其人用血写下的书。用血写书，然后你将体会到，血便是精义。"这本书现在通常翻译为《查拉图斯特拉如是说》。

词 解

尼采说："所有的文学作品中，我最爱用血写成的。"李后主之词，真可谓是"用血写成"的。宋徽宗的《燕山亭》词也略微接近。但是宋徽宗只不过是自道身世之苦，而李煜则俨然有释迦牟尼、基督承担人类罪恶的意思，他们作品价

值的高低实在不相同。

　　刘锋杰、章池先生在所著的《〈人间词话〉百年解评》中认为：将李煜与释迦牟尼、基督相提并论，是承认李煜所关心者不是个人，而是人类，这是他的眼界宏大，也是认为李煜有担当人类苦难的自觉，正是这种自觉，才使他咀嚼罪恶、咀嚼苦难，成为一位受难的诗人，将罪恶与苦难转化成泣血之作，这使他的人生体验与感慨变深。相反，李煜若不能将苦难视作身内物，甚至排斥苦难，就不能深入体验它与表现它，血的经历就不能成为血写的书，那李煜也就与宋徽宗同列了。滕咸惠先生在《〈人间词话〉新注》一书中认为，王国维所说的"俨有释迦、基督担荷人类罪恶之意"只是一个比喻，并非认为李后主以个人苦难担荷人类罪恶。他进而认为，在文学史上存在这样一种现象，优秀杰出的作品可以引起不同历史时期读者思想感情的共鸣，上面的比喻所揭示的，正是这种共鸣现象。

　　宋道君皇帝指宋徽宗赵佶，因为徽宗崇信道教，自称"教主道君皇帝"。人们习惯于把李煜和宋徽宗放在一起讨论，其原因很简单，他们都曾经贵为帝王，都才华横溢，李煜的词、宋徽宗的书画都是一绝，足以在艺术史上占有一席之地，卓然成家。但作为皇帝，他们又都是昏庸之主，最后都国破家亡，李煜被毒死，宋徽宗在无限凄凉中病逝。

　　《人间词话》中提到了宋徽宗的

除梦里有时曾去

在梦中见一见故国宫殿来慰藉自己也不可得，因为连梦也做不成。情感真挚深沉，真可说是字字泣血，断肠之音。

词作：

燕山亭·北行见杏花

　　裁剪冰绡，轻叠数重，淡著胭脂匀注。新样靓妆，艳溢香融，羞杀蕊珠宫女。易得凋零，更多少无情风雨。愁苦，闲院落凄凉，几番春暮？

　　凭寄离恨重重，这双燕何曾，会人言语。天遥地远，万水千山，知他故宫何处？怎不思量，除梦里有时曾去。无据。和梦也、新来不做。

　　这首词与李煜的《虞美人》一样，都属于亡国之音，写作于金军攻破汴梁，俘虏了宋徽宗，将其押解前往金国的途中。徽宗以杏花美丽却容易凋零，抒发自己的身世之感。一国之君与亡国奴两种生活的对比，使他唱出了家国沦亡的哀声。上阕描绘杏花绽放时的娇艳与遭受风雨摧残之后的凋零。下阕写离恨，抒发故国之思。以花喻人，抒发真情实感。百折千回，极尽悲凉哀婉。

　　开头描绘杏花之美，从"易得凋零，更多少无情风雨"开始，怜花怜己，语带双关。花易凋零、风雨摧残、院落无人，意蕴愈转愈深，愈深愈痛。下阕燕不会人言语、望不见故宫、梦里思量、和梦不做，且问且叹，如泣如诉，回肠荡气。

在《花间》之外

　　冯正中词虽不失五代风格，而堂庑特大，开北宋一代风气。与中、后二主词皆在《花间》范围之外，宜《花间集》

中不登其只字也。

词 解

冯延巳的词虽然还没有失去五代时期的风格，但是他的词境界开阔，气势恢宏，开北宋一代风气。和南唐中后二主的词都突破了花间词风的限制，《花间集》中不收录他们一个字是很自然的事情。

评 析

《花间集》是五代后蜀赵崇祚编，选录晚唐五代温庭筠、韦庄等十八家词五百首，其中除温庭筠、皇甫松、孙光宪外都是身居西蜀的文人，为最早的文人词总集。

《花间集》是所谓五代风格的最典型代表，"其词作崇尚雕饰，追求婉媚，言情不离伤春伤别，场景无非洞房酒筵，裙裾脂粉、软香柔腻充盈其间"。

堂庑特大是形容气度恢弘，境界开阔高远。冯延巳的词虽然也缠绵、执着，表面上有花间的风格，实际在词的背后总有一种挥之不去的郁结，境界比花间深远了许多；后主的词更不待言，"变伶工之词而为士大夫之词"，自然更高出花间词数筹。

事实上《花间集》根本不收录南唐词人的作品，这个集子所录的词作者中，除去晚唐词人，绝大部分都是前后蜀的词家，只有少数人在其他地域。李

●将远恨，上高楼，寒江天外流

冯延巳的词，继承了花间词的传统，没有超越花间词的相思恨别、男欢女爱、伤春悲秋的范围。但也有所突破和创新。他在词中经常感叹人生短暂、生命有限、时光易逝。表现人生短暂的生命忧患意识，丰富了词作的思想内涵，例如，以大境写柔情的"将远恨，上高楼，寒江天外流"。

煜当时年纪太小，还没有词作。蜀地地处偏远，交通闭塞，加上当时战乱频繁，李璟与冯延巳的作品未必能及时传入蜀地，因此《花间集》没有收入他们的作品也是很正常的。

冯延巳之煊赫

正中词除《鹊踏枝》《菩萨蛮》①十数阕最煊赫外，如《醉花间》之"高树鹊衔巢，斜月明寒草"，余谓韦苏州②之"流萤度高阁"，孟襄阳③之"疏雨滴梧桐"不能过也。

注释

①**正中**：即冯延巳，其《阳春集》中有《鹊踏枝》十四首，《菩萨蛮》九首，都被认为是其代表作。②**韦苏州**：即韦应物（737—约790），唐代著名诗人，曾担任苏州刺史，故世称韦苏州。③**孟襄阳**：即孟浩然（689—740），襄阳人，唐代著名诗人，其诗作自然平淡。

词解

冯延巳的词除了《鹊踏枝》《菩萨蛮》等十几首最为著名外，他的《醉花间》中的"高树鹊衔巢，斜月明寒草"一句，我认为韦应物的"流萤度高阁"和孟浩然的"疏雨滴梧桐"都不能超过它。

评析

提到的"高树鹊衔巢，斜月明寒草"出自：

醉花间

冯延巳

晴雪小园春未到，池边梅自早。高树鹊衔巢，斜月明寒草。

山川风景好，自古金陵道。少年看却老。相逢莫厌醉金杯，别离多，欢会少。

"流萤度高阁"出自：

寺居独夜寄崔主簿

韦应物

幽人寂无寐，木叶纷纷落。寒雨暗深更，流萤度高阁。

坐使青灯晓，还伤夏衣薄。宁知岁方晏，离居更萧索。

"疏雨滴梧桐"如今只剩残句："微云淡河汉，疏雨滴梧桐。"

先生说"高树鹊衔巢，斜月明寒草"胜于"流萤""疏雨"句，是有其道理的。"寒雨暗深更，流萤度高阁。""度"字用在此处是很见功夫的。船渡于水，船尾的水面会出现一道水波，但船过就消失无踪。萤光也是如此，飞萤留下了一道微光，而并非一个光点，正类似于船渡水时的情形。另外，萤光"度"是在楼阁之间的高处平

● **高树鹊衔巢，斜月明寒草**

"鹊衔巢"是用细微声响与动作凸显周边宁谧孤寂的氛围，同时以鸟鹊尚且有家，来反衬羁旅之人的无以为家；"明寒草"，在一片清冷安静的画面当中，隐含着嗟叹无语的落寞。白描般的写景手法中，蕴藏着深沉的愁绪，而景与情却又完美地融为一体，这就是"无我之境"。

直滑过，而非上下纷飞。这个词的绝妙之处就是再难找出比它更贴切的说法。寒雨入夜，高处楼阁之间萤光滑过，转瞬即逝，雨声与流光交错，让人怔怔入定。"流萤渡高阁"让人如身临其境。

"微云淡河汉，疏雨滴梧桐"，这句近乎于白描，但也最显露功夫。夜雨初霁，夜空中只留下几抹微云飘荡在银河之间，疏落的雨滴偶尔滴落在梧桐叶上，静谧的环境中，天地更显旷远清朗。这句诗笔调清和平淡，但意境极佳，纯以写景论，此一句是三句中最佳者。

"高树鹊衔巢"，细微的声响与动作更凸显静谧的氛围，与"疏雨滴梧桐"有着异曲同工之妙，而此句略微显露出生机，更衬托出清寂；"斜月明寒草"，清冷的月光洒在寒草上，显得冷清凄美。仔细体味，清冷宁谧的意境当中浸透着一种无法言说的落寞与孤独，这种附带着情绪的氛围正是前面两句写景诗所不具备的。冯正中落笔举重若轻，白描当中蕴藏极深的情致，打破了因景生感的常规，而是将情融入景中，这是与前两句最大的差异。

总的来说，流萤句意韵流动，但境界偏小，没有悠长疏远之感；疏雨句意境疏朗高远，景致清新如画，但却略显静寞，少了生机。只有"高树鹊衔巢，斜月明寒草"集二者优点于一身，意境超然而生机益然。也正如先生所推崇的"一切景语皆情语"。前两句景致清朗，但有所感而无所悟，"景"并未落实到"情"上。冯词在清静当中更蕴含有无言的落寞，深情款致，暗藏于画境之中，境界更高，因此得到了先生的肯定。

后人所不能道

欧九[1]《浣溪沙》词"绿杨楼外出秋千"。晁补之[2]谓：

只一"出"字,便后人所不能道。余谓此本于正中《上行杯》词"柳外秋千出画墙",但欧语尤工耳。

注 释

①**欧九**:即欧阳修（1007—1072），字永叔，号醉翁，晚年又号六一居士，北宋文学家、史学家，因排行第九，故有此称。②**晁补之**:字无咎，号归来子，北宋文学家。

词 解

欧阳修的《浣溪沙》词中有"绿杨楼外出秋千"一句。晁补之认为，仅一个"出"字便是后人所不能达到的。我看这个"出"字的运用正是借鉴了冯延巳《上行杯》词中"柳外秋千出画墙"一句，只是欧阳修的文辞更为工整精巧。

评 析

浣溪沙

欧阳修

堤上游人逐画船，拍堤春水四垂天。绿杨楼外出秋千。

白发戴花君莫笑，六幺催拍盏频传。人生何处似樽前？

上行杯

冯延巳

落梅着雨消残粉，云重烟轻寒食近。罗幕遮香，柳外秋千出画墙。

春山颠倒钗横凤，飞絮入帘春睡重。梦里佳期，只许庭花与月知。

欧阳修的这首《浣溪沙》写得春意盎然。"堤上游人逐画船"，一个"逐"字非常生动传神地写出游人喜悦欢庆的心情；"拍堤春水四垂天"，春水拍堤，天幕四垂，宛若一幅春意图。这两句写全景，"绿杨楼外出秋千"则

是写细节，恰恰是春景的点睛之笔。"出"字用得非常精彩，杨柳当中蕴含着春意，秋千上的少女正值青春娇美的年纪，动静之间似乎让人隐约听见远处春天中的喧闹笑语。上阕运笔自然流畅，轻轻落笔却已经生动至极。

"白发戴花君莫笑"，白发就是指诗人自己，老欧已经豪兴大发，乐而忘形，丝毫不顾他人窃笑了；"六幺"即"绿腰"，曲调名，此时正是急管繁弦，觥筹交错，欢畅至极。最后一句陡然笔锋一转，"人生何处似樽前"，一生之中又有什么时候能如此欢乐

●绿杨楼外出秋千

　　堤上，游人如织，笑语欢声；湖上，画舫轻漾，春水连天，好一幅踏青赏春的优美图画，那绿杨丛中荡起的秋千架，那伴随秋千飞舞飘扬的盈盈笑声，才是青春少女的欢畅，才是春天最美丽的风景。

呢？全词由欢快骤然转入沉郁，对比之鲜明，感慨之深沉，给人印象极深。

　　"出"字的精彩之处在于写出春天所特有的活泼欢快氛围。相比之下，冯词显得就不是那么出彩了。另外，王国维在此处犯了一个小错误，"出"字所本并非冯词，而是唐代王维的《寒食城东即事》中的"蹴鞠屡过飞鸟上，秋千竞出垂杨里"，这首诗里的"出"字用得活泼，与欧阳修词已经有异曲同工之妙。

　　欧阳修上阕有游人追逐画船，一个"逐"字生动描摹了踏青赏春的人们争相观赏的情状，是动景；春水拍堤，以声势来表达动态，把水写活了，也是动景；等转到楼外绿杨时，尽管有春风，树枝也必然随风而动，但因为距离较远的缘故，整幅画面似乎静下来了，然而楼树之间突然有秋千荡出，一个"出"字，使得原本欲静的春景一下子峰回路转，又动了起来，

人间词话

给人些许意外的同时，越发反衬了动景，让人击节赞叹。不仅如此，在王国维自己创作的《人间词》中，同样化用了"出"字：

浣溪沙

路转峰回出画塘，一山枫叶背残阳，看来浑未似秋光。

隔座听歌人似玉，六街归骑月如霜，客中行乐只寻常。

永叔似专学此种

梅圣俞①《苏幕遮》词："落尽梨花春又了。满地斜阳，翠色和烟老。"刘融斋②谓：少游③一生似专学此种④。余谓冯正中《玉楼春》词："芳菲次第长相续，自是情多无处足。尊前百计得春归，莫为伤春眉黛蹙。"永叔一生似专学此种。

注 释

①**梅圣俞**：梅尧臣（1002—1060），字圣俞，专力于诗歌，其诗开宋诗风气之先。②**刘融斋**：即刘熙载（1813—1881），字融斋，清末学者。③**少游**：即秦观，字少游，号淮海居士，宋朝著名词人。④**一生似专学此种**：引自刘熙载《艺概·词曲概》："少游词有小晏之妍，其幽趣则过之。圣俞《苏幕遮》云：'落尽梨花春事了。满地残阳，翠色和烟老'，此一种似为少游开先。"

词 解

梅尧臣的《苏幕遮》词中云："落尽梨花春事了。满地斜阳，翠色和烟老。"刘熙载说：秦观一生好像专门学习这种意境。我认为冯延巳的《玉楼春》词："芳菲次第长相续，自是情多无处足。尊前百计得春归，莫为伤春眉黛蹙。"欧阳修一生好像专门学习这种意境。

评 析

这条文论是论述秦观词和欧阳修词的风格差异，所引用的梅尧臣的词缠绵哀怨，含蓄蕴藉，与秦观的词风格相近，而所引冯延巳的词在缠绵哀怨中已经有了别样的情致，读者能够感受到一种达观和洒脱，欧阳修的词风格正与此相近，故而有了上面的说法。

值得注意的是，冯延巳的词和欧阳修的词因为在风格上极其相近，故而后人编纂的词集中将二人的词作混淆了很多，这些词具体为哪位所作，看来会成为永远的谜案，当然这也从另一方面说明了二者词风的相似。

苏幕遮·草

梅尧臣

露堤平，烟墅杳。乱碧萋萋，雨后江天晓。独有庾郎年最少。窣地春袍，嫩色宜相照。

接长亭，迷远道。堪怨王孙，不记归期早。落尽梨花春又了。满地残阳，翠色和烟老。

梅尧臣的这首词尽管是伤春，但写的境界非常开阔，有感怀之伤，却没有幽微之恨。

再来欣赏一下另一首词：

玉楼春

冯延巳

雪云乍变春云簇，渐觉年华堪纵目。北枝梅蕊犯寒开，南浦波纹如酒绿。芳菲次第长相续，自是情多无处足。尊前百计得春归，莫为伤春眉黛蹙。

"雪云乍变春云簇，渐觉年华堪纵目"，冬雪之后的云与明媚春光当中的云是不同的。冬云阴沉而凝重，让人感到压抑忧郁；而春云却是一团团、一簇簇的，则显得悠闲适意而又倍感清新可爱。一个"乍"字，仿佛久锁阁中，偶然间一开窗，春天的气息就会扑面而来，让人又惊又喜。"渐觉年华堪纵目"，最终不再是阴郁的天空，有了能够极目远眺的理由，一种油然而生的喜悦暗蕴其中。"北枝梅蕊犯寒开，南浦波纹如酒绿。"梅花一般都是在朝阳的南侧枝头先开花，而如今北枝的梅花也绽放。在漠漠轻寒当中，那挡不住的春情早已沁入到世间的所有角落里。"南浦波纹如酒绿"，是形容池水绿极可亲。酒绿原本是一种非常可爱的颜色，更有一种醉人的意味。此时仿佛这一汪碧波当中也融入了那醉人的无尽春意。

"芳菲次第长相续，自是情多无处足。"芳菲次第，是说春天的花期接踵而来，各类花朵随时间的推移而次序绽放。词人的心犹如在永不休止的春光当中不断前行，遍地花开，生机益然。然而"自是情多无处足"，如此美景良辰，词人仍未完全满足。"尊前百计得春归，莫为伤春眉黛蹙"，霎时花开，应当珍惜此间的欢乐。好不容易等到春回大地，却不要举杯为伤春而蹙眉。此句表面上看言谈欢愉，应当及时行乐，但仔细想来，那一缕抹不去的春愁却早已笼罩在心头。末句貌似豁达，其实此愁已"眉上心间，无计相回避"，由此才说出这种抚慰之语。

这首词也有人认为是欧阳修所作，从风格上来看，确实更像欧阳修的，词中从头至尾都是一种欣欣之态，而末句却转变为笑中带泪之姿，这与前文所提到的另一首欧词名作《浣溪沙》（堤上游人逐画船）的末句"人生何处似樽前"很类似，不过这里暂采用冯作之说。

这首词的风格其实与秦观的并不是很类似，如果非要说秦观"专学此种"，也只有末句"尊前百计得春归，莫为伤春眉黛蹙"中的深叹哀愁有些相似。但是秦词当中很少有欣欣之境，和本词不同。秦观的词意境大多幽微深婉，其慨叹也深沉悠长。

少年游

欧阳修

阑干十二独凭春，晴碧远连云。千里万里，二月三月，行色苦愁人。谢家池上，江淹浦畔，吟魄与离魂。那堪疏雨滴黄昏，更特地、忆王孙。

"阑干十二独凭春，晴碧远连云。"独自凭栏，遥望春色，春草碧色连绵，绵延到天边，似乎与云朵相连。"千里万里，二月三月，行色苦愁人。"千里万里，与"连云"意思相接；二月三月，承接上句的"春"字。形容春草繁茂绵延，无边无际，对此越发勾起思念，愁苦无极。

"谢家池上，江淹浦畔，吟魄与离魂。""谢家池上"借指谢灵运《登池上楼》中的名句"池塘生春草"。诗句佳妙，似写出池上春草的精魂，因此称为"吟魄"。"江淹浦畔"指江淹的《别赋》中"春草碧色，春水渌波，送君南浦，伤如之何"，写浦畔春草，含别离之意；又因为赋中有"知离梦之踟蹰，意别魂之飞扬"一句，因此称为"离魂"。末句"那堪疏雨滴黄昏，更特地、忆王孙"，景致不堪相望，更兼黄昏疏雨，滴落在人心头，不由得思念起远方亲人。由景入情，非常自然。此句与首句怀人之意彼此呼应，情景相生，浑然一体。

这一句描写思妇怀人，一改花间派的传统习气，意境显得开阔辽远，语言质朴可亲，读来让人有耳目一新的感觉。

南乡子

冯延巳

细雨湿流光，芳草年年与恨长。烟锁凤楼无限事，茫茫。鸾镜鸳衾两断肠。

魂梦任悠扬，睡起杨花满绣床。薄幸不来门半掩，斜阳。负你残春泪

人间词话

几行。

"烟锁凤楼无限事，茫茫。鸾镜鸳衾两断肠。"窗外不堪看，转对花镜罗衾。烟锁阁楼，无限往事一起涌上心头，让人茫然失神。对镜人憔悴，罗衾独卧寒，对此怎能不断肠？

"魂梦任悠扬，睡起杨花满绣床。"下阕暗接"鸳衾"。魂梦任悠扬，醒后才愈感悲戚。杨花铺满绣床，春恨袭上心头。"薄幸不来门半掩，斜阳。负你残春泪几行。"门半掩，主人公还在痴心等待薄幸人。人不至，只好面对斜阳。斜阳无法挽留，正如那位薄幸之人，可知你负我相思泪几行？

这首词的妙处，还在"细雨湿流光"。春草恰似闺中人：盼归之意恰似草上流光隐现；雨润湿了春草，如一种恨人不归的哀怨蒙于心头；愈恨愈盼归，犹如雨湿青草却无法遮掩其流光，反增其亮色。此句之妙，恒可玩味。由此观之，本句中所谓春草之魂，也是思妇之魂。

以上各词句，摹写春草之态得其态，写春草之神得其神，"皆能写尽春草之魂也"。

●尊前百计得春归

"尊前"暗示了词人此时矛盾的心境，此酒是为了畅怀，还是消愁呢？原来此前的种种铺陈，不过是为"伤春"作注脚而已。如许美好年华，却终将逝去，叫人如何不伤感？一种深沉的喟叹暗隐在这句看似不经意的劝慰当中。

细雨湿流光

人知和靖《点绛唇》、圣俞《苏幕遮》、永叔《少年游》三阕为咏春草绝调。不知先有正中"细雨湿流光"五字，皆能摄春草之魂者也。

人们只知道林逋的《点绛唇》、梅圣俞的《苏幕遮》、欧阳修的《少年游》三首词为吟咏春草的绝唱。不知道先前冯延巳已有"细雨湿流光"之句，深刻地体现了春草的特性。

我国古代的绘画，非常讲究气韵神似，在"形"和"神"之间，优秀的作者都会选择在后者上下功夫，词的创作尤为如此，所谓"摄春草之魂"者，就是忽视春草之形，而从不同的角度来描绘其"神"。

林逋（967—1028），字君复，早岁浪游江湖，后隐居于杭州孤山。不娶不仕，种梅养鹤，号称"梅妻鹤子"，卒谥和靖先生。是宋初隐逸诗人的代表。

林逋的《点绛唇》是一首春日送别之词：

●余花落处，满地和烟雨

无主的荒园在细雨下显得春色凋零，绚烂的花朵纷纷坠落，连枝头原本已稀疏的余花，也伴随着蒙蒙细雨飘落。"满地和烟雨"从雨中的落花着笔，却饱含着草盛人稀的感怀，流露出无限怅惘的情怀。

点绛唇

金谷年年，乱生春色谁为主？余花落处，满地和烟雨。

又是离愁，一阕长亭暮。王孙去。萋萋无数，南北东西路。

故友逐渐消失在苍莽草原的远方，在斜阳的余晖映照之下，天地间显得格外空旷无际，这种空旷寂寥引发了作者的极大感慨，人说草木无情人有情，但是眼望着挚友逐渐远去的背影，这满腔的离愁无以抒发，作者此时宁愿化为没有感情的春草来了却这份离情，但这毕竟是不可能的，萋萋芳草依旧是芳草，即便是离愁如满目春草，而自己依然如故，最后只能以一声叹息来作为了断。梅尧臣《苏幕遮·草》中的"落尽梨花春又了。满地斜阳，翠色和烟老"也是咏春草当中的名句，借用春草由嫩变老的自然规律，表达了伤春，慨叹年华老去的心情，情景结合堪称完美，因而为人称道。

欧阳修的《少年游》是传统意义上有关思妇题材的词，他以明快的春光来反衬思妇孤寂的处境，以迷人春色来对思妇的思人之苦进行暗示，一语双关，"离恨恰如春草，更行更远还生"，欧阳修没着一个"草"字，却成功地表达了相同的意思；"细雨湿流光"也有人认为是李后主的词，也是写睹春怀人的，细雨连绵，是其形，流光闪烁不定，是其貌，二者以湿为衔接，将细雨当中摇曳的芳草描写得栩栩如生，仿佛近在眼前，而这恰恰犹如少女的心扉：湿湿的离愁，绵绵的思绪。

洒落与悲壮

《诗·蒹葭》一篇最得风人深致①。晏同叔②之"昨夜西风凋碧树。独上高楼，望尽天涯路"，意颇近之。但一洒落，一悲壮耳。

注释

①**风人**：即《国风》的作者，后泛指诗人。**深致**：达到精微精深的境界。

②**晏同叔**：晏殊（991—1055），字同叔，临川人。宋代著名词人，欧阳修、范仲淹等著名词人或出其门下，或为其幕僚。词作雍容和缓，温润秀洁，虽然内容多是抒写相思离别之苦，含情凄婉，但是忧愁之中往往透露出对人生的反思和感悟，深为后人称许。

词解

《诗经·蒹葭》一篇最能体现诗人深远的情致。晏殊的词"昨夜西风凋碧树。独上高楼，望尽天涯路"，其意境与《蒹葭》一篇很接近。只是《蒹葭》情调洒脱，晏殊词情调悲壮。

评析

诗经·秦风·蒹葭

蒹葭苍苍，白露为霜。所谓伊人，在水一方。溯洄从之，道阻且长。溯游从之，宛在水中央。

蒹葭凄凄，白露未晞。所谓伊人，在水之湄。溯洄从之，道阻且跻。溯游从之，宛在水中坻。

蒹葭采采，白露未已。所谓伊人，在水之涘。溯洄从之，道阻且右。溯游从之，宛在水中沚。

溯洄，也就是逆流而上，溯游，则为顺流而下；从，是追寻的意思；湄和涘，都是指水边；坻和沚，指水中的沙洲；长、跻、右，分别代指道路漫长、险峻与曲折。

《蒹葭》与《关雎》很类似，都是描写对心上人求之不得的感触。不

人间词话

〇八〇

同的地方是《关雎》直抒胸臆，而《蒹葭》则显得更富有意味。在诗人的现实当中，道路充满艰难险阻而且极为漫长，伊人难以寻觅；他不得不溯游搜寻，却发现恍然间，她就在水中央悄然而立，似幻还真。朝思暮想的她似乎触手可及，但却永远无法拥她入怀。

●独上高楼，望尽天涯路

天涯茫茫，长路漫漫，秋风渐起，伊人远隔，难以想见的情怀都表露无遗，而明知道"山长水阔知何处"，却依然"独上高楼，望尽天涯路"，依然"欲寄彩笺兼尺素"，这其中悲壮的意味已经浓得化不开了。

　　写下这首诗的少年心中的凄苦并未被直白而洒脱的诗句所掩盖。这里不得不佩服王国维眼光的精准。他说"昨夜西风凋碧树。独上高楼，望尽天涯路"这一句与《蒹葭》的诗意很接近，是很有道理的。但是洒脱仅为表象，仔细想一下那似近实远、可望而不可即的伊人"宛在水中央"的意象，就能够想象诗人的失落与痛苦，比之仅仅是"离恨苦"的"望尽天涯路"，应该是有过之而无不及了。而那位在水一方的伊人，和那永远无法企及的爱情，已经被少年那无尽的情思深锁在心头，犹如琥珀般成为永恒。

蝶恋花
晏　殊

　　槛菊愁烟兰泣露，罗幕轻寒，燕子双飞去。明月不谙离恨苦，斜光到晓穿朱户。

　　昨夜西风凋碧树，独上高楼，望尽天涯路。欲寄彩笺兼尺素，山长水阔知何处。

在晏殊的词当中，这首词算得上是他的代表作。"昨夜西风凋碧树。独上高楼，望尽天涯路"这一句更是堪称绝唱，表达的同样是一种无可奈何的无限惆怅。《蒹葭》让人对少年的思慕之情有着无限感触，而晏殊的词却把人强烈地带入那种足以穿透心灵的悲伤当中去。"一切景语皆情语"，一个"凋"字写尽了人们心中那种无人可以与之倾诉的苦楚。天涯漫漫，伊人何处？"独上高楼，望尽天涯路"，一个"尽"字，勾画出无尽的意境。西风遽起，独上高楼，抬眼望去，仿佛苍茫壮阔的天地间只留下这无法言说的无尽悲伤，绵亘千年始终不绝。

忧生与忧世

"我瞻四方，蹙蹙靡所骋"，诗人之忧生也；"昨夜西风凋碧树。独上高楼，望尽天涯路"似之。"终日驰车走，不见所问津"，诗人之忧世也；"百草千花寒食路，香车系在谁家树"似之。

词　解

"我瞻四方，蹙蹙靡所骋。"这是诗人对于生命的感慨。"昨夜西风凋碧树。独上高楼，望尽天涯路"与之相似。"终日驰车走，不见所问津。"这是诗人对于世事的嗟叹。"百草千花寒食路，香车系在谁家树"与之相似。

评　析

万千世界当中，始终是自己独自一人站立，天地寂寥。芸芸众生，造就的却是只身寂寞；纵然天地间有着亿万生灵，但自己依旧只有走投无路的孤单。

这就是"我瞻四方，蹙蹙靡所骋"所表达出来的意境，这句诗出自《诗经·小雅·节南山》，是描写周幽王重用奸臣尹太师导致民怨沸腾，天下动乱，国运垂危的叙事诗。这句诗的完整版本是"驾彼四牡，四牡项领，我瞻四方，蹙蹙靡所骋"，意思是我在马上四处眺望，到处都充满着灾祸，天地如此狭小，何处才是我恣意驰骋的地方呢？这句诗透露出的无限茫然，与"昨夜西风凋碧树。独上高楼，望尽天涯路"所代表的茫然是相同的。

鹊踏枝
冯延巳

几日行云何处去？忘却归来，不道春将暮。百草千花寒食路，香车系在谁家树？

泪眼倚楼频独语。双燕来时，陌上相逢否？撩乱春愁如柳絮，悠悠梦里无寻处。

这是一首以女子口气写下的闺怨词，表达一位痴情女子对远游不归的男子既怀怨怼又难割舍的一份缠绵感情，游子恍如流云游荡，忘记归来，在百草千花的寒食节，到处都有情人成双成对，就连燕子也双双归来，而游子却不知身在何处。望着满天纷飞的柳絮，不禁愁情交织，乃至梦中也无法与游子相见。全词基调悱恻感人，塑造了一位情怨交织的闺中思妇形象。

"百草千花寒食路，香车系在谁家树？"在这百花盛开的时节，游子的香车又会停驻在谁家女子的门前呢？只怕他已经忘记了这里还有一位女子在痴心等待着他吧？

"终日驰车走，不见所问津"出自陶渊明的《饮酒》第二十首：

●香车系在谁家树

　　春时将至，心上人却始终杳无音讯，在芳草络绎不绝的回家路上，满眼的春色，此时他的香车会系在谁家门前的树上呢？沉迷于温柔乡中的他何时才能回来，抚慰我饱受相思折磨的心。

羲农去我久，举世少复真。

汲汲鲁中叟，弥缝使其淳。

凤鸟虽不至，礼乐暂得新。

洙泗辍微响，漂流逮狂秦。

诗书复何罪，一朝成灰尘。

区区诸老翁，为事诚殷勤。

如何绝世下，六籍无一亲？

终日驰车走，不见所问津。

若复不快饮，空负头上巾。

但恨多谬误，君当恕醉人。

陶渊明这首《饮酒二十首（其二十）》描写了一位老人孤苦无依，每天奔忙只能勉强维持温饱，身边没有一位能够嘘寒问暖的人。

其实这几首诗表达的主要意向都是忧世，展现人世间的种种苦难，写人情世态，展现人间百态。

忧世之作是抒写对生命的忧患的作品，抒发一种对生命本身的叩问，有某种终极的意义暗含在里面，在这层意义上，悲怆是它的主旋律；而忧世之作相比起来则要具体得多，从大的方面说，它可以是作者对人世的忧患思考；从小的方面讲，它可以是对人生的悲欢离合的摹写。除了以上所讲的这两种外，当然还有第三种，即同时抒写忧生和忧世的作品，其中最典型的例子莫过于屈原的《离骚》。

治学三境界

古今之成大事业、大学问者，必经过三种之境界："昨夜西风凋碧树。独上高楼，望尽天涯路。"此第一境也。"衣带渐宽终不悔，为伊消得人憔悴。"此第二境也。"众里寻他千百度，回头蓦见，那人正在、灯火阑珊处。"此第三境也。此等语皆非大词人不能道。然遽以此意解释诸词，恐为晏、欧诸公所不许也。

词 解

古今那些成就大事业、大学问的人，都必定要经历三种境界："昨夜西风凋碧树。独上高楼，望尽天涯路。"这是第一境界。"衣带渐宽终不悔，为伊消得人憔悴。"这是第二境界。"众里寻他千百度，回首蓦见，那人正在、灯火阑珊处。"这是第三境界。这些话只有大词人才能讲得出来。而我却用这样的意思来解释上面这些词，恐怕晏殊、欧阳修等人是不会同意的吧。

评 析

　　静安先生的这段话，确实是深得其理。《人间词话》得以成名的几段话中，这一段无疑要占据最重要的位置。这段话的比喻非常贴切，三重境界原本分别出自不同作者的三首词，经过先生的归纳与总结，彼此却宛如浑然天成，毫无斧凿痕迹地镶嵌在其中，让人拍案叫绝。王国维正是"成大学问者"，说的这些话也都是他的切身感触。它是对成功的创业之路和治学之路的形象描述和精准概括，所有成大事业、大学问的人都不可能是一蹴而就，而是经历了长期的探索和追求，经历了失落与彷徨，最终而凭借其坚忍不拔、不屈不挠的精神创造出来的。

　　"昨夜西风凋碧树。独上高楼，望尽天涯路"出自晏殊的词：

蝶恋花

　　槛菊愁烟兰泣露，罗幕轻寒，燕子双飞去。明月不谙离恨苦，斜光到晓穿朱户。

　　昨夜西风凋碧树，独上高楼，望尽天涯路。欲寄彩笺兼尺素，山长水阔知何处？

　　清晨外面的菊花丛中笼罩着一层充满哀愁的烟雾，兰花沾露仿佛是带着饮泣的泪珠。罗幕之间有缕缕轻寒侵入，成双的燕子飞去。明月不明白离别的愁苦，斜照的银辉直到破晓还能够洒入屋内。

　　昨夜里，西风极为惨烈，凋零了绿树。我独自登上高楼，望尽那消逝在天涯的道路。想给我的心上人寄去一封信，但高山连绵，碧水无尽，又不知我的心上人如今身在何处。

第一境界说的是入门之前，心中茫然若失，不知从何着手。静安先生平生成就最高的学问是史学、古文字学和美学。这几门学问，千头万绪，典籍浩如烟海，那种准备入门之前的彷徨、痛苦与渴求，用"独上高楼，望尽天涯路"来比喻，最是贴切。

蝶恋花
柳永

伫倚危楼风细细。望极春愁，黯黯生天际。草色烟光残照里，无言谁会凭栏意。

拟把疏狂图一醉，对酒当歌，强乐还无味。衣带渐宽终不悔，为伊消得人憔悴。

我伫立在高楼之上，轻柔细腻的春风迎面吹来，极目远眺，心中满溢着无尽的愁思，黯然弥漫于天际。夕阳斜照，草色蒙蒙，谁能理解我此时默默凭倚栏杆的心境？

本想尽情放纵来喝个酣畅淋漓，一醉方休。当在曼妙的歌声中举起酒杯时，才感到勉强寻求欢乐反而索然无味。我日渐消瘦也没有感到丝毫懊悔，为了你，我情愿一身憔悴。

"衣带渐宽终不悔，为伊消得人憔悴。"这句名句的著作权所有人是柳永，古往今来的大师都要经历此阶段。不执着，无有成就。既然已入门，注定将要为心中的"伊人"把此生消磨。大师身处乱世之中，一心求学，那种执着、悲愤、孤苦的心境，恐怕不是如今的人们所能理解的。只有这种执着与隐忍，才成就了他超卓的大师地位。

青玉案·元夕

辛弃疾

东风夜放花千树，更吹落、星如雨。宝马雕车香满路。凤箫声动，玉壶光转，一夜鱼龙舞。

蛾儿雪柳黄金缕，笑语盈盈暗香去。众里寻他千百度，蓦然回首，那人却在、灯火阑珊处。

东风拂过，吹散了千树繁花，凋零繁花美景犹如满天繁星如雨落下。宝马雕车驶过，留下了满路芳香。悠扬的凤箫声四处回荡，玉壶般的明月逐渐西斜，一夜鱼龙灯飞舞，笑语喧哗。

美人头上都戴着精美的饰物，笑语盈盈地随着人群走过，身上的香气四处飘扬。我在人群中寻找她千百回，猛然回头，不经意间却在灯火零落之处发现了她。

"众里寻他千百度，蓦然回首，那人却在、灯火阑珊处。"王国维引文将"蓦然回首"误作"回头蓦见"，将"却在"误作"正在"。很多人都能理解前面两重境界。但这第三重境界，恐怕能领会者，就是凤毛麟角了。以勤为径，很多人都是如此，但要攀上顶峰，就并非普通

● 治学三境界

第一境界是一种悲壮的境界，你可能选择了一条充满了荆棘的道路；第二境界是在彷徨、望尽之后，你最终还是选择了义无反顾地走下去，任探索之艰巨、自己形容之枯槁，都不以为意，终于以百折不回的精神走向了成功；最后一层境界，是一种超越了成功的喜悦，而带有一种近似佛家的彻悟意味了。

人能做到了。那种灵犀一点，参透真谛的大智慧、大喜悦，也只有古今中外各个领域中的天才们在漫长的努力求索后，才可能顿悟。一切的一切忽然间全都豁然开朗，以往在追寻过程中的种种艰辛与苦楚，在一瞬间都得到了千百倍的补偿。想必王国维当年也体会到了如此心境吧。

三境界论被许多人奉为座右铭，被广为流传，但真正能够用心体会其中真味的，想来凤毛麟角，这是需要用一生的努力去不断实践、不断领悟的。

豪放之中有沉着

永叔"人生自是有情痴，此恨不关风与月""直须看尽洛城花，始共东风容易别"，于豪放之中有沉著之致，所以尤高。

词　解

欧阳修"人生自是有情痴，此恨不关风与月""直须看尽洛城花，始共东风容易别"两句词，在豪放之中蕴含着深沉的情致，所以尤其高于（同时期、同题材）的其他作品。

评　析

玉楼春
欧阳修

尊前拟把归期说，未语春容先惨咽。人生自是有情痴，此恨不关风与月。离歌且莫翻新阕，一曲能教肠寸结。直须看尽洛城花，始共东风容易别。

这是欧阳修离开洛阳时写下的惜别词。上阕开篇就抒发离别的凄怆情

怀。"尊前"二句：在酒宴前，原本是为了告别，却先谈起了归期，正要对朋友们说出他的想法，但话还没说出口，本来舒展的面容，马上变得愁云笼罩，声音哽咽。作者把酒宴欢乐与离别苦痛、离别与归来、春容与惨咽等几种事物对举，多次实施感情的转换。在这种转变和对比的过程中，使读者感受到人生无常的哀叹，与对美好事物的追求，把作者与友人间深厚的友谊、彼此的依恋等复杂而丰富的情感全都包容进去。作者侧重抒写离别时刻的内心活动与感受。"人生自是有情痴，此恨不关风与月"：离别之所以会如此痛苦，并非留恋风月繁华，而是感情的执着、真诚以及美好。即将到来的"失去"，使他陷入了无尽的痛苦，这种痛苦并非春花秋月这种外物给人带来的感情变化，而是心灵的默契，是痴情一片的写照。

下阕"离歌且莫翻新阕，一曲能教肠寸结"二句，劝止那些演唱离歌的人不要再更换新的曲子，这一曲离歌，就足以让人肝肠寸断。"且莫"

●直须看尽洛城花

肠尚寸结，却仍能"直须看尽洛城花"，完全是一种游玩的意兴，何以如此？不忍就此离别，故作豪壮语来掩饰其伤心，尽管目的在于"容易别"，但最后一个"别"字在无声处早已泪流满面。这种欲抑还扬的情绪，使离别之苦与无奈之情展现得越发淋漓尽致。

二字，叮咛得这般恳切，目的是反衬后一句"肠寸结"的哀痛伤心。至此，作者对离别无常的悲哀感慨、低回婉转已经到达了极限。惜别之情，俱已倾诉完毕。结尾"直须看尽洛城花，始共东风容易别"二句，笔锋一转，抛开了一切悲哀与伤感，要去"看尽洛阳花"，然后再与洛阳告别，展现出一种豪宕的意兴，当然豪宕当中也

人间词话

隐含着沉重的悲慨。

"人生自是有情痴，此恨不关风与月"，是对眼前情事的一种理念上的反省以及思考，而如此也就把对眼前这一件情事的感受，推广到对整个人世的认知上。所谓"人生自是有情痴"者，古人云"太上忘情，其下不及情，情之所钟，正我辈"。所以，况周颐在《蕙风词话》中提出："吾观风雨，吾览江山，常觉风雨江山之外，别有动吾心者。"

最后两句却突然扬起，"直须看尽洛城花，始共东风容易别"，凸显豪兴。这首词分明蕴含有非常深重的离别哀伤与春归的惆怅之情，但他却偏偏在结尾处写下如此豪宕的句子。这两句中，他不但要把"洛城花"完全"看尽"，展现出一种游玩的意兴，而且他所用的"直须"和"始共"等口吻也非常豪宕有力。然而"洛城花"却毕竟有"尽"，"春风"也毕竟要"别"，因此豪宕当中又隐含了一份沉重的悲慨。因此静安先生才说："于豪放之中有沉着之致，所以尤高。"

古之伤心人

冯梦华[1]《宋六十一家词选·序例》谓："淮海[2]、小山[3]，古之伤心人也。其淡语皆有味，浅语皆有致。"余谓此唯淮海足以当之。小山矜贵有余，但可方驾子野[4]、方回[5]，未足抗衡淮海也。

注　释

①**冯梦华**：即冯煦（1843—1927），近代词人。②**淮海**：即秦观，号淮海居士。③**小山**：即晏几道（约1030—约1106），字叔原，号小山，是晏

殊第七子，故又称"小晏"。④**子野**：即张先（990—1078），字子野，北宋词人。⑤**方回**：即贺铸（1052—1125），字方回，北宋词人。

[词解]

　　冯煦在《宋六十一家词选·序例》中说："秦观、晏几道，是古之伤心人也。他们的词用语平淡却回味悠长，语言浅显却富有情致。"我认为这种评论只有秦观才能担当。晏几道矜持华贵有余，只能和张先、贺铸并驾齐驱，而不足以与秦观相抗衡。

[评析]

　　在静安先生看来，晏几道（字小山）的词意境稍显狭小，抒情显得矜持而不够挥洒。其实这是一个仁者见仁、智者见智的问题。晏几道经历了家道中落，因此其作品一改他父亲晏殊那种温润平淡、圆融娴雅的气息，显得沉郁悲凉，时时流露出凄楚哀怨的伤感情调。其词风幽婉缠绵，一步一伤情，其词才也是非常难得的。

　　我们来看看晏几道的代表作：

临江仙

　　梦后楼台高锁，酒醒帘幕低垂。去年春恨却来时。落花人独立，微雨燕双飞。

　　记得小蘋初见，两重心字罗衣。琵琶弦上说相思。当时明月在，曾照彩云归。

　　首句"梦后楼台高锁，酒醒帘幕低垂"别有深意，值得我们玩味。梦见何人，又因何醉酒呢？梦是甜蜜的，而酒醒后却是"楼台高锁""帘幕低垂"，只见旧居不见故人，其感伤可想而知，其情可悯。"梦"是这首词暗藏的线索，也是全词抒发迷离怅惘基调的基础。"去年春恨却来时"，语

承"梦"字,词人似乎是要开始述说这个梦境,但他并没有明说,只是说去年春恨再上心头。春恨为何?应当是离别。"落花人独立,微雨燕双飞",这是极负盛名的佳句。花落伤春,正合春恨,和上句衔接得非常巧妙。落花纷飞,雨中人孤单伫立,望燕子双双飞去,更加平添感伤。落花无语,微雨有声,词人形单影只,燕子缱绻双飞,对比非常鲜明。此句意境极美而蕴含着无穷落寞孤独,历来被人们称道。其实这句并非小晏首创,五代翁宏《春残》有"又是春残也,如何出翠帏?落花人独立,微雨燕双飞"的句子。但小晏的这首词让"落花人独立,微雨燕双飞"仿佛重获新生,那永恒的意象承载了词人无尽的思念与苦楚,由此才真正成为传世佳句。

"记得小蘋初见,两重心字罗衣"意承上阕,词人开始解析那个美梦。欧阳修《好女儿令》有"一身绣出,两重心字,浅浅金黄"的句子。小蘋是晏几道友人家中的歌伎。初见两相倾心,更着"两重心字"之衣来表现爱意之笃。"琵琶弦上说相思",缠绵过后只剩下离别,寄情琴弦,相思无尽。末句"当时明月在,曾照彩云归",暗隐此境即首句的"梦"之境,梦境当中饱含怅惘感伤的情怀。夜空的云是没有颜色的,"彩"当指衣裳的彩色。当时明月悬空,佳人身

●当时明月在,曾照彩云归

晏几道把对爱情生死不渝的追求作为自己的精神寄托,而写出了许多专注于情的如梦如幻、回肠荡气的作品,当爱已成往事,剩下的就只有追忆;秦观的词虽然也有很多伤心的成分在里面,但他的着力点并不仅仅是我情我性的表达,而是更进一步,开始诘问人生的悲怆和宇宙的无常。

影如彩云般归去。而一夕归去，却终究不复重返。用"彩云"作喻，正是形容伊人飘忽不定，踪迹难寻，而又亦幻亦真，让人欲喜还悲。全词的结构非常紧密，意境浑然，语言浅近却蕴意极深。说小山词"淡语皆有味，浅语皆有致"是有其依据的。

小山词语言浅淡，同时意蕴婉转，情致动人。淮海（秦观）词与其相比，淮海词的意境更为悠远，抒情更加洒落，小山词的蕴意显得比较含蓄，因而王国维说他"矜贵有余"，但这正是他的风格。两人词作都情意深挚，其中的清丽可人之态有很多相似之处，说他们同为"古之伤心人"也恰如其分。

杜鹃声里斜阳暮

少游词境最为凄婉。至"可堪孤馆闭春寒，杜鹃声里斜阳暮"，则变而凄厉矣。东坡赏其后二语，犹为皮相。

词 解

秦观的词境最为凄婉。至于"可堪孤馆闭春寒，杜鹃声里斜阳暮"则变为凄厉了。苏轼特别欣赏这首词的最后两句，可见其理解还是浮于表面。

评 析

这一篇涉及的词是秦观的《踏莎行》：

踏莎行

雾失楼台，月迷津渡，桃源望断无寻处。可堪孤馆闭春寒，杜鹃声里斜阳暮。

驿寄梅花，鱼传尺素，砌成此恨无重数。郴江幸自绕郴山，为谁流下潇湘去？

秦观由于朝中党争，先被贬为杭州通判，再贬为监州酒税，后又被罗织罪名贬谪到郴州，削去全部官爵与俸禄，不久又被贬横州，这首词作于离开郴州之前，写自己在旅舍当中的感慨。

上阕写谪居当中的寂寞凄冷的环境。开头三句，缘情写景：漫天迷雾遮掩了楼台，月色朦胧当中，渡口显得格外迷茫难辨。"雾失楼台，月迷津渡"，互文见义，不但对仗工整，也不仅仅是写景状物，而是情景交融的佳句。"失""迷"二字，准确勾勒出月下的雾中楼台、津渡的模糊，又委婉表达了作者无限凄迷的思绪。"可堪孤馆闭春寒，杜鹃声里斜阳暮"，渲染这个贬所的凄清。正值春寒料峭的时节，独处客馆当中，回想起往事烟霭纷纷，瞻前景顿感不寒而栗。一个"闭"字，锁住了料峭春寒当中的馆门，也锁住了那颗欲求大展宏图的心灵。更有杜鹃啼叫声声，催人"不如归去"，勾起旅人无尽愁思；斜阳沉沉，正坠西土，触动一腔凄凉之感。词人连用"孤馆""春寒""杜鹃""斜阳"等引人伤神的景物于一境，把自己的心情融入景物中，创造"有我之境"。又以"可堪"二字引领一种强烈的凄冷气氛，他的整个身心都似乎被吞噬到这片充斥于穹窿的惨淡愁云之中。所以"少游词境最为凄婉，至'可堪孤馆闭春寒，杜鹃声里斜阳暮'，则变而凄厉矣"。

下阕从写实开始，写远方友人的殷勤致意与安慰。"驿寄梅花，鱼传尺素"，连用两则与友人投寄书信有关的典故，每一封带有亲友慰问话语的书信，触动的总是词人那根至为敏感的心弦，奏响的是对往日生活的追忆和痛省当前困苦处境的一曲曲凄婉的歌。每一封信的到来，词人都会经历一次心灵挣扎的历程，此恨绵绵无绝期。所以第三句急转，"砌成此恨无重数"，一切安慰都无济于事。离恨犹如"恨"墙高砌，使人难以承受。

●杜鹃声里斜阳暮

孤寂的馆驿在春寒的萧瑟中紧闭门户，杜鹃的声声哀啼当中，一抹残阳悄然西沉，只剩下些许余晖还照耀着这边的黑暗人世间。

一个"砌"字，将那无形的伤感形象化，似乎还能够重重累积，最终如砖石垒墙般筑起一道高无数重、沉重坚实的"恨"墙。恨谁？恨什么？词人并没有明说。联系他《自挽词》中的"一朝奇祸作，漂零至于是"，可知他的恨，是与飘零有关，他的飘零则与党祸相关。秦观是婉约派词人，用这种委婉的方式表达自己的怨恨，他未尝不想将心中怨仇一吐为快，但他忧谗畏讥，害怕因言获罪，因此化实为虚，作宕开之笔，

借眼前山水作痴痴一问："郴江幸自绕郴山，为谁流下潇湘去？"郴江也忍耐不了此处的寂寞，流往远方，可是自己依旧困守此处，得不到自由。词人在纷乱纠葛的感情挣扎中，满心苦涩，如屈原写下《天问》般仰望苍穹，发出质问。与秦观同病相怜的苏轼，更具有一份知己的灵犀，也非常喜爱结尾这两句。秦观死后，苏轼慨叹："少游已矣，虽万人何赎！"自书于扇面以志不忘。所以后世王士祯说："高山流水之悲，千古而下，令人腹痛！"这首词的意境是虚实相间、互为生发的。上阕以虚带实，下阕化实为虚，成为千古名作。

气象皆相似

"风雨如晦，鸡鸣不已""山峻高以蔽日兮，下幽晦以多雨；霰雪纷其无垠兮，云霏霏而承宇""树树皆秋色，山山唯落晖""可堪孤馆闭春寒，杜鹃声里斜阳暮"，气象皆相似。

词解

"风雨如晦，鸡鸣不已""山峻高以蔽日兮，下幽晦以多雨；霰雪纷其无垠兮，云霏霏而承宇""树树皆秋色，山山唯落晖""可堪孤馆闭春寒，杜鹃声里斜阳暮"，气象都很相似。

评析

诗经·郑风·风雨

风雨凄凄，鸡鸣喈喈。既见君子，云胡不夷？

风雨潇潇，鸡鸣胶胶。既见君子，云胡不瘳？

风雨如晦，鸡鸣不已。既见君子，云胡不喜？

楚辞·九章·涉江（节录）

入溆浦余儃佪兮，迷不知吾所如。深林杳以冥冥兮，乃猿狖之所居。山峻高以蔽日兮，下幽晦以多雨，霰雪纷其无垠兮，云霏霏而承宇。哀吾生之无乐兮，幽独处乎山中。吾不能变心而从俗兮，固将愁苦而终穷。

"风雨如晦，鸡鸣不已"，是《诗经》当中的名句。原诗写女子在雨急风骤、天黑如夜，鸡不停地啼叫时，焦急地等候着情人的到来，"如晦"是写心头重压，"鸡鸣"则是烘托期盼；这和屈原的"山峻高以蔽日兮，下幽晦以多雨，霰雪纷其无垠兮，云霏霏而承宇"非常相似，都是用景境来写心境。所不同的是，屈原以"蔽日""幽晦"来写楚王的昏庸，而以纷飞的霰雪、漫天的淫雨，抒发他被放逐途中忧国忧民的情怀。

●树树皆秋色，山山唯落晖

夕阳西下，于重重薄雾当中放眼观瞧，内心徘徊，不知应当皈依何处。静谧的山林当中，满树浸染秋天的色彩，夕阳的余晖洒遍了整个山野。

野望
王绩

东皋薄暮望，徙倚欲何依？

树树皆秋色，山山唯落晖。

牧人驱犊返，猎马带禽归。

相顾无相识，长歌怀采薇。

踏莎行
秦观

雾失楼台，月迷津渡，桃源望断无寻处。可堪孤馆闭春寒，杜鹃声里斜阳暮。

驿寄梅花，鱼传尺素，砌成此恨无重数。郴江幸自绕郴山，为谁流下潇湘去？

由屈原的赋转入唐代诗人王绩的"树树皆秋色，山山唯落晖"，这原本是写山秋野景，看似闲适，实际上却抒写着诗人彷徨无依的凄苦，所以虽然没有"风雨""霰雪"，却有着"如晦""幽晦"同一的"气象"，这也

人间词话

就是"山山唯落晖"。诗人在薄暮当中见到秋色笼罩着树林，在夕阳的余晖当中越发显出周围环境的冷清萧瑟，正是在这秋色与落晖的景象当中，濡染着诗人"以我观物"的心境，涌动着重重情感的波澜；而这恰似秦观"被谗写照"的"孤馆""斜阳"所抒发的"春寒"之情，王国维引用《诗经》及屈原、王绩的诗作，以证明秦观词"气象"之相似，实际上也佐证了他所说的"境界有大小，然不以是而分优劣"，风雨如晦、霰雪无垠，自然要比树树秋色、孤馆春寒的境界大，然而，其"气象"也是同样开阔，具有无穷的艺术魅力。

少此二种气象

昭明太子①称陶渊明诗"跌宕昭彰，独超众类，抑扬爽朗，莫之与京"。王无功②称薛收③赋"韵趣高奇，词义晦远。嵯峨萧瑟，真不可言"。词中惜少此二种气象，前者唯东坡，后者唯白石④略得一二耳。

注　释

①**昭明太子**：萧统，字德施，南朝梁武帝萧衍长子，被立为太子，未继位即去世，谥昭明，世称昭明太子。萧统组织文人共同编选《文选》三十卷，对后世影响很大。②**王无功**：即王绩（585—644），字无功，其诗歌宁静淡泊、朴厚疏野，是初唐时期重要的诗人。③**薛收**：字伯褒，隋朝诗人薛道衡之子，隋末唐初诗人。④**白石**：即姜夔（约1155—约1221），字尧章，号白石道人，南宋著名词人。

萧统称陶渊明的诗"跌宕昭彰，独超众类，抑扬爽朗，莫之与京"。王绩称薛收的赋"韵趣高奇，词义晦远。嵯峨萧瑟，真不可言"。可惜诸家词中都缺少这两种气象。前者只有苏轼足以当之，后者只有姜夔略有体现。

文论中所说的"两种气象"，我们可以近似地理解成两种风格，就如陶渊明般豪放旷达、明快爽朗的风格以及如薛收般旨趣高奇、意蕴深长的风格。对苏轼而言，作为宋代豪放派词人的代表，他的词彻底冲破了所谓的五代风格，以词作抒情言志，拓宽了宋词的表达领域，提升了宋词的格调。

自晚唐五代以来，词一直被看作格调较低的文学体裁。尽管柳永一生专心写词，推进了词体的发展，但他没能提升词的文学地位。苏轼首先在理论上打破了诗尊词卑的观念。他认为诗词同源，词"为诗之苗裔"，诗与词尽管在外在形式上有所差别，但其艺术本质和表现功能应当是一致的。

苏轼提出词须"自是一家"：追求壮美的风格与广阔的意境，词品应当与人品一致，作词应如写诗一样，抒发自我的真实性情与独特的人生感受。只有这样才能够"其文如其为人"，作品自成一家。

扩大词的表现功能，开拓词的意境，是苏轼改革词体的重要方向。他把传统上表现女性化的柔情词扩展为展现男性化的豪情词，将传统上只用来表现爱情的词扩展为表现性情的词，使词如诗一样能够充分表现作者的性情怀抱以及独特的人格特性。苏轼让充满进取精神、胸怀远大理想、富有激情和顽强生命力的仁人志士昂首迈入词的世界，改变了词作原本的温柔情调。以苏轼的名篇《念奴娇·赤壁怀古》为例：

念奴娇·赤壁怀古

大江东去，浪淘尽、千古风流人物。故垒西边、人道是，三国周郎赤壁。

乱石穿空，惊涛拍岸，卷起千堆雪。江山如画，一时多少豪杰。

遥想公瑾当年，小乔初嫁了，雄姿英发。羽扇纶巾，谈笑间，樯橹灰飞烟灭。故国神游，多情应笑我，早生华发。人生如梦，一樽还酹江月。

如此豪放壮丽、气势雄浑的咏史题材词作，是前代词作中所没有的，气势如虹，将咏史、言志、抒情等要素集于一身，词的格调立刻大为不同，有着婉约词所不具备的特质。

晚唐五代文人的词所展现的生活场景都非常狭小，主要局限在封闭性的画楼绣户、亭台院落当中。宋代以来，柳永开始把词境延伸到都邑市井与千里关河、芦村山驿等自然空间内，张先则朝着日常官场生活环境靠近。苏轼不仅在词中描绘了日常交际、闲居读书乃至躬耕、射猎、游览等生活场景，而且进一步展现自然界的壮丽景色。

苏轼以自己的创作实践不断表明：词是无事不可写、无意不可入的。词与诗一样，都具有充分展现社会生活以及现实人生的功能。由于苏轼扩大了词的表达功能，丰富了词的情感内涵，提高了词的艺术品位，从此词得以登堂入室，使词从"小道"上升为一种足以与诗有着同等地位的抒情文体。

姜夔作为南宋词人的最主要代表，他的词大多采用

●大江东去，浪淘尽，千古风流人物

《念奴娇·赤壁怀古》气象磅礴，格调雄浑，高亢入云，其境界之宏大，前所未有。通篇大笔挥洒，也衬以婉约之句，英俊将军与妙龄美人相映生辉，昂奋豪情与感慨超旷的思绪叠相递转，其气魄和艺术感染力空前强大。

低沉哀怨的基调，抒发自身幽独冷僻的情感，词句很精美，又由于他精通音律，使词又具备了一种婉丽的音调华美，被静安先生称为"古今词人格调之高，无如白石"。例如，下面这首词：

鹧鸪天·己酉之秋苕溪记所见

京洛风流绝代人，因何风絮落溪津？笼鞋浅出鸦头袜，知是凌波缥缈身。

红乍笑，绿长嚬，与谁同度可怜春？鸳鸯独宿何曾惯，化作西楼一缕云。

白石的词基本风格就是"清空"，要做到"清空"，就要有一种坦荡的胸怀，不让七情六欲没有节制地蔓延发展，进而达到一种超逸空灵的境界。对于情词而言，就是不要热情过度，因为热情过度容易陷入痴迷状态，应当用冷笔处理。此首词就是以冷笔写热情的作品。此词用笔，时而从实处落墨，时而从虚处着笔，尽管暗蕴深情，由于是用冷笔处理，所以显得气韵高妙、清远空灵，同时也可以感受到姜夔词作的音调华美。

在神不在貌

词之雅郑[1]，在神不在貌。永叔、少游虽作艳语，终有品格。方之美成[2]，便有淑女与倡伎之别。

注 释

[1]**雅郑**：指典雅与淫佚粗俗。[2]**美成**：即周邦彦（1056—1121），字美成，号清真居士，北宋著名词人。

人间词话

一〇二

词 解

词的雅正淫靡的分别，在于它内在的神韵而不在它的表现形式。欧阳修和秦观虽然都写过艳丽之词，但终究是有品格的。比起周邦彦来，便犹如清纯淑女和娼妓歌女的区别。

评 析

王国维对于"真性情"是相当看重的，他甚至敢于直言欣赏《古诗十九首》中赤裸裸地描写女子情欲的"淫词"，就因为它写了"真性情"，那么，他对于词的雅正淫靡的判断标准是什么呢？这则文论给出了他的观点："词之雅郑，在神不在貌"，比如欧阳修写一位歌女在早晨梳妆时的感叹之作《诉衷情》："清晨帘幕卷轻霜，呵手试梅妆。都缘自有离恨，故画作远山长。思往事，惜流芳，易成伤。拟歌先敛，欲笑还颦，最断人肠。"全词描写的是一个歌女的生活片段，展示的是歌女的内心世界，可谓艳词，但是读者读后却并不会有"淫"的感觉，而是对歌女无法获得幸福生活，却为生计而被迫卖唱深表同情。秦观那首著名的《鹊桥仙·七夕》："纤云弄巧，飞星传恨，银汉迢迢暗度。金风玉露一相逢，便胜却、人间无数。柔情似水，佳期如梦，忍顾鹊桥归路。两情若是久长时，又岂在朝朝暮暮。"其最后两句已经成为歌咏爱情的绝唱。

●真情实感方为佳作

自古才子多风流，各类风流韵事层出不穷，却又时常被世人所包容，甚至还有人欣赏其行为，写进了风花雪月。他们洞悉男女之情，至情至性，都以一个"真"字动人。

而周邦彦的词，虽然被称为"富艳精工"，但是他和歌伎舞女交往甚密，过着一种和柳永很相似的眠花宿柳的生活，因而他的很多艳词只是在摹写这种生活，带给人的也就只是经过华丽包装的欲望，例如他的《蝶恋花·晓行》："月皎惊乌栖不定，更漏将阑，辘轳牵金井。唤起两眸清炯炯。泪花落枕红绵冷。执手霜风吹鬓影。去意徊徨，别语愁难听。楼上阑干横斗柄，露寒人远鸡相应。"

创意之才少

美成深远之致不及欧、秦[1]。惟言情体物，穷极工巧，故不失为第一流之作者。但恨创调之才多，创意之才少耳。

注 释

①**欧、秦**：即欧阳修和秦观，这一则文论是承接上一节而来的。

词 解

周邦彦的词深远的情致比不上欧阳修和秦观，唯有抒情写景，极为工致精巧，所以仍不失为第一流的词人，然而遗憾的是，他创新曲调的才能多，创新词意的才能少。

评 析

这一文论是承上一节而来的，上一则批评了周邦彦的一部分词的境界不高，在这一则中则指出，周邦彦的词并不是一无是处，他的抒情写景是相当有水平的，甚至在有些苛刻的静安先生看来，周邦彦也能位列第一流词人的行列，对其艺术成就给予了充分的肯定，这种评论的态度也是很值得我们学习的。

中国的古典诗词要求很多，平仄对仗符合音律，这是当时的硬性规定，因为古代的词是用来唱的，不这样写，唱出来就会很别扭，也就无法流传四方。所以但凡词人都必须要在"唱"上下功夫。周邦彦就是在这一方面非常突出的一位。

周邦彦追求在字词的语调平仄以及音乐的音色方面达到完美和谐，因此在选字方面极为苛刻严格；在词的意境以及音乐表现的意境方面也力求统一，因此在选材和表达上也非常小心谨慎。但用心如此精细，苛求如此严格，还要做到通畅流丽、意境深远，其难度非同一般。周邦彦不愧才子之名，确实做到了这一点，但即便如此，他的词尽管工巧瑰丽，还是有人认为其词雕琢过度，有"意趣不高"之嫌。

周邦彦为了充分发挥自己填词的特色，自创了很多曲调，这在词人中是比较少见的，但在今天看来，他的词中堪称脍炙人口、流传至今的佳句不多，一个重要原因就是他的词不够通顺流畅，做不到朗朗上口。先生评价他"创意之才少"，是说他在字词音律方面下了太多的功夫，而无法开拓出新的意境。现在以写雨的词为例，我们做一下比较：

周邦彦《浣溪沙》："雨过残红湿未飞，疏篱一带透斜晖。"

秦观《浣溪沙》："自在飞花轻似梦，无边丝雨细如愁。"

欧阳修《采桑子》："笙歌散尽游人去，始觉春空，垂下帘栊，双燕归来细雨中。"

仔细品味一下，秦词显得纤丽，欧词显得深婉，周词的境界略为凝厚，但记忆不便，也没有让人感觉景致如在眼前，不易打动人的心灵。

不过周邦彦也有"水面清圆，

●浑然天成，大巧不工

文学作品最高的境界就是浑然天成，没有明显的斧凿痕迹，正所谓"文章本天成，妙手偶得之"，这才是最美的词句，彰显出纯粹的、胜过精心雕琢的美。

一一风荷举"这样的句子，否则纵有文采也都埋没在音律之中了。

语妙不用代字

词忌用替代字。美成《解语花》之"桂华流瓦"，境界极妙。惜以"桂华"二字代"月"耳。梦窗^①以下，则用代字更多。其所以然者，非意不足，则语不妙也。盖意足则不暇代，语妙则不必代。此少游之"小楼连苑""绣毂雕鞍"，所以为东坡所讥也。

注 释

①梦窗：即吴文英（约1200—约1260），字君特，号梦窗，晚号觉翁，四明人。南宋词人。

词 解

作词最忌讳用替代字。周邦彦《解语花》词中"桂华流瓦"一句境界极妙，可惜以"桂华"二字代替了"月"字。吴文英以后的词人用替代字的更多。之所以会这样，不是意境不足，就是用语不够巧妙。如果用语巧妙，根本不用替代；如果意境完足，更不用多此一举。这就是秦观词中"小楼连苑""绣毂雕鞍"两句词被苏轼所讥讽的原因。

评 析

化用典故是古典诗词最常见的手法，用得太多、太滥就完全丧失了诗的本真。静安先生认为过多地用典故来替代原字，难免会流于雕琢堆砌，甚至晦涩难明。并非必须要靠用典才能写出好诗好词，"明月如霜，好风如水，清景无限""知否、知否，应是绿肥红瘦""落花流水春去也，天上人间"等词句，或是随意挥洒，或是直抒胸臆，所用的字词全都浅显易懂，接近于白话文。但正是这样的句子，得以流传千古，至今耳熟能详。而很多堆砌典故之词，不仅读来晦涩难懂，而且丧失了诗词原本应有的审美价值。

看看先生所举的周邦彦的《解语花》和秦观的《水龙吟》。

解语花·元宵
周邦彦

风销焰蜡。露浥烘炉，花市光相射。桂华流瓦。纤云散，耿耿素娥欲下。衣裳淡雅。看楚女、纤腰一把。箫鼓喧、人影参差，满路飘香麝。

因念都城放夜。望千门如昼，嬉笑游冶。钿车罗帕。相逢处、自有暗尘随马。年光是也。唯只见、旧情衰谢。清漏移、飞盖归来，从舞休歌罢。

水龙吟·赠妓
秦观

小楼连苑横空，下窥绣毂雕鞍骤。朱帘半卷，单衣初试，清明时候。破暖轻风，弄晴微雨，欲无还有。卖花声过尽，斜阳院落，红成阵、飞鸳甃。

玉佩丁东别后。怅佳期、参差难又。名缰利锁，天还知道，和天也瘦。花下重门，柳边深巷，不堪回首。念多情，但有当时皓月，向人依旧。

王国维说："此少游之'小楼连苑''绣毂雕鞍'所以为东坡所讥也。"指的是秦观入京拜会苏轼，苏轼问他最近写了什么词，他举了这句"小楼连苑横空，下窥绣毂雕鞍骤"。苏轼评价说："十三个字，只说得一个人骑马楼前过。"

●小楼连苑横空，下窥绣毂雕鞍骤

"风销焰蜡。露浥烘炉，花市光相射"，这句讲的是当夜街市灯火通明的绚丽景象。焰蜡也就是红烛，烘炉是指当时非常流行的莲花灯。

上元节就是正月十五元宵节。就像词中所说的那样，宋代的元宵"都城放夜"，警卫解除宵禁，人们可以整夜进行游玩。这个晚上不但官家"放夜"，也是城中各户人家在一年当中唯一一个允许女孩儿们走出闺门，去红衢紫陌当中尽兴游玩的夜晚。在当时城中少年的心目中，可想而知这一晚应当是极其绚丽繁华的。对女孩儿来说，想必也会在心里期待能遇上一位翩翩美少年吧。"衣裳淡雅。看楚女、纤腰一把"，看来围观美女的愿望，从古至今就没有什么改变。再回想辛弃疾那首同样写尽了上元夜绚烂景象的《青玉案·元夕》，也更容易理解他"众里寻他千百度"的那种焦急，因为今天晚上若是找不到，或许永生都再也没机会见面了。但是周邦彦就没有"那人却在灯火阑珊处"的那种幸运了，只能回想起过去的同一个晚上，"暗尘随马去，明月逐人来"，只剩下"旧情衰谢"，一任他人鼓舞狂欢，"从舞休歌罢"。

"桂华流瓦"是写月光在屋瓦上盈盈流动，境界确实是极佳的。王国维认为这里代用是一个技术缺陷，但"桂华"与此后的"耿耿素娥欲下"相搭配，倒也自成机杼，容易理解。如果加以修改，反而会失去其中的照应和韵味所在。但秦观的"小楼连苑横空，下窥绣毂雕鞍骤"，回想苏轼的话，倒也确实让人发笑，如此繁复华丽的句子，不过是一人骑马楼前过，

雕琢的痕迹太过明显了。

在园林边的雅致小楼上，凭栏偷望心上人骑马驰骋离去。珠帘半卷，单薄的春意挡不住寒意，窗外冷暖无常的天气犹如女子的心情般阴晴不定。

唯恐不用代字

沈伯时①《乐府指迷》云："说桃不可直说破桃，须用'红雨''刘郎'等字，说柳不可直说破柳，须用'章台''灞岸'等字。"若惟恐人不用代字者。果以是为工，则古今类书具在，又安用词为耶？宜其为《提要》所讥也②。

注 释

①**沈伯时**：即沈义父，字伯时，南宋词论家。②**《提要》所讥也**：《四库全书总目提要》卷十九《集部·词曲类二》沈伯时《乐府指迷》条下云："又谓说桃不可直说破桃，须用'红雨''刘郎'等字。咏柳不可直说破柳，须用'章台''灞岸'等字，说书须用'银钩'等字，说泪须用'玉箸'等字，说发须用'绿云'等字，说箪须用'湘竹'等字，不可直说破。其意欲避鄙俗，而不知转成涂饰，亦非确论。"

词 解

沈伯时在《乐府指迷》中说："说桃不可直接说破桃，须用'红雨''刘郎'等字，说柳不可直接说柳，须用'章台''灞岸'等字。"这种说法唯恐别人不用替代字，如果只有这样才算工整，那么古今类书俱在，还作什么词呢？难怪他的说法被《四库提要》所批评。

北宋后期，所谓"雅词"开始在士大夫阶层中流行起来，到了南宋时期，蔚然成风。"雅词"一词，最早出现在南宋王灼的《碧鸡漫志》中："万俟咏初自编其集，分为两体，曰雅词，曰侧艳。"南宋所编的词选以及词学专著中，例如《乐府雅词》《乐府指迷》《词源》等，都主张词应当以清空雅正为至高标准，而其他的所谓俚语艳词都只能算是不入流的下等之作。周邦彦的词成为这些人认可的最高标准，南宋名家吴文英、周密、史达祖、张炎等都以其为宗师。

"清、雅、正"是这些人眼中佳作的核心标准。清，也就是词的意味要清淡，不要太过妍丽。只可惜清汤寡水，缺少滋味，也就怪不得缺少人来品尝了。雅，也就是用词要雅，不能用所谓的俗字，就像沈伯时在《乐府指迷》中所说，直说桃、柳即为不雅。但正如王国维在上文所批评的那样，古往今来类书（汇集资料，以便查检、引用的一种古典文献工具书）多如牛毛，那还需要写词干什么？

正，也就是词的主旨必须一本正经，可惜所有人都有七情六欲，谁又会想去看一些缺乏真情实感、味如嚼蜡的雅词呢？词作到了这样迂腐的境地，也就真的变成了陈词滥调、无可救药了。

静安先生认为只有北宋有词而南宋无词，这话未免过于偏颇，但也并非全然没有道理。南宋词人也有不少杰出者，但就整体而言，终究是逊了北宋一筹。北宋开国之初，词风自由，涌现出相当多的个性鲜明、才华横溢的词作家，词坛气象万千，异彩纷呈；而南宋词相对风格单一，格调雷同，鲜有卓尔不群者，词坛稍显沉闷而单调。其实这也非常容易理解，词人最为在意的便是周围评论家的感受，长期不讨人喜欢、上不了台面，还会有多少人能够记得呢？词评、词选家们的评语显然影响了很多词人的写作思路，久而久之，风气逐渐形成，再也无法逆转。

南宋词，最大的错漏就在于给词套上了层层枷锁，规定了词就应当怎

样来写,不可以逾越某些限定。可悲的是,南宋词人中除了辛弃疾等少数人,都跳不出这些桎梏的条条框框,直接导致词的创作最终走进了死胡同。宋代以后,词越发显得意境单一、语言呆板,再也不复两宋时代的辉煌。词的衰亡,应该说有其必然性,但这些给词套上不该有的枷锁的词论、词选家们,势必也是要负上一定责任的。

《四库全书总目提要》卷十九《集部·词曲类二》沈伯时《乐府指迷》条目下云:"又谓说桃不可直说破桃,须用'红雨''刘郎'等字,说柳不可直说破柳,须用'章台''灞岸'等字,说书须用'银钩'等字,说泪须用'玉筯'等字,说发须用'绿云'等字,说簟须用'湘竹'等字,不可直说破。其(指《乐府指迷》)意欲避鄙俗,而不知转为涂饰,亦非确论。"

红雨,李贺《将进酒》:"况是青春日将暮,桃花乱落如红雨。"刘郎即刘禹锡,他在《玄都观桃花》中有"玄都观里桃千树,尽是刘郎去后栽"的句子。于是后人用红雨、刘郎代指桃花。

章台,汉朝的长安城有章台街,是歌伎聚居之所。章台柳原意并非指柳树,而是指与才子韩翃相爱的柳姓歌伎,她后来被平定安史之乱的功臣沙叱利抢去做妾。韩翃于是抒怀:"章台柳,章台柳,往日依依今在否?纵便长条似旧垂,亦应攀折他人手。"后来几经周折,两人最终结为眷属。灞岸,长安城东有灞水,水上有桥是为灞桥,送别时一般在这里分手并折柳相赠。李白《忆秦娥》有"年年柳色,灞陵伤别"的句子,罗隐《送进士臧渍下第后归池州》云:"柳攀灞岸狂遮袂,水忆池阳渌满心。"章台、灞岸后来用来代指柳。

银钩指草书,后来也代指小字。西晋大书法家索靖在《草书状》里说:"盖草书之为状也,宛若银钩,漂若惊鸾,舒翼未发,若举复安。"周邦彦《风流子·枫林凋晚叶》中有"想寄恨书中,银钩空满",银钩此处指小字。

玉筯,一作玉箸,也就是玉制的筷子,用来代指眼泪(尤指女子的眼泪)。隋代薛道衡《昔昔盐》有"横敛千金笑,长垂双玉啼"的句子。唐代高适

人间词话

一二二

●桃花乱落如红雨

　　春光灿烂的时节，桃花绽放，争相斗艳，但花朵再美也最终要纷落如雨，惜春之情从他的心里流出，一直流到我们的心田里。文辞脱于平庸，趋向于灵动。

的《燕歌行》中说："铁衣远戍辛勤久，玉箸应啼别离后。"

　　绿云，杜牧《阿房宫赋》："明星荧荧，开妆镜也；绿云扰扰，梳晓鬟也；渭流涨腻，弃脂水也。"绿云指女子浓密而且高耸的发髻。

　　湘竹，杜牧曾写《斑竹筒簟》："血染斑斑成锦纹，昔年遗恨至今存。分明知是湘妃泣，何忍将身卧泪痕。"后来用湘竹代指竹簟。

　　这样看来，这一段话简直可以媲美密码了，没人进行解释根本理解不了，写词时如果专用这种文字，难免就会显得呆板生硬、晦涩难懂。一些名篇当中虽然有很多典故，但也没什么人专用典故。的确，尽管以典入词不露痕迹，自然是非常高明，但是凡用词必须用典故来代替，过分追逐用词的典雅工丽，那就是彻底地舍本逐末了。词中的情感才是表达的主体。

隔雾看花之恨

　　美成《青玉案》词："叶上初阳干宿雨。水面清圆，一一风荷举。"此真能得荷之神理者。觉白石《念奴娇》《惜

红衣》二词，犹有隔雾看花之恨。

词解

周邦彦《青玉案》词中云"叶上初阳干宿雨。水面清圆，
一一风荷举"，这二句真能得荷花的神韵。由此感到姜夔的《念
奴娇》《惜红衣》两首词，还是有隔雾看花的遗憾。

评析

先生出现了一个小错误，他提到的周邦彦的那首词并非《青玉案》，
而是《苏幕遮》。

苏幕遮
周邦彦

燎沉香，消溽暑。鸟雀呼晴，侵晓窥檐语。叶上初阳干宿雨。水面清圆，
一一风荷举。

故乡遥，何日去？家住吴门，久作长安旅。五月渔郎相忆否？小楫轻舟，
梦入芙蓉浦。

"叶上初阳干宿雨。水面清圆，一一风荷举"描写的是夜雨过后，天
气转晴，初升的太阳晒干了荷叶上残留的细小雨滴，而轻圆的荷叶伴随着
水分的蒸发，所承受的压力逐渐减弱而慢慢地在风中立起来，这是一幅极
富动态却又无比轻柔的画面，细腻地表现了雨后荷花的神韵，这是一种典
型的"无我之境"：作者已经全身心地投入到这自然的美景中，物我相融
两忘，更是一种"不隔之境"。

念奴娇
姜夔

闹红一舸，记来时，尝与鸳鸯为侣。三十六陂人未到，水佩风裳无数。

翠叶吹凉，玉容销酒，更洒菰蒲雨。嫣然摇动，冷香飞上诗句。

日暮，青盖亭亭，情人不见，争忍凌波去。只恐舞衣寒易落，愁入西风南浦。高柳垂阴，老鱼吹浪，留我花间住。田田多少，几回沙际归路？

● 一一风荷举

从碧绿的荷叶之间，吹来阵阵凉风，鲜艳欲滴的荷花，犹如美人容颜带着酒意消退时的红晕。一阵密雨从菰蒲丛当中飘洒过来，荷花倩影娉婷，嫣然带笑，吐出阵阵清幽冷香。

惜红衣
姜 夔

簟枕邀凉，琴书换日，睡余无力。细洒冰泉，并刀破甘碧。墙头唤酒，谁问讯城南诗客。岑寂。高柳晚蝉，说西风消息。

虹梁水陌，鱼浪吹香，红衣半狼籍。维舟试望故国。渺天北。可惜渚边沙外，不共美人游历。问甚时同赋，三十六陂秋色。

相比而言，姜夔的词就属于一种"有我之境"，而且作者的"我性"非常强，因而词中缺乏对荷花的具体而逼真的描绘，这两首词也都是咏荷的，但作者只将荷花当作一种托物起兴的手段，用词上也仅仅是"疏花""红萼""青盖亭亭""田田多少"等泛泛的大概描述，《惜红衣》当中甚至仅有一句"红衣半狼籍"是描写荷花的，在王国维看来，缺少了对荷叶形神的描绘，此后的抒情也就成为无源之水、无本之木，更由于他不喜欢这种带有朦胧的意境，因而在肯定姜夔"格韵高绝""清空灵动"的同时，也对他的"隔"或"有隔雾看花之恨"提出批评。

才之不可强

东坡《水龙吟》咏杨花，和韵而似原唱，章质夫词[1]，原唱而似和韵。才之不可强也如是。

注 释

①**章质夫**：章楶（1027—1102），字质夫，建州浦城人。北宋中后期政治家、军事家，《宋史》有传，《全宋词》录其词二首。

词 解

苏轼的杨花词是和韵之作，然而却仿佛首创。章质夫的词乃是首创，却仿佛和韵之作。才质高低难以勉强，正是如此。

评 析

次韵是和韵的一种表现形式，就是以原韵原字来应和他人的诗词，它的要求非常严格，不但要使用原字，而且原字的顺序也必须相同，例如这两首词中句末用字："坠""思""闭""起""坠""碎""水""泪"。能够想象，在如此苛刻的限制之下，要写出有境界之词的难度相当之大。苏轼不愧为一代大文豪，在这篇词中，将次韵手法展现得淋漓尽致。

水龙吟·杨花
章楶

燕忙莺懒芳残，正堤上、杨花飘坠。轻飞乱舞，点画青林，全无才思。闲趁游丝，静临深院，日长门闭。傍珠帘散漫，垂垂欲下，依前被、风扶起。

兰帐玉人睡觉，怪春衣、雪沾琼缀。绣床渐满，香球无数，才圆欲碎。时见蜂儿，仰粘轻粉，鱼吞池水。望章台路杳，金鞍游荡，有盈盈泪。

先来介绍一下章质夫的《水龙吟》，这是一首算得上是中规中矩的咏物词，表现手法也比较传统：以写景状物起笔，飘落的杨花柳絮"轻飞乱舞""静临深院"，进屋后"垂垂欲下"，却又转而被"风扶起"，这段描写，是将柳絮杨花给写活了。

下阕紧承上阕而来，描写屋子内的怨妇见到柳絮飞舞，与自己的思绪对应，纷乱飘飞，顿时触景伤情，最后泪落盈盈，就总体而言，这首词清丽流畅，写景状物都算得上是佳作。

水龙吟·次韵章质夫杨花词

苏轼

似花还似非花，也无人惜从教坠。抛家傍路，思量却是，无情有思。萦损柔肠，困酣娇眼，欲开还闭。梦随风万里，寻郎去处，又还被、莺呼起。

不恨此花飞尽，恨西园、落红难缀。晓来雨过，遗踪何在，一池萍碎。春色三分，二分尘土，一分流水。细看来，不是杨花，点点是离人泪。

但在苏轼的这首词里，相同的主题展现出来的却又是另一番全新气象，他也是从写杨花入笔，但却突破了传统写法，写景、状物、抒情三者在此处是高度有机融合在一起的："抛家傍路，思量却是，无情有思""萦损柔肠，困酣娇眼，欲开还闭"，景中有人，人中有景，景中有情，人更有情，这里与章质夫的"全无才思"都化用了韩愈的名作《晚春》中的名句"杨花榆荚无才思，惟解漫天作雪飞"，而苏轼在此处进一步创新，把"无才思"的杨花说成是"无情有思"，将思妇睹物思人、触景伤情的情感刻画得淋漓尽致。

"似花还似非花，也无人惜从教坠。"起句卓尔不群，章词的首句相比之下稍显平淡。似花而非花，独自飘零却无人怜惜，杨花的落寞跃然纸上。"无人惜"，世人不惜唯诗人自惜之，慨叹身世飘零、命途多舛之意。苏轼当时正被贬谪到黄州，应当是有感而发。"惜"字是全词的词眼，全词完全紧扣"惜"字。"似花非花"之语让人不由得想到白居易的《花非花》，诗云："花非花，雾非雾，夜半来，天明去。来如春梦不多时，去似朝云无觅处。"杨花飘落，正与诗中迷离之境隐然契合。"抛家傍路，思量却是，无情有思。"这里是反用"全无才思"的含义，写杨花尽管抛家傍路，然而在飘落之际却依旧可以随风萦回，思量起来，却是杨花舍不得离去，正有"道是无情却有情"的含义。"萦损柔肠，困酣娇眼，欲开还闭"，诗人已经被这小小的杨花所深深吸引，仔细看来，却见迷蒙当中一片片倏忽飘荡的杨花，恍若美人春困，在思念当中柔肠百转，双眸雾合，欲睡还醒。"梦随风万里，寻郎去处，又还被、莺呼起。"语意承上句。美人犹如杨花，随风飘荡，一梦万里，只是为了追寻心上人的踪迹。但可恼的是不解人意的黄莺，将人从这幻梦当中猛然惊醒。此句化用唐代金昌绪《春怨》之意，诗云："打起黄莺儿，莫教枝上啼。啼时惊妾梦，不得到辽西。"

由上阕末尾"起"字一转，下阕的意境从迷离转而变为清冽，愁思从惘然转变为深刻，从风中之思转变为雨后之愁。"不恨此花飞尽，恨西园、落红难缀。"诗人似乎在猝然间惊醒，惊觉繁花业已落尽。不恨花飞，但恨此花已零落成泥，再也无法重上枝头。"晓来雨过，遗踪何在，一池萍碎。"雨后芳踪何处寻？漫天杨花只化为眼前满池零碎的浮萍。"春色三分，二分尘土，一分流水。"在诗人眼中，春色正如杨花，三分中二分落入尘埃，已经无迹可寻，一分却随着流水黯然逝去。此句不言"惜"字，但痛惜之情跃然纸上，才思巧妙，不落窠臼。尾句极佳，与首句相映生辉。"细看来，不是杨花，点点是离人泪。"仔细看来，那哪里是杨花，分明就是离人之泪。点点滴滴，挥挥洒洒，那种蓦然而来的感伤犹如这满池杨花，落满了心间。末句收束下阕，干净利落而又显得余味无穷。"不是杨花"与首句"似花非花"遥相呼应，"离人泪"也隐含了上阕里的离思别苦，情思婉转，收放自如。

总体来看，结构上苏词浑然一体，转承、呼应都好于章词，而章词词意略显连贯顺畅不足。章词虽是原作，却近似因步韵他词而导致全篇不够紧凑浑融。正如先生所说，这并非是原韵和韵的原因，而是二人在才学方面的差异所致。

《水龙吟》咏物最工

咏物之词，自以东坡《水龙吟》最工，邦卿《双双燕》次之。白石《暗香》《疏影》，格调虽高，然无一语道着，视古人"江边一树垂垂发"等句何如耶？

词解

咏物之词，自然以苏轼的《水龙吟》为最工，史达祖《双双燕》次之。姜夔的《暗香》《疏影》格调虽高，然而没有一句话切实传神描写梅花。比起古人"江边一树垂垂发"等句是否有些逊色呢？

评析

这里提到的苏轼的《水龙吟》就是上一篇赏析的《水龙吟·次韵章质夫杨花词》。邦卿指的是南宋词人史达祖，字邦卿，他的词经常与周邦彦、姜夔并论，姜夔称其词"奇秀清逸，有李长吉（李贺）之韵"。这里提到的《双双燕》是他的代表作：

双双燕·咏燕
史达祖

过春社了，度帘幕中间，去年尘冷。差池欲住，试入旧巢相并。还相

人间词话

一一八

雕梁藻井，又软语商量不定。飘然快拂花梢，翠尾分开红影。

芳径，芹泥雨润。爱贴地争飞，竞夸轻俊。红楼归晚，看足柳昏花暝。应自栖香正稳，便忘了、天涯芳信。愁损翠黛双蛾，日日画栏独凭。

燕子是古代诗词当中最常用的意象之一，但全篇都用来咏燕的妙词，就非常少了，以艺术造诣而论，这首《双双燕》是其中最好的一篇。

这首词对燕子的描写是非常精彩的。通篇都没有写"燕"字，但其实句句都在写燕，极妍尽态，神形毕肖，又不觉繁复。"过春社了"，"春社"是在春分前后，恰好是春暖花开的季节，相传燕子此时由南方北归，词人只点明了时节，让读者自然联想到燕子归来。此处妙在暗示，有未雨绸缪的朦胧之美，既节省文字，又让诗意显得含蓄蕴藉，充分调动读者的想象力。"度帘幕中间"，进一步暗示燕子北归。"去年尘冷"暗示旧燕重归以及新变化。在大自然的一派美好春光当中，北归的燕子飞入了旧家帘幕，红楼华屋、雕梁藻井依旧，所不同的是，空屋无人，满目尘封，不免让燕子感到凄冷。

"差池欲住"四句，写双燕欲住而又犹疑的情景。因为燕子离开旧巢时日已久，"去年尘冷"，似乎有些变化，所以要首先在帘幕间"穿"来"踱"去，细看似曾相识的环境。燕子终究是恋栈旧巢的，于是"差池

●翠尊易泣，红萼无言耿相忆

手捧翠玉酒杯，禁不住洒下伤心泪，面对红梅默然无语。昔日折梅的美人浮现于记忆中。还记得曾经携手游赏之地，千株梅林布满绽放的红梅，西湖上泛起寒波，一片澄碧。此刻梅花被风吹得凋落无余，何时才能重见梅花的幽丽？

欲住，试入旧巢相并"。因"欲住"而"试入"，犹豫未决，故而把"雕梁藻井"仔细审视一番，又"软语商量不定"。小小情事，写得细腻而又曲折，犹如一对小两口居家度日，极有情趣。

"软语商量不定"，形容燕语呢喃，传神入微。"商量不定"，写出双燕亲昵商量的情景。"软语"，声音的轻细柔和、温情脉脉显得形象生动，将双燕描绘得犹如一对充满柔情蜜意的情侣。人们时常用燕子双栖来比喻夫妻，这种描写是非常契合燕侣的特点。双燕"飘然快拂花梢，翠尾分开红影"，在美好春光中开始了繁忙而又紧张快活的崭新生活。

"芳径，芹泥雨润"，紫燕时常用芹泥来筑巢，如今风调雨顺，芹泥湿润，恰好是安家立业的好地方。"红楼归晚，看足柳昏花暝"，春光多美，而它们的生活又是多么快乐、自由而又美满。傍晚归来，双宿双栖，其乐无穷。但是这一高兴啊，"便忘了、天涯芳信"。在双燕回归之前，一位天涯游子曾拜托它们给家人捎一封书信回来，它们完全忘记了！这宛如天外飞来的一笔，出人意料。随着这一转折，展现了红楼思妇倚栏眺望的画面："愁损翠黛双蛾，日日画栏独凭。"因为双燕的疏忽导致等着书信到来的人望眼欲穿。

几乎通篇都在写燕，直到结尾两句，才点出了本篇的主旨：对燕子来说，是有感于"去年尘冷"的变化，实际暗示人去境清、深闺寂寥的人情变化，只是始终没有道破。到了最后，将意思推开一层，融入闺情，余韵悠长。燕子与人的对照互喻彼此粘连相接，不即不离，堪称咏燕词的绝境。

随后又提到了姜夔的《暗香》《疏影》两首词，姜夔在词序中交代了写作背景：

辛亥之冬，予载雪诣石湖。止既月，授简索句，且征新声，作此两曲。石湖把玩不已，使工伎肄习之，音节谐婉，乃名之曰《暗香》《疏影》。

暗香

旧时月色，算几番照我，梅边吹笛？唤起玉人，不管清寒与攀摘。何逊而今渐老，都忘却、春风词笔。但怪得、竹外疏花，香冷入瑶席。

江国，正寂寂。叹寄与路遥，夜雪初积。翠尊易泣，红萼无言耿相忆。长记曾携手处，千树压西湖寒碧。又片片、吹尽也，几时见得？

疏影

苔枝缀玉，有翠禽小小，枝上同宿。客里相逢，篱角黄昏，无言自倚修竹。昭君不惯胡沙远，但暗忆、江南江北。想佩环、月夜归来，化作此花幽独。

犹记深宫旧事，那人正睡里，飞近蛾绿。莫似春风，不管盈盈，早与安排金屋。还教一片随波去，又却怨玉龙哀曲。等恁时、重觅幽香，已入小窗横幅。

姜夔的咏物词，空灵蕴藉，寄托遥深。在若即若离之中，留下极大的想象空间。他的两首咏梅之作，清空飘逸，别有幽怀，通透却又难以捉摸，令人流连于凄清的意境，陶醉于沁人心脾的清泠和忧伤中。但与苏轼的《水龙吟》相比，《暗香》所吟咏的梅花，情太盛，似乎仅仅就是情感绽放于枝头，对梅花没有生动细致、富有生气的描写，始终沉迷于个人的失落情感当中不能自拔，梅花的暗香没能在字里行间显现出来。姜夔以疏影形容梅的身姿，以暗香描述梅的香气，但实质上通篇全都是在写失意与迷茫，没能真正勾勒梅的丰姿与神韵，词句也略显晦涩，这也是静安先生对这两首词不甚中意的原因。

结尾，提出姜夔的词不如杜甫的"江边一树垂垂发"的诗句，那么我们来看看杜甫的这首诗：

和裴迪登蜀州东亭送客逢早梅相忆见寄

杜 甫

东阁观梅动诗兴，还如何逊在扬州。

此时对雪遥相忆，送客逢春可自由。

幸不折来伤岁暮，若为看去乱乡愁。

江边一树垂垂发，朝夕催人自白头。

"江边一树垂垂发，朝夕催人自白头"，虽然没有李白"白发三千丈，缘愁似个长"的豪迈之情，但有一种扑面而来的飞扬神采。江边的树木原本就有随风水飘荡的萧瑟感，长长垂下的树枝好比人披散着的长发，由此可见树边之人的落魄，叫人华发顿生，其愁难以言喻。

雾里看花，终隔一层

白石写景之作，如"二十四桥仍在，波心荡、冷月无声""数峰清苦，商略黄昏雨""高树晚蝉，说西风消息"，虽格韵高绝，然如雾里看花，终隔一层。梅溪①、梦窗诸家写景之病，皆在一"隔"字。北宋风流，渡江遂绝。抑真有运会存乎其间耶？

注 释

①梅溪：即史达祖，字邦卿，号梅溪，他的词长于咏物描写，用笔细腻纤巧，颇为传神。

姜夔的写景之作，如"二十四桥仍在，波心荡、冷月无声""数峰清苦，商略黄昏雨""高树晚蝉，说西风消息"，虽然格韵高绝，然而如同雾里看花，终究隔了一层。史达祖、吴文英等人写景之作的缺点，都在一个"隔"字。北宋风流，到了南宋就已经看不到了，难道真有所谓风云际会吗？

●念桥边红药，年年知为谁生

当年的明月夜，有多少人在桥上凭栏赏月，不时能够听到美人吹箫的声响，如今桥仍在，水中微波正环绕着月影不住荡漾，但冰冷的月亮却沉默无声，还有谁来欣赏月光！

评 析

词是用来抒情的文体，但如何抒情在表达方式上却是千差万别，有些词直抒胸臆，融洽自然，迅速进入佳境，让人倍感舒畅。有些词抒情则曲折婉转，遮掩部分情怀，虽然情感的抒发上有其独到之处，但终究是有所隔膜，让人有一种意兴阑珊的感觉。

在先生的眼中，姜夔的词在格韵方面是相当优秀的，总是带着一股忧郁之情，但显得非常典雅，含蓄内敛而稍显清高，于是就形成了一种婉转萦绕、久久徘徊于内心之中难以抒发的忧愁。我们就从被提到的姜夔的这两首词中去窥探其表达特点：

扬州慢
姜夔

淮左名都，竹西佳处，解鞍少驻初程。过春风十里，尽荠麦青青。自胡马、窥江去后，废池乔木，犹厌言兵。渐黄昏清角，吹寒都在空城。

杜郎俊赏，算而今、重到须惊。纵豆蔻词工，青楼梦好，难赋深情。二十四桥仍在，波心荡、冷月无声。念桥边红药，年年知为谁生？

惜红衣
姜　夔

簟枕邀凉，琴书换日，睡余无力。细洒冰泉，并刀破甘碧。墙头唤酒，谁问讯城南诗客。岑寂。高柳晚蝉，说西风消息。

虹梁水陌，鱼浪吹香，红衣半狼籍。维舟试望故国，渺天北。可惜渚边沙外，不共美人游历。问甚时同赋，三十六陂秋色。

《扬州慢》是抒发对旧日繁华都市扬州经过战火的洗礼后，一派凄凉景象的慨叹，尽管面对如此凄凉的景象，心中涌动着强烈的哀伤之情，但从始至终，词句并没有强烈的感情抒发，只是以一句"念桥边红药，年年知为谁生"来表达自己的物是人非之感，情感显得不够真切与猛烈。

"隔"与"不隔"

问"隔"与"不隔"之别，曰：陶、谢之诗不隔，延年则稍隔矣。东坡之诗不隔，山谷则稍隔矣。"池塘生春草""空梁落燕泥"等二句，妙处唯在不隔。词亦如是。即以一人一词论，如欧阳公《少年游》咏春草上半阕云："阑干十二独凭春，晴碧远连云。二月三月[1]，千里万里，行

色苦愁人。"语语都在目前，便是不隔；至云："谢家池上，江淹浦畔"，则隔矣。白石《翠楼吟》"此地。宜有词仙，拥素云黄鹤，与君游戏。玉梯凝望久，叹芳草、萋萋千里"，便是不隔；至"酒祓清愁，花销英气"，则隔矣。然南宋词虽不隔处，比之前人，自有浅深厚薄之别。

注　释

　　①二月三月，千里万里：应为"千里万里，二月三月"，此处为静安先生误记。

词　解

　　要问"隔"与"不隔"的区别，可以这样说：陶渊明、谢灵运的诗不隔，颜延之的就稍微有些隔。苏轼的诗不隔，黄庭坚的诗就稍微有些隔。"池塘生春草""空梁落燕泥"等句，妙处就在不隔。词也是这样。就以同一个人的同一首词来说，如欧阳修《少年游》咏春草上半阕："阑干十二独凭春，晴碧远连云。二月三月，千里万里，行色苦愁人。"每句话都仿佛就在目前，便是不隔；等到"谢家池上，江淹浦畔"就隔了。姜夔《翠楼吟》"此地。宜有词仙，拥素云黄鹤，与君游戏。玉梯凝望久，叹芳草、萋萋千里"便是不隔；到"酒祓清愁，花销英气"就隔了。然而，即使南宋词不隔处，比之前人，也有深浅厚薄之别。

评　析

　　"隔"并非朦胧感，朦胧也是一种非常美丽的意境；"隔"也不是含蓄，含蓄也是一种很高明的表达方式；"不隔"也并非没有半点修饰的赤裸表达，那样显得过于拙劣；"不隔"也并非一眼望穿，过于直白。

那么怎样来判断"隔"与"不隔"呢？静安先生给出了标准，陶渊明与谢灵运的诗是不隔，颜延之的诗是隔；苏轼的词不隔，黄庭坚的词有一些隔的感觉。我们现在来看他所举的例子：

登池上楼
谢灵运

潜虬媚幽姿，飞鸿响远音。

薄霄愧云浮，栖川怍渊沈。

进德智所拙，退耕力不任。

徇禄反穷海，卧疴对空林。

衾枕昧节候，褰开暂窥临。

倾耳聆波澜，举目眺岖嵚。

初景革绪风，新阳改故阴。

池塘生春草，园柳变鸣禽。

祁祁伤豳歌，萋萋感楚吟。

索居易永久，离群难处心，

持操岂独古，无闷征在今。

昔昔盐
薛道衡

垂柳覆金堤，蘼芜叶复齐。

水溢芙蓉沼，花飞桃李蹊。

采桑秦氏女，织锦窦家妻。

关山别荡子，风月守空闺。

恒敛千金笑，长垂双玉啼。

盘龙随镜隐，彩凤逐帷低。

飞魂同夜鹊，倦寝忆晨鸡。

暗牖悬蛛网，空梁落燕泥。

前年过代北，今岁往辽西。

一去无消息，那能惜马蹄。

　　"池塘生春草""空梁落燕泥"这两句，妙处在于不隔，春草在池塘中生长，是非常自然的表述，一种自然而然而又欣喜于春天来临变化的情感暗含于诗句中，契合得天衣无缝。"空梁落燕泥"，梁上空空荡荡，连燕子窝中的泥巴都干裂得落下，说明连燕子都许久没有归巢了，以间接描写来描绘出一派荒芜颓废的景象。

　　所谓"不隔"，可以看作是诗人用描述语构建意象，景物宛然近在眼前，情韵自然浮现，一切仿佛天成；诗人若用修饰语，令人费一层思量，便是"隔"了，如"池塘生春草，园柳变鸣禽"，短短两句就把作者所要传达的春天的气息都写出来了，让我们感觉如在眼前的春水春草、莺歌燕舞；"谢家池上，江淹浦畔"也是写春草的，其中化用了谢灵运的"池塘生春草"和江淹的名篇《别赋》中的"春草碧色，春水绿波，送君南浦，伤如之何"，没有相当文学功底的人是无法领略其含义的，故而称之为"隔"，这里其实暗合了前面文论中的"词忌用替

●叹芳草、萋萋千里

　　极目远眺，只见芳草萋萋，绵延千里，此刻孤身一人的寂寥只有自己知道，西山之外，黄昏时刻，一轮秋雨停歇后，天空终于露出真容。

代字"的观点。

还有另一种形式的"隔"是在前面论述姜夔的时候提出的，认为其词"有隔雾看花之恨"，这里其实是要分开讨论的，如果雾气笼罩弥漫而不能看到花，当然是不好的，这种情况可以称为"隔"，而如果花前笼罩了一层薄薄的轻雾，则花就平添了种别样的情致，因而这种"朦胧之隔"并不一定是坏事。

接下来，先生还分别举了欧阳修与姜夔的一首词来进一步说明这一问题：

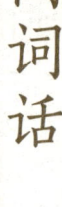

少年游
欧阳修

阑干十二独凭春，晴碧远连云。千里万里，二月三月，行色苦愁人。
谢家池上，江淹浦畔，吟魄与离魂。那堪疏雨滴黄昏，更特地忆王孙。

先生所赞赏的句子"阑干十二独凭春，晴碧远连云"就是"不隔"的句子，写景的句子中暗含了观景的人。碧空晴朗，白云连天，正是行人远行的天气，也因此别有一番离愁在心头，因此才有了期盼与远行之人相会的念头，但事与愿违，只有行色匆匆的愁苦过客。到此为止是《少年游》的上阕，这一部分直抒胸臆，一气呵成，是为"不隔"。

下阕欧阳修使用了典故，先生就认为是隔了，"谢家池上"是源于谢灵运的"池塘生春草"的诗句；"江淹浦畔"是源自江淹《别赋》"春草碧色，春水绿波，送君南浦，伤如之何"的诗句。欧阳修借用前人诗句来代写春草，借用他人之情表达自身之意，表达上比较曲折，也就是先生所说的"隔"。

接下来又以姜夔的《翠楼吟》为例：

翠楼吟

姜　夔

　　月冷龙沙，尘清虎落，今年汉酺初赐。新翻胡部曲，听毡幕、元戎歌吹。层楼高峙。看槛曲萦红，檐牙飞翠。人姝丽，粉香吹下，夜寒风细。

　　此地，宜有词仙，拥素云黄鹤，与君游戏。玉梯凝望久，叹芳草、萋萋千里。天涯情味。仗酒祓清愁，花销英气。西山外，晚来还卷，一帘秋霁。

　　分析的重点在于下阕："此地，宜有词仙，拥素云黄鹤，与君游戏。玉梯凝望久，叹芳草、萋萋千里。"羡慕词仙与云朵、黄鹤为伍的悠闲雅致，自己却感到忧愁，只能眼望着萋萋荒草慨叹，这是直抒胸臆，是为"不隔"。但后面"天涯情味。仗酒祓清愁，花销英气"，前面愁情已经充塞胸臆，后面却又以酒消愁，两处愁情没有增强表达之功，只有突兀之感，情绪的表达与宣泄不够自然，因此有隔，也正因为如此，先生认为北宋词深厚、南宋词浅薄。

　　怎么来理解"隔"与"不隔"呢？钱锺书先生认为：成功的文艺作品，按照"不隔"来说，我们阅读时应当像我们亲身所经历过一样，我们在这里只是注重经历过，而经历的性质如何，就跟"不隔"无关，这是很多人所误解的地方。例如，有人认为"不隔"只能来解释明显的、一望可知的文艺，无法解释隐晦的、精深致远的文艺，其实这就是误会了"不隔"。"不隔"并非一桩事物，也不是一种境界，而是一种状态，一种透明而洞彻的状态——"纯洁的空明"，犹如身处光天化日；在这种状

●江滨梅

人间词话

态下，作者所描写的事物与境界以无遮隐的状态暴露在读者面前，作者艺术水准的高下，全看他是否有本领来拨开云雾见青天，造就这个状态。

何为不隔

"生年不满百，常怀千岁忧。昼短苦夜长，何不秉烛游"，"服食求神仙，多为药所误。不如饮美酒，被服纨与素。"写情如此，方为不隔。"采菊东篱下，悠然见南山。山气日夕佳，飞鸟相与还。""天似穹庐，笼盖四野。天苍苍，野茫茫，风吹草低见牛羊。"写景如此，方为不隔。

词　解

"生年不满百，常怀千岁忧。昼短苦夜长，何不秉烛游"，"服食求神仙，多为药所误。不如饮美酒，被服纨与素。"这样写情，才是不隔。"采菊东篱下，悠然见南山。山气日夕佳，飞鸟相与还。""天似穹庐，笼盖四野。天苍苍，野茫茫，风吹草低见牛羊。"这样写景，才是不隔。

评　析

不隔就是一种亲切自然的感觉，犹如三五知己聚会畅谈人生，如知己对坐，娓娓交谈，直抒胸臆，潇洒率真，没有丝毫矫揉造作，是至情至性的清新表达。静安先生从古诗词中找出了几句不隔的典范之作。

《古诗十九首》第十五

生年不满百，常怀千岁忧。

昼短苦夜长，何不秉烛游。

为乐当及时，何能待来兹。

愚者爱惜费，但为后世嗤。

仙人王子乔，难可与等期。

"生年不满百，常怀千岁忧"，其实是讽刺那些顾着聚敛钱财却不知道积极享受生活的人，人生当中的诸多快乐，绝对不是金钱所能给予的，没有轻松自由、怡然自得的生活，再多的钱也毫无意义。要放下人生中名利的包袱，享受发自心灵的纯粹快乐。纵观全诗，没有丝毫矫揉造作，完全是内心情感的自然流露。

《古诗十九首》第十三
驱车上东门，遥望郭北墓。
白杨何萧萧，松柏夹广路。
下有陈死人，杳杳即长暮。
潜寐黄泉下，千载永不寤。
浩浩阴阳移，年命如朝露。
人生忽如寄，寿无金石固。
万岁更相送，圣贤莫能度。
服食求神仙，多为药所误。
不如饮美酒，被服纨与素。

●采菊东篱下，悠然见南山

这首诗是对生死的感悟，人生终有一死，死后不能复生，可笑有些人执着于通过服食丹药来企图实现长生不老，完全是自欺欺人，甚至是害人害己，还

屈原《离骚》中说："朝食木兰之坠露兮，夕餐秋菊之落英。"因为菊为傲霜之品，所以食菊象征修身自洁。陶渊明称赞其为"芳熏百草，色艳群英"，正是不为五斗米折腰的精神寄托，是高洁品行的象征。

不如及时享受生活。

《饮酒》之五
陶　潜

结庐在人境，而无车马喧。

问君何能尔，心远地自偏。

采菊东篱下，悠然见南山。

山气日夕佳，飞鸟相与还。

此中有真意，欲辨已忘言。

　　写景方面，先生最推崇陶渊明的"采菊东篱下，悠然见南山"，此句让人顿感身心舒畅，非常自然，没有华丽的辞藻，却将最质朴的情怀显露出来，轻快怡然。

敕勒歌
斛律金

　　敕勒川，阴山下。天似穹庐，笼盖四野。天苍苍，野茫茫，风吹草低见牛羊。

　　简单明了，但境界开阔，寥寥数语就将草原的雄浑浪漫展露无遗，不隔就是这样的一种感觉。

无言外之味

　　古今词人格调之高，无如白石。惜不于意境上用力，

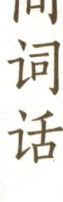

故觉无言外之味、弦外之响，终不能与于第一流之作者也。

评 析

　　叶嘉莹先生在《王国维及其文学批评》中认为："格调"乃是指品格之高下而言的，但品格之高下又有两种之不同，一种是本质的过人，在情意感受方面不同于流俗，这也就是《人间词话》开端之所说的"有境界则自成高格"的表现；另一种则是文字高雅不同于流俗，这也就是白石词被称为格调高的缘故。不过文字之高雅毕竟不同于境界之真挚，静安先生虽然也赞美白石之格调高，而在同时又特别指出"惜不于意境上用力"之故。

　　姜夔生性清高自诩，不汲汲于功名，一生困顿，从未做官，落笔自然不愿落于俗套。"不于意境上用力"，但其实白石词在意境上是非常着力的。白石之词大多以晦暗幽冷之境，表达凄苦落寞之情。如"淮南皓月冷千山，冥冥归去无人管""二十四桥仍在，波心荡，冷月无声""竹外疏花，香冷入瑶席""衰草愁烟，乱鸦送日，风沙回旋平野""池面冰胶，墙阴雪老，云意还又沉沉"等，都是如此。如果论旨趣之深，白石也并非像先生所说的那样欠缺，而恰好相反，白石词的用意是非常深刻的。但其含义较为执着单一，用情境

●意境与格调

文人写诗填词，如果没有意境层面的拓展，只依靠格调的烘托，就失去了弦外之音、言外之意，作品只会显得苍白而突兀。

人间词话

一三三

表现时意味较为明显；而在意境上很多时候又过于枯败萧索，这样就略显单薄而缺乏宏阔深远的情致。这应该就是先生所说的"无言外之味，弦外之响""其旨遥深则未也"之所指吧。

　　人的性情经历各不相同，所欣赏和喜爱的意境自然也有所差异，这类问题其实就是"仁者见仁，智者见智"了。姜夔能够成为一代大家，历经数百年被后人不断推崇，自然有其独到之处。所以读《人间词话》，未必要全盘接受王国维的观点，只是借此拓展眼界，形成自己的想法。

幼安不可学

　　南宋词人，白石有格而无情，剑南①有气而乏韵。其堪与北宋人颉颃者，唯一幼安②耳。近人祖南宋而祧北宋，以南宋之词可学，北宋不可学也。学南宋者，不祖白石，则祖梦窗③，以白石、梦窗可学，幼安不可学也。学幼安者率祖其粗犷、滑稽，以其粗犷、滑稽处可学，佳处不可学也。幼安之佳处，在有性情，有境界。即以气象论，亦有"横素波，干青云"④之概，宁后世龌龊小生所可拟耶？

注　释

　　①剑南：即陆游（1125—1210），字务观，号放翁，南宋著名词人。为后世留下诗作九千余首、词作百余首，在诗坛上是南宋中兴四大诗人之首，

在词坛上是辛派豪放词的中坚，对南宋乃至清末的文坛有着巨大而积极的影响。②**幼安**：即辛弃疾。③**梦窗**：即吴文英（约1200—约1260），字君特，号梦窗，南宋词人。④**横素波，干青云**：见于萧统《陶渊明集序》云："横素波而傍流，干青云而直上。"

〔词解〕

　　南宋词人之中，姜夔的词有格调而无情趣，陆游的词有气势而少韵味。其中能与北宋人相抗衡者，只有辛弃疾一人而已。近人师法南宋的词而疏远北宋的词，因为南宋的词容易学而北宋的词不容易学。学习南宋词的人，不是师法姜夔就是师法吴文英，因为姜夔、吴文英容易学，而辛弃疾则不容易学。师法辛弃疾的人，大都学习他的粗犷、滑稽，因为他粗犷、滑稽的地方容易学，而超越别人的妙处不容易学。辛弃疾的词的长处在于有性情、有境界，就是只以气象而论，也有"横素波而傍流，干青云而直上"的气概，这难道是后世品格低下的龌龊小子们所能比拟的吗？

●**金戈铁马，气吞万里如虎**

陆放翁与辛弃疾都生于乱世之中，感恩思报国，有一腔热血，辛弃疾更曾是领兵将领，因此有后人所难以企及的激昂霸气、磅礴气势。

〔评析〕

　　就宋词而言，五代、北宋时期的词风格清新自然，有"清水出芙蓉"的气象，而南宋的词相对而言，则更多地在雕琢刻画层面上下功夫，以工巧见长，这种趋势在北宋后期就已经出现，这也是诗

词进化的必然规律，即从质朴本真向工巧转变，而且就总体而言，这个过程是不可逆的，其实这也就是为什么清代的词人普遍喜欢学南宋的原因，当然其中也存在特例，就是在随后提到的纳兰性德。总之，词从南宋以后工巧的趋势是一脉相承的，这也是后世词人普遍喜欢沿袭南宋词风的原因。文学创作无论是学习模仿哪一个时期的风格，其实从长远上来看，都是不可取的，原创才是文学的核心灵魂，清代词作往往只学到了宋词的皮毛，却普遍没能领悟其精髓，这也是清词无法与宋词相提并论的一大重要原因。

其实对姜夔词而言，王国维或许是出于自身的好恶，或是没有仔细领会，因此总体评价不是很高。其实，姜夔的词犹如深谷清泉，悲冷幽咽，一腔真情隐含在冷峻的表象下，不深究是不容易体会到的。

先生对吴文英的词并不赞赏，评价不高，但吴文英的词意境变化多端，场景纷至沓来，且词中蕴含有一种饱满而清晰的情绪，因此也不要轻易否定。

先生对辛弃疾是非常推崇的，认为他的豪迈气魄、性情与风骨都是其他词人所不具备的，后世模仿他的词无法得其神韵，因为后人没有他那种阔大的胸襟气度，词作之中豪气干云，后人即便有意模仿，也欠缺了那份浑然天成的气魄与胸怀天下的坦荡，最终只能画虎类犬、东施效颦。

苏旷辛豪

　　东坡之词旷，稼轩之词豪。无二人之胸襟而学其词，犹东施之效捧心[1]也。

注　释

①此处意即东施效颦。

苏轼的词旷达，辛弃疾的词豪爽。如果没有二人的胸襟而学其词，只能是东施效颦。

评　析

一直以来，都有"诗庄词媚""诗言志，词言情"的说法。诗是用来表达志向的，即便是抒情诗也往往蕴藏着丰富的内涵，将人生志向暗蕴其中，而词长短句子混搭，富有韵律，显得委婉动听，带有柔媚感，因此词是用来专门抒情的。诗更接近于阳春白雪，而词偏向于下里巴人。

婉约词是词的主流，也是词的本来面貌，但在宋代出现了两位大词人，他们的风格迥异于此前的诸位词人，赋予了词这一文体新的灵魂。这两个人就是苏轼与辛弃疾，他们让豪放词这个概念在文学史上占有了举足轻重的地位，让词这一文体从此刚柔并济。

"东坡之词旷，稼轩之词豪"是静安先生对于二者词风的总体概括，同时又可以用来借指其性格特征。

苏轼的性格与李白相似，政治上的失意以及与下层百姓的深层接触，让他对社会现实有了更深刻的认识，当这与他旷达的性格以及卓越的文学天赋相结合的时候，一篇篇深邃而又清雄淡远的词作就展现在我们面前了。

苏轼的旷达其实可以从他的《赤壁赋》中略窥一二："客亦知夫水与月乎？逝者如斯，而未尝往也；盈虚者如彼，而卒莫消长也。盖

●苏轼

将自其变者而观之，则天地曾不能以一瞬；自其不变者而观之，则物与我皆无尽也，而又何羡乎！且夫天地之间，物各有主，苟非吾之所有，虽一毫而莫取。惟江上之清风，与山间之明月，耳得之而为声，目遇之而成色，取之无尽，用之不竭。是造物者之无尽藏也，而吾与子之所共适。"

天地之间，万物都各有归属，如非自己应当拥有，就算一分一毫也不求取。生老病死，富贵荣华，也都不过是生命中要经历的一个阶段，凸显出苏轼的这一份逍遥与豁达。

苏轼一生坎坷多难，但始终都保持着一份自然清新的心态，没有怨天尤人，而每当朝廷需要他、起用他时，他总是鞠躬尽瘁，有这份心胸气度，才有了他旷达的诗词文章。

辛弃疾终生都怀有一腔报国热血，是拥有文韬武略，久经沙场的英才，他以"收拾旧山河"为平生之志，但是南宋渡江后，权奸当道，卖国偷安，还要制造出一片歌舞升平的中兴假象，在此背景下，辛弃疾就显得很不合时宜，满腔的忠愤之气无以宣泄，只好寄情诗词，慷慨悲歌，我们从耳熟能详的"了却君王天下事，赢得生前身后名，可怜白发生"就能感受到那种豪放和无可奈何的悲凉，这样的胸襟是一般人无法体会的，更是难以模仿的。

苏轼的词靠的是绝世才情，是气度，是哲人的伟大智慧；辛弃疾的词靠的是胸襟，是沙场鏖兵多年的胆识，是顶天立地的英豪壮歌。这些东西都不是寻常文人靠在书斋里寒窗苦读就能领略到的，因此先生说后人试图模仿他们，不过是东施效颦而已。

观雅量高致

读东坡、稼轩词，须观其雅量高致，有伯夷、柳下惠之风。白石虽似蝉蜕尘埃，然终不免局促辕下。

注释

①**伯夷**：商朝孤竹君之子，商朝亡后因不食周粟而死。**柳下惠**：春秋时期鲁国人，有坐怀不乱之高行。二人被认为是具有高风亮节的圣人。

词解

读苏轼、辛弃疾的词，必须看到他们广阔的胸襟和高远的情致，有伯夷、柳下惠的风度，姜夔虽然貌似超凡脱俗，然而终究还是左顾右盼、局促不安。

评析

静安先生曾提出："东坡之旷在神，白石之旷在貌。白石如王衍口不言阿堵物，而暗中为营三窟之计，此其所以可鄙也。"

苏东坡与辛弃疾的词，感受到的是高尚的人格魅力，"雅量高致"指的是高风亮节。苏轼的词，让人心中愉悦而通透，对人生的看法也有改观。辛弃疾的词，则让人热血沸腾，希望能干一番大事业。姜夔的词虽然也有独到之处，足以卓然成家，但意境与高度上终究是矮了一截，更缺乏鲜明的人格魅力。

先生认为姜夔的词格调极高，也就是文字运用堪称高雅脱俗，是文采方面的高手，但还说"有境自成高格"，境界一高，格调自然也就大为不同，而境界方面无疑是苏轼与辛弃疾技高一筹。

先生所处的时代背景使得他在论词时，并不单以词为依据，而是以文品与人品相统一作为标准，他曾经说过"无高尚伟大之人格，而有高尚伟大之文学者，殆未之有也"，这一说法和文中的"雅量高致"是一脉相承的，他说读东坡与稼轩词时能感受到古代先贤的高风亮节，其实就是从作品中看到作者高尚的人格，而相比较而言，姜夔的人格与词作的境界就不是那么令先生欣赏了。姜夔的词虽好，终究跳不出俗套的桎梏，情感不够真切，境界不够崇高，也就难怪得不到最好的评价了。

同归于乡愿

苏、辛词中之狂[1]。白石犹不失为狷[2]。若梦窗、梅溪、玉田、草窗、西麓辈，面目不同，同归于乡愿[3]而已。

注 释

[1]狂：指狂者，是激进的、富于进取精神的人。[2]狷：指狷者，是虽能独善其身但缺乏进取精神的人。[3]乡愿：指貌似忠厚，实与恶俗同流合污的人。

词 解

苏轼和辛弃疾是词中之狂，姜夔是词中之狷。而像吴文英、史达祖、张炎、周密、陈允平这些词人，虽然表现形式不同，但都只是乡愿而已。

评 析

前面说过，静安先生评价词作的标准之一是人品与词品的统一，对于苏辛之词，在"旷""豪"之外，又为其加一"狂"，"狂"在这里并非贬义词，而是指有胆有识、有才气，历史上的大文豪都有其狂的一面，例如李白自况"我本楚狂人，凤歌笑孔丘"，杜甫自谓"欲填沟壑唯疏放，自笑狂夫更老狂"，苏轼与辛弃疾也有以狂自况的词，例如苏轼曾经"嗟我本狂直"，辛弃疾也感叹"恨古人不见吾狂"。

●我本楚狂人

欣赏是一种源自内心的享受，文学作品的美不一定非要表现在精雕细琢上，只要能够充分展现出人生的精彩，即便朴实无华一样可以让读者为之痴迷，这就是豪放派词作的价值。

姜夔几乎是文论中提到的最多的人，对其评价也在学术界引发了巨大的争议，这一点前面已经数次说过，这次以"狷"谓之可以为大多数学者所接受，狷者守节无为，结合姜夔的时代背景和他的个人生活经历：一生寄人篱下却拒绝摇尾乞怜，对现实心怀不满而无以解脱，遂以音律诗词作为人生的寄托来逃避现实，从这里的确可以看到狷者的影子。

被称为乡愿的南宋诸家词人，历来就有很大的争议，从历史上流传下来的关于他们的史料记载也是褒贬不一、莫衷一是，按照上面的词作的评价标准以及对诸家词作的雕琢工巧的排斥，王国维把他们一并视为乡愿，严格来说这是有失公允的。

可谓神悟

稼轩中秋饮酒达旦，用《天问》体作《木兰花慢》以送月，曰：“可怜今夕月，向何处、去悠悠？是别有人间，那边才见，光景东头？”词人想象，直悟月轮绕地之理，与科学家密合，可谓神悟。

词　解

　　辛弃疾《木兰花慢》（中秋饮酒达旦）词用《天问》的体裁形式来表达送月的内容，其词云：“可怜今夕月，向何处、去悠悠？是别有人间，那边才见，光景东头？”词人的想象正与月亮绕地球公转的科学事实相符合，可谓神悟。

评　析

　　《天问》，战国时期大文学家屈原所作，其中提出了一百七十二个问题，列举历史与自然界当中一系列无法理解的现象，对天发问，探讨宇宙间万事万物变化发展的规律与道理，是流芳千古的名作。

　　到了宋代，大词人辛弃疾模仿《天问》的形式，写下了这首《木兰花慢》。

木兰花慢

　　中秋饮酒将旦，客谓：前人诗词，有赋待月，无送月者，因用《天问》体赋。

　　可怜今夕月，向何处、去悠悠？是别有人间，那边才见，光景东头。是天外空汗漫，但长风、浩浩送中秋。飞镜无根谁系，姮娥不嫁谁留。

　　谓经海底问无由。恍惚使人愁。怕万里长鲸，纵横触破，玉殿琼楼。虾蟆故堪浴水，问云何、玉兔解沉浮？若道都齐无恙，云何渐渐如钩。

　　在中国的古典诗词当中，咏月诗多如过江之鲫，咏月词也是不胜枚举。但真正能够千古流传，达到脍炙人口程度的，却是凤毛麟角，如苏东坡的《水调歌头》（明月几时有）就是其中的经典代表。

辛弃疾模仿屈原《天问》的形式，创作出这首《木兰花慢》，构思非常新颖，想象更堪称奇瑰，与常见的写悲欢离合的词人不同，他没有思乡怀人，也没有去吊古，而是紧紧抓住黎明之前的刹那光阴，如伟大诗人屈原那样，展开想象的翅膀，任自己的心思翱翔天际，如连珠炮般对月发出了一个又一个疑问，把关于月亮的一些美丽神话传说与生动比喻交织在一起，组成一幅完美的绚丽画卷，让人们心驰神往：今晚的月亮如此可爱，飘然向西运行，它究竟是要前往哪里呢？接着又问：是另外还有一个人间，那里刚好要看到你升起在东边呢？还是在那天外浩瀚无垠的宇宙中，空无所有，唯有浩浩长风将这美好的中秋月带走呢？它像是一面飞入天空的宝镜，却永远不会坠落下来，难道是谁以一根无形的长绳把它系住了吗？这些问题，可谓异想天开，但又兴味十足。传说后羿从西王母手中拿到不死药，

羿妻嫦娥偷药奔月，离开人间，独自居住在广寒宫里。于是，作者又问：月宫当中的嫦娥直到今日还没出嫁，不知又是谁将她留住了呢？听说月亮要游过海底，可又无从追查其根由，这事实在不可捉摸，让人发愁。我害怕大海中的万里长鲸横冲直撞，会撞塌月宫中的玉殿琼楼。月从海底经过，海中的虾蟆不必担心，可那玉兔何曾学过游泳呢？如果这一切全都安然无恙，那么，月亮又为何会逐步变为弯钩模样呢？

词人这一连串的问句，将我们带入了富有浪漫色彩的神话世界中，其想象新奇，幽默而又妩媚，问得奇，问得妙。

在诗词中，向月亮发问，辛弃疾并

●屈原与天问

太阳是从旸谷出来。止宿则在蒙汜之地。从天亮直到天黑，所走之路究竟几里？月中黑点那是何物，是否兔子藏身其中？屈原不断抛出疑问，思考着人生与整个社会。

不是首创，李白有"青天有月来几时，我今停杯一问之"，苏东坡有"明月几时有，把酒问青天"等诗词，但在这首词中所提到的一些疑问，表达了作者对自然现象的种种大胆猜测，却是前人所没有的。月亮围绕地球旋转这一科学现象的发现，曾经引发了天文学界的重大革命。而在哥白尼之前的三四百年间，辛弃疾就已经在观察月升起落下的天象时，隐约猜测到了这种自然现象的本质。王国维也为此惊叹不已。

　　在宋代词人当中，辛弃疾向来被推为豪放派的代表作家，所谓"豪"，也就是豪纵跌宕、横绝古今；所谓"放"，也就是雄放恣肆、别开天地。辛弃疾的词，确实达到了这种境界。他这首用《天问》体写的词，通篇设问，并且一问到底，这在宋词当中是一大创举，表现出作者大胆创新、不拘一格的气概。打破了词的上下阕界限，对月发出一连串疑问。词的用韵也完全符合豪纵激荡的感情，读起来一气呵成、势如破竹。并且多处使用散文化的句式入词，使词这种形式能够更加挥洒自如地表达思想感情，给作品带来恢宏磅礴的气势。

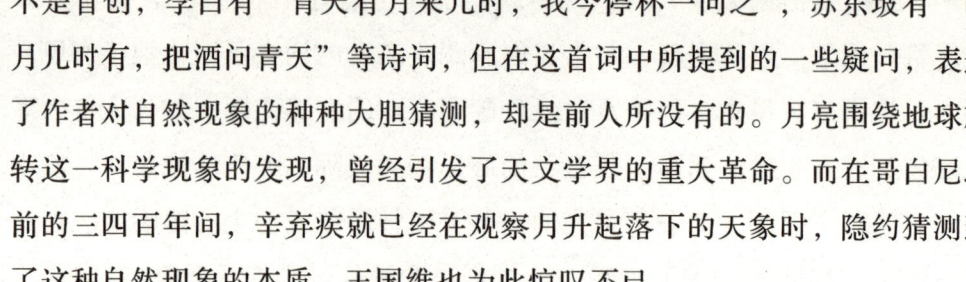

令人解颐

　　周介存谓："梅溪词中，喜用'偷'字，足以定其品格。"刘融斋谓："周旨荡而史意贪[1]。"此二语令人解颐[2]。

注　释

　　[1]**周旨荡而史意贪**：语出刘熙载的《艺概·词曲概》："周美成词，或称其无美不备。余谓论词莫先于品，美成词富艳精工，只是当不得一个'贞'字，是以士大夫不肯学之，学之则不知终日意萦何处矣……周美成律最精审，

史邦卿句最警炼，然未得为君子之词者，周旨荡而史意贪也。"②**解颐**：开颜欢笑。

词　解

　　周济说：史达祖的词中，喜欢用"偷"字，这足以定其品格。

　　刘熙载说："周旨荡而史意贪。"这两句话令人会心而笑。

评　析

　　史达祖词中用"偷"字确实很多，举几个例子：《绮罗香·咏春雨》中有"做冷欺花，将烟困柳，千里偷催春暮"；《东风第一枝·春雪》中有"巧沁兰心，偷沾草甲，东风欲障新暖"；《三姝媚》中有"讳道相思，偷理绡裙，自惊腰衩"；《齐天乐·湖上即席》中有"阑干斜照未满，杏墙应望断，春翠偷聚"；《玲珑四犯》中有"更暗尘，偷锁鸾影，心事屡休团扇"等；《夜合花》中有"轻衫未揽，犹将泪点偷藏"；《祝英台近》中有"正凝伫，芳意期月矜春，浑欲偷去"；《齐天乐·赋橙》中有"犀纹隐隐莺黄嫩，篱落翠深偷见"。

　　如果只是看每篇词中的"偷"字运用，会发现其实有诸多妙处，或者是将物写活，或者精细入微地刻画出词中人的动作神态，或是其所思所想，但当这个字出现频率太高的时候，读者就会产生类似联想。更何况在历史当中，史达祖一直被人们诟病：权臣韩侂胄掌权时，史达祖作为其亲信出任堂吏，擅权专横，一时间，士大夫中无廉耻者都奔走于其门下，韩侂胄被杀后，史达祖受牵连，遭受黥刑并被流放，不知所终。

●**流于庸俗**

周邦彦的词沉溺于男女之间的浓艳之情，史达祖对于雕琢句式过于拘泥，词作的境界却显得很低俗，没有境界的束缚，也就难免落入俗套。

所以,先生说"史意贪"的说法其实是在讥讽他贪图一时的荣华而投靠权贵,缺乏贫贱不移的操守。

周邦彦的词富丽精工,又多有艳语,如《风流子》:"最苦梦魂,今宵不到伊行。问甚时说与佳音密耗,寄将秦镜,偷换韩香。天便要人,霎时厮见何妨?"又如《青玉案》:"玉体偎人情何厚,轻惜轻怜转唧嚼。雨收云散眉儿皱",显得非常狎昵,难怪刘熙载称之"荡"。周邦彦在政治方面的操守也让人怀疑,如他曾写诗逢迎权臣蔡京:"化行禹贡山川外,人在周公礼乐中。"

人品与词品往往紧密相连,苏轼、辛弃疾的人品高,词品亦高,那么是否史达祖、周邦彦的人品低下,词品也是低下的呢,王国维没有明确的答复,但他评价周邦彦"故不失为第一流之作者"和对史达祖的《双双燕》有着高度评价,似乎并非完全如此,其实这也从另一方面展现了王国维的治学严谨。

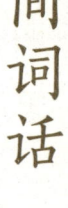

无足当此者

　　介存谓梦窗词之佳者,如"水光云影,摇荡绿波,抚玩无极,追寻已远[①]"。余览《梦窗甲乙丙丁稿》,中实无足当此者。有之,其"隔江人在雨声中,晚风菰叶生秋怨"二语乎?

注　释

　　[①]水光云影,摇荡绿波,抚玩无极,追寻已远:语出周济《介存斋论词杂著》:"梦窗非无生涩处,总胜空滑,况其佳者,水光云影,摇荡绿波,抚玩无极,

追寻已远。"

词　解

周济说：吴文英词中的佳句，如同"水光云影，摇荡绿波，抚玩无极，追寻已远"。我翻阅吴文英的《梦窗甲乙丙丁稿》，其中实在没有与之相称的佳句。如果勉强算有的话，也许只有"隔江人在雨声中，晚风菰叶生秋怨"这两句吧。

评　析

踏莎行
吴文英

润玉笼绡，檀樱倚扇。绣圈犹带脂香浅。榴心空叠舞裙红，艾枝应压愁鬟乱。

午梦千山，窗阴一箭。香瘢新褪红丝腕。隔江人在雨声中，晚风菰叶生秋怨。

吴文英的词称得上是变化万千，难以捉摸，理解起来也有不少困难。他的词作有着很强的跳跃性，有时候没有较为清晰的条理与脉络可以遵循，只看上阕，有时根本猜不到下阕会怎样写。南宋词人张炎批评他的词说："如七宝楼台，眩人耳目，拆碎下来，不成片断。"这个评价未免稍显武断。吴文英的词优点在于言辞优美，犹如点点珠玉散落在前，但事实上，珠玉看似散乱，却被一根红线从中穿起，不失为一件完整的艺术品。吴文英犹如一位极具天资的孩童，只管依照自己的方式以跳跃的思维来表露情绪，而不管其他人的思维是否会和自己同步。他的词彻底改变了普通人的思维习惯，将常人眼中的实景转化为虚幻，将常人心中的虚无化为实景，依靠奇特的艺术想象和联想，创造出如梦如幻的艺术境界。品他的词，其实就是品味一种蕴含在词当中的情绪和感受。由于他的词作风格非同寻常，后世的词作者与词评家都不大认可，词的写作向来讲求章法、句法、字法，在运意布局方面要求脉络清楚、前后连贯、层次分明。而这些规矩被吴文英都给打破了，所以不被后世认可也在意料之中。

吴文英的这首《踏莎行》可以用不同的方式进行理解，但总的感受基本是一致的，所以其词作尽管别具一格、打破常规，但并不混乱。"润玉笼绡，檀樱倚扇。绣圈犹带脂香浅。"这一句很有点花间派的感觉。薄绡轻笼着晶莹的玉肌，罗扇半掩着檀红的樱唇，衣袖的花边散发出淡雅的香气，类似于温庭筠的词作。随后一句"榴心空叠舞裙红，艾枝应压愁鬟乱"，写的是小憩初醒的伊人，舞裙空置，云鬟散乱，应当是深愁婉转，无心歌舞。上阕句句都是在写实，佳人仿佛近在眼前。

下阕"午梦千山，窗阴一箭"，笔锋一转，原来玉人非但不在眼前，刚才的一切不过是午间的一场幻梦。"窗阴一箭"是指时间很短，窗前日影移一箭之地的时间，午间梦中却忽然已恍在千山之外。这句很有"一枕黄粱"的意味，更加凸显午梦初回的怅惘与迷思。"香瘢新褪红丝腕"，这一句再次将人的思绪拉回到梦境之中，回想梦中佳人的手腕由于消瘦而显现出的丝带勒痕，确是我见犹怜，不忍猝醒。最后一句"隔江人在雨声中，晚风菰叶生秋怨"是实写眼前之景，"隔"字在这里可谓用到了极致，既写出了眼前缥缈迷离之景，又凸显出一种怅惘若失的情结。原本情思迷惘，恍见伊人宛在，更兼雨声迷离，江阔水远，不禁愁怨顿生，追思无极。

这首词上阕写梦境，笔笔写实；下阕最后一句写实景，却显得恍惚而又朦胧。以实笔

●隔江人在雨声中

午梦迷离。梦中历尽千山万水，其实看窗前的月影，只是片刻转移。手腕上红丝线勒出的印痕刚刚褪去。江面上的雨声淅淅沥沥，却无法望到思念中的你。只有萧萧的晚风吹着菰叶，似乎已到了秋季。

写虚境，以虚笔写实景，全词亦真亦幻，曲致迷离。这也正是这首词的最大特色。梦窗词始终带给人这种缥缈迷离的朦胧意味，这才是"水光云影，摇荡绿波"的评语所指的内容。

其实吴文英作品的这一艺术特点在他的另一首词中体现得更加明显：

思佳客·赋半面女髑髅

钗燕拢云睡起时，隔墙折得杏花枝。青春半面妆如画，细雨三更花又飞。

轻爱别，旧相知，断肠青冢几斜晖。断红一任风吹起，结习空时不点衣。

这首词可以说是把以幻为真的手法用到了极致，将一具骷髅骸骨写成了风姿绰约的美丽少女，但说穿了这首词就是一个人面对尸骨在做白日梦，但却可以写得韵味非凡，这就是吴文英独有的特点。

玉老田荒

梦窗之词，吾得取其词中一语以评之，曰："映梦窗，零乱碧。"玉田①之词，余得取其词中之一语以评之，曰："玉老田荒。"

注　释

①**玉田**：指宋代词人张炎，字叔夏，号玉田，晚年号乐笑翁。其六世祖为张俊，宋朝著名将领。张炎身为勋贵之后，前半生定居临安，富贵安乐，而宋亡之后，家道中落，晚年漂泊落拓。著有《山中白云词》，存词三百零二首，还创作了中国最早的词论专著《词源》，总结整理了宋末雅词一派的主要思

想与成就。

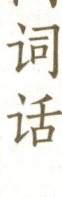

词解

吴文英的词，我可以选取他自己词中的一语进行评价，就是"映梦窗，零乱碧"。张炎的词，我同样可以选取他自己词中的一句话进行评价，那就是"玉老田荒"。

评析

"映梦窗，凌乱碧"一句源自于吴文英的《秋思》：

秋思·荷塘为括苍名姝求赋其听雨小阁

堆枕香馥侧。骤夜声，偏称画屏秋色。风碎串珠，润侵歌板，愁压眉窄。动罗篾清商，寸心低诉叙怨抑。映梦窗，零乱碧。待涨绿春深，落花香泛，料有断红流处，暗题相忆。

欢酌。檐花细滴。送故人，粉黛重饰。漏侵琼瑟，丁东敲断，弄晴月白。怕一曲《霓裳》未终，催去骖凤翼。叹谢客犹未识。漫瘦却东阳，镫前无梦到得。路隔重云雁北。

"玉老田荒"则出自张炎的《祝英台近》：

祝英台近·与周草窗话旧

水痕深，花信足。寂寞汉南树。转首青阴，芳事顿如许。不知多少消魂，夜来风雨。犹梦到、断红流处。

最无据。长年息影空山。愁入庾郎句。玉老田荒，心事已迟暮。几回听得啼鹃，不如归去。终不似、旧时鹦鹉。

从这两首词来看，宋词到了南宋后期已经出现了颓势，词作内容懒散缺乏思想，只是依靠华丽的词藻来撑门面。在王国维看来，吴文英与张炎的词作雕琢的痕迹太重，在意境的开拓上显得浅薄，格调也不耐人寻味。

　　先生评价吴文英的词"映梦窗，凌乱碧"。吴词有着极强的思绪跳跃性，让人不免有凌乱迷离的感觉。但并非所有人都对吴文英持否定态度，清代词人周济在《宋四家词选目录序论》中说："梦窗立意高，取径远，皆非余子所及。"

　　人的思想并非总是能够接受新鲜事物的，尤其是当一些事情都已经成为"常识"之后，突然冒出来一个异类，大部分人都难免有所顾虑。尤其是王国维这种恪守传统的人就更是如此，不会喜欢这种突破传统的词作。《四库全书总目提要》中说："词家之有文英，犹如诗家之有李商隐。"这话还是相当中肯的。李商隐的诗也显得晦涩迷离，只是律诗的体裁要比词显得端庄。但是为什么没人批判李商隐，却有很多人针对吴文英呢？其实文学批判也是带有时代色彩的。唐代的诗风自由，如李贺、李商隐等人独树一帜，但只要写得好就有人拥护。而宋代理学盛行，礼教束缚相比唐代更是繁复很多，明清时代的束缚更是远超宋代。在这样的情形下，不难理解为什么南宋及此后的词评家们会对与传统有别的写法大加鞭挞了。人的思维已成定式，必然会阻碍新事物产生与发展。由此看来，静安先生还是跳不出保守思潮的影响。

　　再看一看张炎的词，张炎的词还是很有水平的，但和苏轼等大家相比，还是有着很大的差距，即便与姜夔并

●玉老田荒，心事已迟暮

　　繁华已过，身心飘零，独守空寂悲情，多少慨叹，如美玉将老，良田荒芜，凄惶之心犹如迟暮，不如归去，总好过寄人篱下，愁眉不展。

称"双白"，其作品与白石词相比也要稍逊一筹。

王国维用"玉老田荒"来形容张炎的词作，他的词意蕴不够丰腴，境界不够开阔，这也是与张炎一生凄凉的遭遇有着直接关系的：张炎生活在宋元交替的时代，出身贵族家庭，年轻时潇洒自在，过着优渥的生活，因此其前期词作追求奢华。但天有不测风云，南宋灭亡时，其祖父被元兵所杀，家产被抄。张炎晚年更是穷困潦倒，一度要靠摆地摊为生，写起词来未免会显得凄凉愁苦，意境不够开阔也是自然而然的事情。

作为南宋末期的词人，面对一派凋敝景象，文人的前途一片迷茫，吴文英的朦胧，张炎的痛苦，都是在时代的影响下显露出的特点，在夕阳落尽、国破家亡的时代里，要再为宋词开创全新的气象，未免强人所难，于是只好"零乱碧""玉老田荒"。

唯容若差近之

"明月照积雪""大江流日夜""中天悬明月""长河落日圆"，此种境界，可谓千古壮观。求之于词，唯纳兰容若塞上之作，如《长相思》之"夜深千帐灯"，《如梦令》之"万帐穹庐人醉，星影摇摇欲坠"差近之。

词解

"明月照积雪""大江流日夜""中天悬明月""长河落日圆"，这些诗句中的境界，可以说是千古壮观。要从词中寻找这样的境界，只有纳兰容若塞上之作，如《长相思》之"夜深千帐灯"，《如梦令》之"万帐穹庐人醉，星影摇摇欲坠"

差不多接近。

这几首诗都是边塞诗，或描写空间上荒远辽阔的境界，或抒写时间上邈远深邃的境界，或写边塞之月的孤寂和森严，或写广漠落日的亲切与苍凉，魏晋风骨、唐诗气度在这里表露无遗，而诸位词作家除了因范仲淹等少数几位词人有边塞生活的经历，因而创作了一些边塞词外，其他作家都因缺少生活经历，而没有创作出能够传世的边塞词作品，直到文论中提到的纳兰性德，才有了描绘塞外风光的词作。但是总体而言，在气象上，纳兰性德的词和上面的几首诗相比还是差了不少。

"明月照积雪"引自谢灵运的《岁暮》：

> 殷忧不能寐，苦此夜难颓。
>
> 明月照积雪，朔风劲且哀。
>
> 运往无淹物，年逝觉已催。

"明月照积雪"一句，将清冽空远的境界展现在眼前。皎皎月轮当空，漫野积雪映辉，此情此景清冷得让你仿佛听到了源自诗人心底的喃喃低语。大巧若拙，此之谓也。

"大江流日夜"引自谢朓的《暂使下都夜发新林至京邑赠西府同僚》：

> 大江流日夜，客心悲未央。
>
> 徒念关山近，终知返路长。
>
> 秋河曙耿耿，寒渚夜苍苍。
>
> 引顾见京室，宫雉正相望。
>
> 金波丽鳷鹊，玉绳低建章。
>
> 驱车鼎门外，思见昭丘阳。

驰晖不可接，何况隔两乡？

风云有鸟路，江汉限无梁。

常恐鹰隼击，时菊委严霜。

寄言蔚罗者，寥廓已高翔。

　　"大江流日夜"，昼夜交替，无休无止，大江奔流不停。我从何处而来，又往何处而去？时光永远在不断流逝，而整个世界却是默然不语。极为质朴的语言带给人们无尽的思索，诗之真谛正是在于此。

　　"澄江静如练"引自谢朓的《晚登三山还望京邑》：

瀌涘望长安，河阳视京县。

白日丽飞甍，参差皆可见。

余霞散成绮，澄江静如练。

喧鸟覆春洲，杂英满芳甸。

去矣方滞淫，怀哉罢欢宴。

佳期怅何许，泪下如流霰。

有情知望乡，谁能鬒不变？

　　"澄江静如练"真称得上是传世佳句。"余霞散成绮，澄江静如练。"登高远眺，绚烂夺目的晚霞之下，澄江静如丝带般流淌在天地之间。其景色壮阔清空而又绮丽多姿。晚霞本静，江河本动。以动写晚霞，凸显晴空的绚丽；以静写江河，顿感天地之壮阔。轻缓落笔而如此多姿，故而连李白都对谢灵运赞赏有加。

　　"山气日夕佳"引自陶潜的《饮酒》其五：

结庐在人境，而无车马喧。

人间词话

问君何能尔，心远地自偏。

采菊东篱下，悠然见南山。

山气日夕佳，飞鸟相与还。

此中有真意，欲辨已忘言。

"山气日夕佳，飞鸟相与还。"傍晚的南山山岚氤氲，鸟儿们结伴飞去。山是沉静的，岚是升华的，而飞鸟把此情此境拓展延伸，更给夕照之下的隐约青山增添了无穷生机。万物皆为自由，心灵也是自由的。读到这一句，仿佛诗人的心也如飞鸟般自由随风飘荡，翱翔于青山之间。至美若是，怎能不令人悠然心往？

"落日照大旗""中天悬明月"引自杜甫的《后出塞五首》其二：

朝进东门营，暮上河阳桥。

落日照大旗，马鸣风萧萧。

平沙列万幕，部伍各见招。

中天悬明月，令严夜寂寥。

悲笳数声动，壮士惨不骄。

借问大将谁？恐是霍嫖姚。

"落日照大旗，马鸣风萧萧"，一种悲壮的肃杀之气扑面而来。在苍茫落日的余晖映照下，大旗猎猎飘扬，战马长嘶，在塞外的萧瑟秋风中。落日苍茫，大旗飘扬，其悲壮之情直接触动了他的心底；而马嘶悲风更把这种悲凉的气氛推到了极深极远之处。"中天悬明月"则恰好相反，在寂寥的夜空当中，一轮明月就此孤悬，极简单的句子构造出一种意蕴极为深远的意象。与"落日照大旗"那一句极为浓厚深沉的悲壮感相比，这句越发凸显出一种寂寥清冷的悲凉意味。后一句当中呜咽的数声悲笳，越发加深

了这种寂寥与悲戚。

　　诗人的感触是极为敏锐的。犹如画家是忠实于自己内心去绘画的，而并非按照构图理论作画一样，诗人依靠他们天生的敏感捕捉到眼前的世界给予他们的最深沉感触。就算是最简单的言辞，也带给人们以极强烈的震撼。

　　"大漠孤烟直，长河落日圆"出自王维的《使至塞上》：

单车欲问边，属国过居延。

征蓬出汉塞，归雁入胡天。

大漠孤烟直，长河落日圆。

萧关逢候骑，都护在燕然。

　　"大漠孤烟直，长河落日圆"此句对仗非常工整，那种独特的景象似乎近在眼前。大漠苍远，烽烟劲拔，凸现出苍凉而又孤独的境界；悠长的大河流向了天际，落日苍茫而又显得温暖亲近。"直"字写尽了远观烽烟直上的景象，在荒凉的大漠之中尽显一种苍凉之美；而"圆"字则将苍茫落日写得非常温暖可亲，一个非常普通的字在这里孕育了极不寻常的含义。整句非常好地体现了诗人孤独寂寞的心境，成为千古佳句。

●大漠孤烟直，长河落日圆

　　出行边塞，眼见大漠旷野，烽烟直冲天际，而如血残阳西落，将红色余晖洒满天地，一种豪壮之气填塞胸间。

　　最后我们来看看纳兰性

德的这两首词《长相思》与《如梦令》：

长相思

山一程，水一程。身向榆关那畔行，夜深千帐灯。

风一更，雪一更。聒碎乡心梦不成，故园无此声。

如梦令

万帐穹庐人醉，星影摇摇欲坠。归梦隔狼河，又被河声搅碎。还睡，还睡。解道醒来无味。

●万帐穹庐人醉，星影摇摇欲坠

空旷的塞外草原，地上有万帐穹庐，天上是无数的星星，凛冽的寒风和奔腾的河水使人难以入睡，让人感到一种虽处万人中却仍有难以排遣的孤独。

先生说只有《长相思》之"夜深千帐灯"，《如梦令》之"万帐穹庐人醉，星影摇摇欲坠"能勉强及得上以上"千古壮语"。但这两句仍显偏弱，远不如换成柳永《八声甘州》中的"对潇潇暮雨洒江天，一番洗清秋"，东坡《卜算子》的"缺月挂疏桐，漏断人初静"来得适宜。

北宋以来，一人而已

纳兰容若以自然之眼观物，以自然之舌言情。此由初入中原，未染汉人风气，故能真切如此。北宋以来，一人

而已。

词　解

纳兰性德用自然的眼睛来观察事物，用自然的口吻来抒写感情。这是因为他初入中原，还没有沾染汉人的风气，所以才能如此真切。北宋以来，能写出这样的词的人只有他而已。

评　析

美可以有很多的评判标准，也可以有多种表现形式，但沾染了太多的欲望，利欲熏心者必然是不美的，迷失了本心，丧失了天然的本真也就没有了审美的能力，这是源自上天的惩罚，而能够保持本心，避开污染，以自然的眼光去看待外界，这样的人才有资格与能力写出清新自然的美之作品。

先生对纳兰性德能够给出"北宋以来，一人而已"的极高评价，正是由于纳兰性德能够不受成规的影响，写出自己内心中最自然的东西，不受外界潮流时政的影响与限制，才有了远超同侪的成就。

纳兰性德出生于 1655 年，其父是康熙朝的权臣纳兰明珠，母亲觉罗氏是英亲王阿济格第五女，一品诰命夫人。而其家族——纳兰氏，隶属正黄旗，是清初满族最显赫的八大姓之一，即后世所称的"叶赫那拉氏"。纳兰性德身为权贵之子，又与皇帝有亲，非常受皇上赏识，又以自己的文采中二甲第七名进士，被康熙皇帝授予三等御前侍卫的官职，后来升为一等侍卫。曾随皇帝南巡北狩，游历四方，奉命参与极为重要的战略侦察，随皇上唱和诗词，译制著述，因此纳兰性德的才学、见识与经历都是一般文人所无法比拟的。加上此时清朝刚刚入主中原，汉化未深，纳兰性德尽管倾心仰慕汉族文化，但接受的终究是满族风俗的影响，所以他没有传统汉族文人的众多思想桎梏，也就更方便他打破窠臼，自成一家。同时，纳兰性德交游甚广，与当时多位著名的汉族文人是至交好友，如顾贞观、严绳孙、朱彝尊、陈维崧、姜宸英等，彼此交流心得感受，更使其文才得以

增长。

纳兰性德虽然出身显赫，经历宦海沉浮，但难得的是为人至情至性，极重感情，与发妻卢氏情深意笃，琴瑟和鸣，恩爱非常，却不料卢氏英年早逝，是性德的终生遗憾，从此"悼亡之吟不少，知己之恨尤深"。沉重的精神打击让他写下了大量的悼亡词，并于其中一再流露出哀婉凄楚的无尽相思之情，以及怅然若失的怀念心绪。纳兰性德三十岁时，在好友顾贞观的撮合下，结识了江南才女沈宛。沈宛，字御蝉，浙江乌程人，著有《选梦词》，才华横溢。可惜她在与纳兰性德相处一年后，纳兰性德就去世了，这段短暂的爱情以悲剧告终。纳兰性德作为一代风流才子，其爱情生活为后人所津津乐道，从中也能理解

● 人生若只如初见

人生若只如初见，那该有多好，一切都还淡如流水，没有过多的羁绊，没有不快乐的遭遇，笑语欢颜都永远地凝固在那个最初相见的时刻。纳兰性德的词就是这样，没有过多的雕琢，只是发自本心，用最自然的语调诉说着打动每个读者心弦的词句。

到纳兰性德蕴藏在词作中的款款深情，词中的哀愁苦痛并非伪装，而是发自内心的真情流露。

正如王国维所说："诗人之言也。政治家之眼，域于一人一事。诗人之眼，则通古今而观之。词人观物，须用诗人之眼，不可用政治家之眼。故感事、怀古等作，当与寿词同为词家所禁也。"词人要写出真正的好词，不能让自己沉溺于世俗的熏染，而是要保持本心，以自然的心态去写作，这样才能有真正的佳作问世，这也是纳兰性德作品得以成功的最大原因。

诗词无尊卑

陆放翁跋《花间集》谓："唐季五代，诗愈卑，而倚声者辄简古可爱……能此不能彼，未易理推也。"《提要》驳之谓："犹能举七十斤者，举百斤则蹶，举五十斤则运掉自如。"其言甚辨。然谓词必易于诗，余未敢信。善乎陈卧子^②之言曰："宋人不知诗而强作诗，故终宋之世无诗……然其欢愉愁苦之致，动于中而不能抑者，类发于诗余，故其所造独工。"五代词之所以独胜，亦以此也。

注　释

①《提要》：《四库全书总目提要》"花间集"条记载："后有陆游二跋。……其二称'唐季五代，诗愈卑，而倚声者辄简古可爱……能此不能彼，未易理推也'，不知文之体格有高卑，人之学力有强弱，学力不足副其体格，则举之不足；学力足以副其体格，则举之有余。律诗降于古诗，故中晚唐古诗多不工，而律诗则时有佳作，词又降于律诗，故五代人诗不及唐，词乃独胜，此犹能举七十斤者，举百斤则蹶，举五十斤则运掉自如。有何不可理推乎？"②**陈卧子**：即陈子龙（1608—1644），字卧子，号大樽，明末文学家，引语见《王介人诗余序》。

词　解

　　陆游跋《花间集》认为："唐季五代，诗愈卑，而倚声者辄简古可爱。能此不能彼，未易理推也。"《提要》驳斥这种

说法，认为："犹能举七十斤者，举百斤则蹶，举五十斤则运掉自如。"这段话很有说服力。但是要说词必易于诗，我不能相信。陈子龙的一段话很有道理："宋人不知诗而强作诗，故终宋之世无诗。然其欢愉愁怨之致，动于中而不能抑者，类发于诗余，故其所造独工。"五代词之所以特别优秀，也是因为这个缘故。

评　析

历史上一直有一种对词的偏见，这从对词的一个很流行的称呼就能看出来，把词称为"诗余"，造成这种情况的原因就是上面注释中说的，很多学者认为律诗比古体诗体格低下，词又比律诗体格低下，五代学人学力弱于唐人，用于写诗则不足，用于填词则有余，所以五代人诗不及唐人，词却特别优秀，也正是因为这个原因，把词称为"诗余"，这一观点在古代一直存在，清代《四库提要》中依旧认为："文体有高卑。能词不能诗的人乃是学力不足。"

早在北宋时期，苏轼已经开始了提高词的地位的努力，但是历代文人一直被"文章小道"、诗尊词卑、作词休闲的观点所束缚。静安先生也在为此而努力，他先引用陈子龙的论点，认为五代的词之所以特别优秀是因为它表达了真实的情感，在这一点上，它和唐诗是相同的，只是表现的形式不同而已，因而根本无文体的高下之别。

正如先生所说："凡一代有一代之文学。"今天的我们常说唐诗、宋词、元曲、

●诗尊词卑的错误

由情而发，因情而需，承载着人的各类情感，文体受环境与人等多重因素的影响而兴盛衰落，是不同时代文学发展的一个重要标志，但不能成为文体有尊卑之分的理由。

人间词话

一六一

明清小说，其实都是指这一朝代最流行的文体，文体本身没有过时的问题，只是不同的时代有着不同的，最容易为人们所接受的文体，人们认为现阶段这种文体最适合自己来表达思想感情，于是这种文体就成为这个时代的主流，这与文体本身的地位尊卑没有关系。

文学非后不如前

四言敝而有楚辞，楚辞敝而有五言，五言敝而有七言，古诗敝而有律绝，律绝敝而有词。盖文体通行既久，染指遂多，自成习套。豪杰之士，亦难于其中自出新意，故遁而作他体，以自解脱。一切文体所以始盛终衰者，皆由于此。故谓文学后不如前，余未敢信。但就一体论，则此说固无以易也。

词　解

四言诗衰微而后有了楚辞，楚辞衰微而后有了五言诗，五言诗衰微而后有了七言诗，古诗衰微了而后有了律绝，律绝衰微而后有了词。一种文体流传的时间久了，随着人们运用它创作的数量增多，自然会形成俗套。即使是才华横溢的作者，也很难从中自出新意，所以他们往往舍弃这种体裁而创作其他的体裁，以便自己从旧文体中解脱出来。一切文体之所以会始盛终衰，都是由于这个原因。所以如果说文学发展的水平是后代不如前代，我不能认同。但是就一种文学体裁而论，

那么这种说法实在是非常正确。

再好的文体，再好的表达方式，当用其来创作的人太多时，天长日久，可用的创意与灵感终究会消耗殆尽，这样的情况下，无论怎样创作，都难以避免拾人牙慧，这样一来与其抱残守缺，还不如另辟蹊径，追寻新的表达方式，逐渐形成了新的文体，这样就可以找到更多的新路，完成文学创作的华丽转型。

这一条文论是王国维的文学发展观，很有进化论的意味，因而也被冠以文学进化论的名头。概括而言，这一观点的主要内容是：一部文学史其实是各种文体前后相继的文学发展演变史，旧的文体逐渐衰微，新的文体不断涌现，从而使得文学整体的创作保持生机和活力，而就具体每一种文学而言，也都经历了发生、发展、兴旺、衰落、死亡的过程，也就是他在《宋元戏曲考》中所说的"一代有一代之文学"；每种文体之所以经历由盛到衰的过程，是因为在其兴旺阶段往往会形成创作的范式，久而久之就成为一种陋习，从而丧失了最珍贵的创新精神；文学发展前进的动力是来自一部分杰出的作家，他们为了打破这些陈规陋习而发展新的文体作为抒发情感的手段，从而逐渐为大家所接受，由此走上另一个由盛而衰的过程；就一种文体而言，它在兴盛之后必定是衰落死亡，因而可以说是

●文体的兴衰更迭

但凡能够卓然成家的文人，都是依靠独辟蹊径，发前人所未发；拾人牙慧、一味模仿是无法开宗立派的，寻常文人循规蹈矩，只知道在前人开拓出的道路上踽踽独行。文学大家跳出桎梏，引领他人寻找新的方向。

后不如前，但是如果在整个文学史中看的话，则不存在这样的说法，因为新文体不断出现，也就总有新的成就，因而总体上看，后代要超过前代。

这种观点很有力地批驳了上面文论中所说的诗不如词的观点，但也有的学者对此持不同态度，并通过例证来说明有很多时候这种观点是不能成立的，比如古体诗衰落，律绝兴起，而实际情况是唐代律绝兴盛的同时，古诗经过改进也取得了空前的成就，李白、杜甫、韩愈、白居易、李贺的许多名篇正是古体诗，而词在南宋走上衰微道路后，却在几百年后的清代又出现了复兴，对于这种情况，一般认为古体诗在唐朝的中兴，并取得了巨大的艺术成就并不能说明王国维的观点不正确，因为有唐一代的文学之盛是空前的，不光古体诗取得了巨大的艺术成就，其他很多文体在唐代名家的手中都焕发了活力，因为文体只是抒情的载体，故而有唐一代的文学家可以选择任何他们喜欢的体裁，但是总体而言，唐代律诗是主流，而且取得的艺术成就最高。词在清代的中兴道理也差不多，作为最后一个封建王朝，它所继承的体裁也是最多的，因而众位文学家的选择余地也最大，清词的艺术成就当然不容抹杀，但是一来它没有五代北宋的宏大气象，二来相对于清代的小说，其艺术成就也不能与之相比，"回光返照"用在这里似乎比较恰当。

不能尽言诗词之意

诗之《三百篇》《十九首》，词之五代、北宋，皆无题也。非无题也，诗词中之意，不能以题尽之也。自《花庵》《草堂》每调立题，并古人无题之词亦为之作题，如观一幅佳山水，而即曰此某山某河，可乎？诗有题而诗亡，词有题而词亡。然中材之士，鲜能知此而自振拔者矣。

词 解

　　《诗经》《古诗十九首》，以及五代、北宋时的词，都没有题目。这并不是说那些作品均为"无题诗（词）"，而是诗词中的意义，没法用题目概括。《花庵词选》《草堂诗余》两部词总集为每首词安排一个标题，甚至连本来没有题目的作品也要如此，就犹如观看一幅非常好的山水画，就说这画中的是某座山、某条河，这么做可以吗？诗有了题目，诗就会灭亡，词有了题目，词就会灭亡。但是拥有中等才能的人很少有能明白这一点而能超群出众的。

评 析

　　诗之三百篇、十九首分别指代《诗经》与《古诗十九首》。《花庵词选》是南宋黄升所编的词选，《草堂诗余》是编于宋代的词选，编者不详。

　　写诗最主要的原则就是自由，没有自由的表达，那诗必定索然无味。有题无题并不重要，重要的是不要将标题强加给诗词。词的主旨并不局限于题目，意蕴更是不限于题。强行给词加上标题，活水也就随之变为了死水，又怎样能够欣赏到词本真的意蕴呢？《花庵》《草堂》之举，犹如狗尾续貂、画蛇添足，也难怪静安先生不以为然了。

　　诗词是对自然的感悟，也是对人生的咏叹。所谓"美刺（赞美讽刺）、投赠（赠送）、咏史、怀古"，这些古人对诗歌作用的概括并不算错，所有的诗基本都可以概括进去，但掺入太多不必要的政治与社会色彩，就会丧失诗歌的本真。只有发自内心，才有动人心魄的力量。文学是需要自由呼吸的，诗歌更是如此。给诗歌的主旨强加上种种不确的臆想，以此为诗，仿佛戴上了沉重枷锁，又如何能够自由表达感情呢？

　　每种文体在诞生之初，都是为了作者抒情的需要，言为心声，用现在

人间词话

● 意境无穷才是诗词的精髓

　　欣赏文学作品，讲究的是理解诗词言外之意，诗意不可尽解，否则就落入了下乘，正如宋代词论家严羽所说："言有尽而意无穷"，这才是诗词鉴赏的要诀。如果把标题强加给诗词，也就把意境限定住了，对欣赏毫无益处。

　　的话说就是"我手写我心"，没有太多的樊篱桎梏，因而这时的文体不用加题目，纵便有也只是为了记录而不是为了限定，而文体向工巧的方向演进时，也就同时意味着桎梏的增多，这就需要作者们精心的雕琢，甚至在动笔之前必须对所写之物了然于胸，这固然有好的一方面，但是另一方面却也阻碍了它本该拥有的一种灵动的神韵，因而从这里我们也可以说，加上题目其实意味着限定的增多，同时也就意味着一种文体开始走上工巧雕琢的标志，而这时候也就到了月圆之时，准备亏了。以诗词为例，诗词中的意义，应该由文本本身来决定，不同的读者对于文本所进行的不同解读，或者同一读者对文本所进行的缺乏确定性的解读，将赋予文学作品极大的弹性空间，而审美活动只有在这样的空间里才能得到足够的活力。如果文学作品被特定的题目所限制，那么这种文字上的独裁终将使对美的还原和再创造活动枯竭，循规蹈矩的想象和教条式的美学原则将促使文学迅速地僵化，并走向衰老。

　　先生非常欣赏"自振拔者"，他自己在填词时也始终力求不落窠臼。然而他还是过于信任优秀文学家的力量。但时代的演变与文学思潮的涌动，是个人无法阻挡的，文学体裁也随之不断变化，所谓豪杰，也都是因势而起、应运而生的。诗歌就犹如诗人在舞台上的心灵独舞，但假如观众已无心欣赏，那么舞姿再优美也终究成就有限。文学最终是属于其所在的时代的。当这一年代已如孤帆般在历史的浩渺烟波中离我们远去，只留下一个遥远而优美的影像时，属于这个文体的时代也随之悄然落幕。即便有少数英才能够写出令人眼前一亮的佳作，但也已经无法继续引领这个时代的文学大潮了。

无矫揉妆束之态

大家之作，其言情也必沁人心脾，其写景也必豁人耳目。其辞脱口而出，无矫揉妆束之态。以其所见者真，所知者深也。诗词皆然。持此以衡古今之作者，可无大误矣。

词解

名家高手的作品，言情一定会沁人心脾，写景一定会让人耳目开阔、如临其境。其辞脱口而出，真切自然，没有雕琢斧凿的痕迹。这是因为他们观察细致真切，理解透彻深刻的原因。用这一标准衡量古今

●见真知者深

细致真切的描写让人能领悟得越发深刻，佳作的精妙之处也正在于此，源自自然，发自真心，才能彰显出更高境界，引起他人心灵的共鸣。

的作者，基本上就不会有很大的偏差和失误了。

　　这则文论其实提出文学评论的一个衡量标准，与此前王国维提出的许多文论都有相承接的关系，如"故能写真景物真性情者，谓之有境界，否则谓之无境界"，"大诗人所造之境，必合乎自然，所写之境，亦必邻于理想故也"，"词人之忠实，不独对人对事亦然，即对一草一木，亦须有忠实之心"。从这里我们不难看出，唯有发自内心的东西，才能够感动他人。一部作品是对一个人本真与灵魂的写照，只有真诚地对待自己才能够获得与读者心灵上的共鸣。那些以游戏态度对待自己作品的人，只能成为娱乐大众的小丑，其作品是不可能流传后世的。

　　静安先生品鉴词人的眼光非常独到，想来是有其道理的。这段话就是先生评词的标尺，他特别不喜欢太过雕琢的作品，感情真挚、境界开阔、清朗自然的作品在他眼中才是上上之选。

诗词贵在自然

　　人能于诗词中不为美刺、投赠之篇，不使隶事之句，不用粉饰之字，则于此道已过半矣。

词　解

　　如果写诗填词时能够不写赞美讥讽、拜见赠答的应酬文字，不使用堆砌典故的句子，不追求华而不实的文字，那么对作诗之道的理解就过半了。

评　析

　　静安先生评价词的角度千变万化，但究其根源，其实始终离不开清新自然、直抒心曲，强调诗词境界、注重气象，也都是围绕清新自然地表达自己的思想感情来阐发的。这是贯穿整部《人间词话》的一个核心。

或赞美，或讥讽，或是拜见赠答的文字不可能抒写真切的感情，堆砌典故的句子和华而不实的文字所描绘的形象绝不会鲜明生动，反而丧失了自然天成的美感，文学的美是源自自然的美，是超越了功利心的美。只有真情实感，才能更接近于文学美的本质；唯有真情实感，才能不拘泥于琐屑雕琢；唯有真情实感，才能让文学与时俱进。

●清水出芙蓉，天然去雕饰

真正的美完全是自然清新的，过重的粉饰雕琢则华而不实，掩盖了真正美丽动人的本心，味同嚼蜡。

诗歌是由心而发的，而并非单纯因事而发。诗歌最动人心魄之处就在于心灵的感悟与哀痛。美刺投赠并非不可取，但终究难以触及诗歌的内在之美。

引用典故的句子，化用无痕则为全词增光添彩，生搬硬套则会黯然失色，而要高于古人意境或者能够发掘新意，非有大才不能驾驭。辛弃疾、晏几道、贺铸、姜夔都是此道高手，但以其才华高绝，自然可以驾驭自如、不露痕迹。后人画虎不成反类犬，徒劳无益，还不如直抒胸臆。

粉饰是诗词的大病，雕琢之意太过明显则必然落入俗套，更是后学者应该注意避免的。诗词之道，强学不来。文人进行诗词创作最重要的是要忠实于自己的内心，对花巧精致的追求不过是次要的东西。

用典之多寡

以《长恨歌》之壮采，而所隶之事，只"小玉""双成"四字，才有余也。梅村[1]歌行，则非隶事不办。白、吴优劣，即于此见。不独作诗为然，填词家亦不可不知也。

注释

①梅村：吴伟业（1609—1672），字骏公，号梅村，崇祯年间进士，明亡后被迫仕清，为此终生抱愧，其名作《圆圆曲》《永和宫词》中用典很多。

词解

以《长恨歌》悲壮的气势、飞扬的文采，而其中引用典故的地方，只有"小玉""双成"四个字，这是因为白居易的文学之才绰绰有余。而吴伟业的歌行，似乎没有典故就无法成文。白、吴的优劣，可以由此看出。这一点不仅作诗时需要注意，填词的人也应当引以为戒。

评析

隶事即用典，值得注意的是，先生此段意在说明文学当以抒写为主，不当以堆砌为能。其对吴伟业的看法其实别有论断，他的《致豹轩先生函》中说："盖白傅能不使事，梅村则专以使事为工。然梅村自有雄气骏骨，遇白描处尤有深味。"可见先生对吴伟业的文学成就还是给予了充分的肯定。

白居易《长恨歌》和吴伟业《圆圆曲》语言风格各有千秋，《长恨歌》名动千古，但《圆圆曲》也称得起是"雄气骏骨"之作。

《长恨歌》文采斐然，千载之下，依旧是不朽经典。起初写杨玉环入宫，

铺陈华彩，称得起是字字珠玑。"回眸一笑百媚生""天生丽质难自弃""温泉水滑洗凝脂""三千宠爱在一身"均是流传千古的名句。而后一句"渔阳鼙鼓动地来"急转直下，短短七字，直若霹雷乍起，读来倍感惊心动魄。及至"宛转蛾眉马前死"，人死情犹在，"蜀江水碧蜀山青，圣主朝朝暮暮情""夕殿萤飞思悄然，孤灯挑尽未成眠"，字字思，声声苦。其后诗人想象"忽闻海上有仙山"，重见之时"玉容寂寞泪阑干，梨花一枝春带雨"。终别之时所寄之词，倍极哀婉，是千古传颂的爱情咏叹："七月七日长生殿，夜半无人私语时。在天愿作比翼鸟，在地愿为连理枝。天长地久有时尽，此恨绵绵无绝期。"全诗极为华丽，也很深婉，叹喟中有着多情，妍丽处顾盼生姿，情深处真切动人，有"壮采"之誉，名副其实。

《长恨歌》用典的地方只有两处，绮丽华美的佳句几乎完全出自诗人的生花之笔，仅有"金阙西向扣玉扃，转教小玉报双成"这一句引用了"小玉""双成"之典。"小玉"典出自《搜神记》：吴王夫差小女紫玉，爱慕韩重，不得成婚，气结而死。韩重游学归来，于其墓哀吊。紫玉现身，赠之明珠，并作歌。韩重欲抱之，紫玉如烟而没。"紫玉成烟"后用来比喻少女早逝。"双成"指董双成，传说是西王母侍女。《汉武帝内传》记载：双成炼丹宅中，丹成得道，自吹玉箫，驾鹤飞升。"小玉""双成"用来指代杨玉环的侍女。《长恨歌》中几乎不用典，但其中佳句流传后世却句句成典。

吴伟业的《圆圆曲》华美精工，婉转之余更能显出历史的冷酷无情。诗中写陈圆圆大量借用与西施相关的典故，如"家本姑苏浣花里，圆圆小字娇罗绮""何处豪家强载归""明眸皓齿无人惜""早携娇鸟出樊笼""啼妆满面残红印""错怨狂风扬落花""一带红妆照汗青""越女如花看不足"等，借此慨叹个人在历史大潮中的渺小与无力，对身处政治旋涡中身不由己的她深掬一捧同情泪。陈圆圆对吴三桂来说，更多的并非爱情，而更像是盼望"娇鸟出樊笼"，是在颠沛流离中对安定生活的向往。而写吴三桂之处，"冲冠一怒为红颜""哭罢君亲再相见""白皙通侯最少年""翻使周

郎受重名""英雄无奈是多情""汉水东南日夜流"含有很多的讽刺之语，多处以沉溺声色导致国破身死的吴王夫差作喻，显露其虚伪自私的本质。《圆圆曲》是古体诗，却多处运用律句、多对仗，转韵顶针运用自如，不但端丽工整，而且读起来抑扬顿挫，朗朗上口。《圆圆曲》的叙事安排得当，结构收放自如。全诗对仗非常精巧工整，语言华赡富丽，叙事清晰得当，堪称传世佳作。"恸哭六军俱缟素，冲冠一怒为红颜"是全诗的点睛之笔，也算流传后世的经典名句。

《圆圆曲》用典非常多，"鼎湖当日弃人间"，源自传说黄帝铸鼎于荆山之下，鼎成后乘龙升天，后人以"鼎湖龙去"借指帝王之死；"冲冠一怒为红颜"用《史记·廉颇蔺相如列传》中"相如因持璧却立，倚柱，怒发上冲冠"之典；"电扫黄巾定黑山"，用东汉起义中的黄巾军和黑山军借指李自成的农民军；"梦向夫差苑里游，宫娥拥入君王起"，用吴王夫差与西施的典故；"待得银河几时渡"，用牛郎织女七夕相会的典故；"遍索绿珠围内第"，绿珠，是西晋石崇家伎，这里代指美女；"蜡烛迎来在战场"，

用魏文帝点烛娶薛灵芸的典故；"浣纱女伴忆同行"，用西施在入吴宫之前在若耶溪浣纱的典故；"有人夫婿擅侯王"，借用唐代王昌龄"悔教夫婿觅封侯"之句；"翻使周郎受重名"，借三国周瑜来比喻吴三桂；"为君别唱吴宫曲，汉水东南日夜流"，吴宫曲指吴王夫差时代的曲子，"汉水东南流"用的是李白《江上吟》

●不要堆砌使用典故

经典都是人们创造出来的，《长恨歌》不用典却句句成典，认为用典就能提升诗词水准的看法是错误的，用典的理想状态是融他人之典入我之境界，借典故之神韵烘托文字的清新自然之美，使情感的抒发更加鲜活真挚。

中"功名富贵若长在，汉水亦应西北流"之意。如此众多的典故，尤其是反复使用吴王夫差与西施的典故，为全诗增添了深沉厚重的历史感。

吴伟业"非隶事不办"，但这应当算是他个人诗歌风格的一部分。先生其实也对吴伟业另有评价，他在《致豹轩先生函》中说："盖白傅能不使事，梅村则专以使事为工。然梅村自有雄气骏骨，遇白描处尤有深味。"

词中用典好与不好其实不能一概而论，典故好比调料，用得好自然味道鲜美，胡乱使用自然难以下咽。辛弃疾直接用《论语》的句子入词："不恨古人吾不见，恨古人、不见吾狂耳。知我者，二三子。"姜夔化用杜牧的诗句入词："二十四桥仍在，波心荡，冷月无声。"晏几道直接用前人诗句"落花人独立，微雨燕双飞"入词。或是化用无痕，或是别有深意，或是青出于蓝，都堪称传世经典。为抒发情感而用典，而不是为了用典而用典，这是一个最主要的原则。

文体之尊卑高下

近体诗体制，以五、七言绝句为最尊，律诗次之，排律①最下。盖此体于寄兴言情，两无所当，殆有韵之骈体文②耳。词中小令如绝句，长调似律诗，若长调之《百字令》《沁园春》等，则近于排律矣。

注 释

①**排律**：律诗超过八句的叫长律，又叫排律。排律一般都是五言诗，除首、尾两联外，中间各联均须对仗。②**骈体文**：骈体文是受汉代辞赋的影响而逐渐形成的一种特殊文体，它讲究对仗、用典和藻饰，句式多用四字句

和六字句。魏晋时期开始形成，南北朝时成为文章的正宗。唐代"古文"复兴，遂称其为"时文"，以与"古文"相对，因为其句式特点，在晚唐时又被称为"四六"或"四六文"，明代一直沿用这个名称，清代则称其为"骈体文"。

词 解

　　近体诗的体制，以五言和七言绝句为最高，律诗次一等，排律最低下，这种体制对于寄托兴致、抒发感情两者都不合适，近似有韵的骈体文，词里的小令像绝句，长调像律诗，至于长调的《百字令》《沁园春》等，就接近排律了。

评 析

　　这一文论论述的是近体诗和词的各种体制，即体裁的尊卑高下之分，认为诗和词是没有高下之分的，这里提出的观点是诗词中的各种体制则有高下的区别，这是因为诗歌是一种寄兴言情的文体，诗歌的语言极为精练，这就决定了它们体裁的短小。诗歌应当具有真挚的情感，这又决定了它们

●过于追求格律就会丧失本真

　　诗词是为了抒发自身情感，需要的是朗朗上口，意蕴深远，要有真情实感蕴藏其中，如果过于注重格律，就会由于过分追求外在形式而丧失了纯真之感。

不能受到过多格律的限制。排律这种体裁，将诗歌的句数扩大，并且每个句子都要遵从格律的要求，诗人在这种约束之下，必然要以放弃自己的灵感为代价，这就像骈体文因为过分追求对仗和辞藻的华丽而流于形式一样，会导致内容的空虚和艺术活力的丧失。虽然有些名家能够很好地驾驭长律、长调和骈文等体裁，但是它们的消极意义仍是无可回避的。

王国维最喜欢小令，他的《人间词》也是以小令为主，这与小令短小精悍但却意蕴悠长有着直接关系，言有尽而意无穷的感觉，也最符合王国维赞赏的境界之说。

能入与能出

诗人对宇宙人生，须入乎其内，又须出乎其外。入乎其内，故能写之；出乎其外，故能观之。入乎其内，故有生气；出乎其外，故有高致。美成能入而不出。白石以降，于此二事皆未梦见。

词　解

诗人对于自然人生，既要入乎其内，又要出乎其外。入乎其内，才能把它描写出来；出乎其外，才能够观察它。入乎其内，因此才有生气；出乎其外，因此才有高致。周邦彦能入乎其内，但是不能出乎其外。姜夔以后的词人，对于这两种情况根本想都没想过。

评　析

诗人必须有一种超然的眼光，必须能够俯瞰世界万物，这样才能把握住深刻并且具有永恒意义的美。同时，诗人也必须能够忘却自己的身份，拥有平视和内省的眼光，真切地体会世间万物，与它们融合无间，这样才能够使美变得真实而且细腻。

这里静安先生还提及了周邦彦，结合前面已有的分析，我们不难发现，"不失为第一流之作者"的周邦彦擅长的是"言情体物，穷极工巧"，可谓入乎其内深矣，而他的"旨荡"的品格，导致其过度沉溺于"内"而不能自拔，从而使得词中缺少了一种"高致"，也即"创意之才少"，先生对周邦彦的分析不可谓不透彻。

轻视与重视

诗人必有轻视外物之意，故能以奴仆命风月；又必有重视外物之意，故能与花鸟共忧乐。

词解

诗人一定要具有"轻视外物"的态度，才能将清风明月等外物当作奴仆一样任意使唤；又一定要有"重视外物"的态度，才能与花鸟等外物一起忧愁与快乐。

评析

此则论述了物我之关系，与前条"诗人对宇宙人生，须入乎其内，又须出乎其外。入乎其内，故能写之；出乎其外，故能观之。入乎其内，故有生气；出乎其外，故有高致"的意思颇为相似。诗人"轻视外物"，才能够"出乎其外"，做到"以奴仆命风月"；诗人又要"重视外物"，才能够"入乎其内"，做到"与花鸟共忧乐"。如此诗人才能达到"能观"又"能写"的最高艺术成就。

以真情取胜

"昔为倡家女，今为荡子妇。荡子行不归，空床难独守。""何不策高足，先据要路津。无为守贫贱，轗轲长苦辛。"可谓淫鄙之尤。然无视为淫词、鄙词者，以其真也。五代、北宋之大词人亦然。非无淫词，读之者但觉其亲切动人；非无鄙词，但觉其精力弥满。可知淫词与鄙词之病，非淫与鄙之病，而游词之病也。"岂不尔思，室是远而。"而子曰："未之思也，夫何远之有？"恶其游也。

人间词话

词解

"昔为倡家女，今为荡子妇。荡子行不归，空床难独守。""何不策高足，先据要路津。无为守贫贱，轗轲长苦辛。"这样的诗可以说极为淫鄙。但是历来并没有被视为淫词、鄙词，这是因为它们感情真挚。五代北宋的大词人也是这样。他们并非没有淫词，但是读起来只觉得真挚动人；他们并非没有鄙词，但是读起来只觉得精力弥满。由此可知，淫词与鄙词之病，并非由于淫与鄙造成的，其弊病在于游词。"岂不尔思，室是远而。"而孔子说："未之思也，夫何远之有？"孔子也厌恶它的虚伪。

评析

静安先生对于游词向来是持否定态度，游词也就是浮夸之词，文字虚悬于真情实感之外，不够真诚。

对此先生专门举了一个例子"岂不尔思，室是远而"，意思是不是我不想念你，而是你离我太远，不方便去看望你。孔子的评价是："看来这并不是真正的思念啊，如果是真的想念，那么不管多远都会去看望的。"因此，游词虽然有感情在其中，但距离真挚的程度还差得远，即便不是虚情假意，也是情谊不深。

随后，静安先生就举出两个比较别致的例子来从另一个侧面进行了分析：

《古诗十九首》之二

青青河畔草，郁郁园中柳。

盈盈楼上女，皎皎当窗牖。

娥娥红粉妆，纤纤出素手。

昔为倡家女，今为荡子妇。

荡子行不归，空床难独守。

"昔为倡家女，今为荡子妇。荡子行不归，空床难独守。"表现的是女子难以克制的情欲，曾经是娼妇的女子如今嫁为人妻，但丈夫却长期在外，独守空房的女子难耐寂寞。这首词曾经被称为淫词，但觉得是淫词的人，恰恰是没能正确面对自身情感的人，无法面对自己的情感，也就不能面对别人的美好情感。

丈夫外出经久未回，妻子孤枕难眠，甜蜜的生活难以继续，因此倍感寂寞，这其实是人之常情，是真性情的表现，真情于心，才能准确清晰地表达出来。

《古诗十九首》之四

今日良宴会，欢乐难具陈。

弹筝奋逸响，新声妙入神。

令德唱高言，识曲听其真。

齐心同所愿，含意俱未申。

人生寄一世，奄忽若飙尘。

何不策高足，先据要路津。

无为守贫贱，轗轲长苦辛。

● 以真情取胜

丈夫久出未归，妻子独守空闺寂寞难耐；身处穷困，艳羡有权势的人，这都是人之常情，情真意切才能引发人们的悲悯之情，如果全都是虚情假意，一味故作清高，反而令人生厌。

"何不策高足，先据要路津。无为守贫贱，轗轲长苦辛。"表现的是一个穷困的人对于生活艰辛的抱怨与慨叹，在宴饮时候不甘于贫穷而生发出的权钱方面的渴求，这些词在思想方面上评价起来，确实是"淫鄙之尤"，但是在这两首诗当中，有着人性本身的真实冲动与想法，真挚至极而没有丝毫做作虚伪的成分。"人生寄一世，奄忽若飙尘"，贫困生活艰辛的体验确实是辛苦异常，正如杜甫所说的："艰难苦恨繁霜鬓，潦倒新停浊酒杯。"这种生活实在是不好过，渴望改变也是人之常情。而随后"无为守贫贱，轗轲长苦辛"更是切身之痛的辛酸之言，正是由于这些艰辛，才发出不如追求功名利禄的牢骚，也是真情实感的表露。

其实对于荣华富贵、功名利禄有所渴求是很正常的事，毕竟能够视名利如粪土的人少之又少，虽然有些人不愿意宣之于口，但不等于心中没有渴求，只是一味地装高尚，表面对名利不屑一顾，暗中艳羡不已，就显得不真实了，变成了虚情假意。

与之相对的是没有真情实感的作品，被先生贬为"游词"："哀乐不衷其性，虑叹无与乎情。"也就是我们常常说的无病呻吟。

王国维的可贵之处在于，身为一位国学大师，他能成功地摆脱程朱理学的重重桎梏，不戴道德家的有色眼镜去观人照物，对自然的、本真的一切都有一种纯真的艺术敏感性，结合当代许多学人所作的评论，那些道学家的嘴脸在王国维面前没有理由不感到惭愧。

深得绝句妙境

　　"枯藤老树昏鸦，小桥流水平沙①。古道西风瘦马，夕阳西下。断肠人在天涯。"此元人马东篱②《天净沙》小令也。寥寥数语，深得唐人绝句妙境。有元一代词家，皆不能办此也。

注　释

　　①**小桥流水平沙**：这里据《历代诗余》，通行的版本都作"小桥流水人家"。
　　②**马东篱**：即马致远，字千里，号东篱，大都人，元代著名散曲家和戏曲家。

词　解

　　"枯藤老树昏鸦，小桥流水平沙。古道西风瘦马，夕阳西下。断肠人在天涯。"这是元人马致远的《天净沙》小令，虽然只有寥寥数语，却深得唐人绝句的美妙境界，整个元代的词人都做不到这一点。

评　析

　　先生在《宋元戏曲考》中提及：《天净沙》小令，纯是天籁，仿佛唐人绝句。"这是非常高的评价，《天净沙》是曲中妙绝之作，此乃"有我之境"，却胜似"无我之境"，堪称意象排列之前无古人、后无来者。

这首小令非常短，只有五句二十八个字，全曲没有出现一个秋字，但却描绘出一幅凄凉动人的秋郊夕照图，并且精确地传达出旅人凄苦的心境。

以景托情，寓情于景，这首曲是典型的情景交融，烘托出一种凄凉悲苦的意境。"枯""老""昏""瘦"等字眼让浓郁的秋色当中蕴含着无限的凄凉悲苦。而最后一句"断肠人在天涯"作为曲眼，更有着画龙点睛的妙处，让前四句所描绘之景成为人活动的环境，作为天涯断肠人内心的悲凉情感的触发物。曲中的景物既是马致远在旅途中所见所闻，是眼中之物，但同时也是其情感载体，是心中之物。全曲景中有情，情中有景，情景妙合，以动衬静，更凸显其静，形成了一种动人的艺术境界。

使用诸多密集的意象来表达作者的羁旅之苦和悲秋之恨，让整部作品都充满着浓郁的诗情。意象就是指出如今诗歌当中用来传达作者情感，寄寓作者思想的艺术形象。中国古典诗歌通常具有使用意象繁复的特点。古代很多诗人常常在诗中紧密地排列众多的意象来表情达意。马致远在此曲当中明显地体现出了这一特色。短短的二十八字当中排列有十种意象，这些意象既是断肠人生活的真实环境写照，也是他内心沉重的忧伤悲凉的载体。假如没有这些意象，这首曲也就不存在了。

与意象的繁复性并存的，是意象表意的单一。在同一个作品中，不同的意象其地位比较均衡，并没有刻意突出某一个个体，其情感指向趋向于一致，即诸多的意象往往共同传达着

● 断肠人在天涯

远望黄昏时的乌鸦，正在寻觅枯藤老树栖息，近看有正依傍着小桥和流水伴居的人家，眼前只有一匹瘦马驮着漂泊的游子，在秋风古道上慢慢移步。看夕阳西下，羁旅在外漂泊的断肠人浪迹天涯。

与作者相同的情感基调。此曲也是如此。作者为表达自己内心惆怅感伤的情怀，选用了众多的物象入诗。而这些物象传达出作者的内心情感，情与景结合，使作品中的意象情感指向呈现一致性与单一性。诸多意象被作者的同一情感线索串联起来，构成了一幅完整的图画。

意象的繁复性与单一性相结合，是造就中国古典诗歌意蕴深厚、境界和谐、诗味浓重的主要原因之一。

马致远在景物的选择上，为了能够突出与强化凄凉悲苦的情感，选取了最能够体现秋季凄凉萧条景色，最能展现羁旅行人孤苦惆怅情怀的十个意象入曲，把自身情感浓缩在这十个意象当中，最后才用点睛之笔揭示了全曲的主题。他删除了一些尽管很美，但在表达情感方面不相契合的景物。如茅舍映荻花、落日映残霞、一带山如画，让全曲的意象在表达情感方面具有统一性。

运用悲秋这一审美情感的重要体验方式，来抒发羁旅游子心中的悲苦情怀，使个人的情感有了普遍的社会意义。悲秋，是人们面对秋景时所产生的一种悲哀忧愁的情感体验，由于秋景（尤其是晚秋）大多是冷落、萧瑟、凄暗的，经常与黄昏、残阳、落叶、枯枝相伴，成为万物衰亡的代表，所以秋景一方面确实能给人带来生理上的寒冷感，另一方面又可以引发人心当中固有的各种悲哀之情。

所谓唐人绝句妙境，就是指用简洁的语言描绘出生动的事物形象，通过概括而巧妙的艺术构思，写出复杂而深厚的情感。先生此论可谓一语中的。

人各有能有不能

白仁甫[①]《秋夜梧桐雨》剧，沈雄悲壮，为元曲冠冕。

然所作《天籁词》^②，粗浅之甚，不足为稼轩奴隶。岂创者易工，而因者难巧欤？抑人各有能有不能也？读者观欧、秦之诗远不如词，足透此中消息。

注　释

①白仁甫：即白朴（1226–约1306），字太素，号兰谷先生。②《天籁词》：即白朴词集《天籁集》。

词　解

　　白朴所作的《唐明皇秋夜梧桐雨》，沉雄悲壮，堪称元杂剧当中的冠军之作。但他所写的《天籁词》，极其粗糙浅显，连给辛弃疾当奴隶都不配。难道说，开创文体的人比较容易写得出色，而承袭的人却难以表现出精巧之思吗？还是说人各有自己的强项和弱项？读者只要看欧阳修、秦观的诗远不如他们的词，就足以说明其中的奥秘了。

评　析

此则仍承前一则之意，以白朴的两部作品作对比，诠释了"一代有一代文学"的观念。

白朴所作的《唐明皇秋夜梧桐雨》，描写了唐明皇、杨贵妃两人的爱情故事，抒情浓郁，文辞华美，王国维称誉它"沈雄悲壮，为元曲之冠冕"。该剧也被誉为元杂剧四大悲剧之一。《天籁词》是白朴的词集，共两卷，存词百余首。

词至元代已呈颓势，因袭模仿，不能跳脱前人藩篱。白朴写词，多仿效苏轼与辛弃疾，所以词集中多是豪放旷达之作。然而其词粗豪有余，隽秀不足，故而王国维说"不足为稼轩奴隶"。

为什么白朴的元杂剧堪称"元曲冠冕"，而词作"粗浅之甚"呢？王国维对这种现象产生的原因作了初步探讨。他认为原因有二：

一是"创者易工，而因者难巧"。每一种文体在初创时期都表现出旺盛的生命力，因为文体束缚较少。后人沿袭这种文体，受限之处越来越多，生命力就衰微了。二是"人各有能有不能"。即诗人只能对切合自己秉性的问题发挥出自己的水平，而对于其他问题，只能成就一般。王国维这里列举欧阳修、秦观之诗远不如词，也是这种现象。像苏轼那样诗、词、文章兼善的通才，在文学史上是很少见的。

人间词话未刊稿及删稿

这一部分并没有和之前的部分一起刊载，而是在王国维去世之后才陆续发表。我国著名文献学家赵万里曾经从中挑选出四十九条，之后，开明书店重印《人间词话》时，将王国维的其他著述里有关词的二十九条论述合辑为《人间词话附录》。未刊稿及删稿尽管并非定论，但也展现了王国维对于文学审美的思考。其中不乏惊世之语，我们可以从中学习到不同时代的审美思想所碰撞出的睿智火花。

淮南皓月冷千山

白石之词，余所最爱者亦仅二语，曰："淮南皓月冷千山，冥冥归去无人管。"

词解

姜夔的词，我最喜欢的只有两句，即"淮南皓月冷千山，冥冥归去无人管。"

评析

踏莎行

姜夔

自沔河东来，丁未元日至金陵，江上感梦而作。

燕燕轻盈，莺莺娇软，分明又向华胥见。夜长争得薄情知？春初早被相思染。

别后书辞，别时针线，离魂暗逐郎行远。淮南皓月冷千山，冥冥归去无人管。

王国维对姜夔及其作品的评论很多，但总体评价不高，这里说只喜欢姜夔的两句词，可以说算是非常难得了。一方面是由于这两句词确实写得不错，语言浅近，意境深邃，符合静安先生对意境深远的要求，同时这两句也确实是作者心境的表露。

姜夔的词正如其人，带有一种幽冷孤傲的姿态。王国维生于封建王朝的末世，对时事很不认同，加上才学出众，内心始终自怜自叹，倍感落寞孤独，和这两句的意境非常契合，这也是他喜欢这两句词的原因。

姜夔这首词所怀念的是他二十多岁在合肥时结识的一位女子。上阕首句"分明又向华胥见"点题"感梦而作"。华胥，《列子·黄帝》云："（黄帝）昼寝而梦，游于华胥之国"，后来以华胥指代梦境。燕燕和莺莺是指昔日的爱侣，苏轼有诗云："诗人老去莺莺在，公子归来燕燕忙。"用"燕燕莺莺"来称呼，更是充满一种痛惜与怜爱之情。此处，"燕燕莺莺"还有另外的一层含义。"燕燕轻盈，莺莺娇软"看似写景，其实是写人。在诗人眼中的她体态轻盈如燕，声音娇软如莺，人物鲜活，跃然纸上，用典妙绝而没有半点雕琢痕迹，细细品之，能够体会到用笔之妙。"夜长争得薄情知？""争得"就是"怎得"。在梦中，佳人嗔怪道：薄情人啊，你怎会知道我在如此漫漫长夜当中绵绵无尽的相思之苦呢？"春初早被相思染"，姜郎你可知否，料峭的初春，早已被这无尽的相思染透。一个"染"字用得非常精妙。此情此景，早已交融一体，如风中笑、雨中泪，早已不分彼此。

下阕以"别后书辞，别时针线"起笔，别后的书信常看常新，临别时亲手缝制的衣袍余香尚在，佳人深情正蕴藏其中。"离魂暗逐郎行远"这一句极佳，相思苦楚无极，伊人芳魂也伴随着书信衣物系于诗人身畔，随诗人远游万里。"离魂"之句，典故出自唐传奇《离魂记》，记中倩娘以出窍之灵魂追逐所爱者远游天下。用典恰如其分，不露丝毫痕迹。末句"淮南皓月冷千山，冥冥归去无人管"写得极为动人。诗人遥想情人魂魄归去的情景：淮南路远，

● 春初早被相思染

陷入相思的女子，体态娇柔轻软，再次在梦中相会，她在寒暖不分明的春夜中相思难眠。梦中互诉相思，梦醒只见佳人书信，明月当空，千山清冷，伊人归去无人照顾。

千山寂寂，一缕芳魂就此在清冷的月光下孤独远去，无人照料。诗人将那种对爱人欲疼惜爱怜，却又无能为力的无尽失落和凄苦写得极为透彻，感人至深。此句恰如其分地融合了杜甫《咏怀古迹》中"环佩空归夜月魂"的句意，其意境也不在杜诗之下。淮南依旧路途遥遥，只是那千年后的月光是否依旧如昨？

这首词是感梦之作，意境空灵悠远，下阕读来尤其觉得幽邃清冷。词以梦到情人开头，以情人芳魂远去结尾，想象独特，构思巧妙，用典自然而不露雕琢痕迹，是姜夔的主要代表作之一。词中大部分地方都在描述情人，却无处不体现作者对她的一往情深。

音律之运用

双声、叠韵之论盛于六朝，唐人犹多用之。至宋以后则渐不讲，并不知二者为何物。乾嘉①间，吾乡周松霭先生春②著《杜诗双声叠韵谱括略》，正千余年之误，可谓有功文苑者矣。其言曰："两字同母谓之双声，两字同韵谓之叠韵。"余按：用今日各国文法通用之语表之，则两字同一子音者谓之双声。（如《南史·羊元保传》之"官家恨狭，更广八分"，官、家、更、广四字，皆从 k 得声。《洛阳伽蓝记》之"狯奴慢骂"，狯、奴两字，皆从 n 得声。慢、骂两字，皆从 m 得声是也。）两字同一母音者，谓之叠韵。（如梁武帝③之"后牖有朽柳"，后、牖、有三字，双声而兼叠韵。

有、朽、柳三字，其母音皆为 u。刘孝绰[4]之"梁皇长康强"，（梁、长、强三字，其母音皆为"ang"也。）[5]自李淑[6]《诗苑》伪造沈约[7]之说，以双声、叠韵为诗中八病之二[8]，后世诗家多废而不讲，亦不复用之于词。余谓：苟于词之荡漾处多用叠韵，促节处用双声，则其铿锵可诵，必有过于前人者。惜世之专讲音律者，尚未悟此也。

注 释

①**乾嘉**：乾隆（1736—1795），清高宗弘历的年号；嘉庆（1795—1820）清仁宗颙琰的年号。②**周松霭先生春**：周春，字屯兮，号松霭，清代学者。③**梁武帝**：名萧衍（464—549），字叔达，南朝兰陵（今江苏常州）人。萧衍博学能文，工书法，通乐律，笃信佛教，对梁代文学的繁荣起过重要的作用。④**刘孝绰**（481—539），本名冉，小字阿士，彭城（今江苏徐州）人。南北朝时梁代文学家。⑤**梁皇长康强**：葛立方《韵语阳秋》卷四引陆龟蒙诗序："叠韵起自梁武帝，云'后牖有朽柳'，当时侍从之臣皆唱和。刘孝绰云'梁王长康强'，沈休文云'偏眠船舷边'，庾肩吾云'载碓每碍埭'，自后用此体作为小诗者多矣。"⑥**李淑**：字献臣，北宋人。⑦**沈约**（441—513），字休文，吴兴武康（今浙江省德清县武康镇）人，卒谥隐，故后人又称他为"隐侯"。沈约历仕宋、齐、梁三朝，为当时著名的文学家，对南朝永明体诗歌的兴起起到了重要的作用。⑧**诗中八病**：指"平头、上尾、蜂腰、鹤膝、大韵、小韵、旁纽、正纽"，传说为沈约所提出，后人对此颇有疑义，其具体所指亦不得而知。

词 解

双声、叠韵的理论在六朝的时候很是兴盛，唐朝的人还经常使用。到宋朝以后就逐渐不再谈论它了，甚至连双声叠韵是什么都不知道。乾嘉期间，我的同乡周春先生写了一本《杜诗双声叠韵谱括略》，这本书澄清了历时千余年的误会，可以说对文坛做出了巨大的贡献。他在书中说：两个字声母相同叫作双声，两个字韵母相同叫作叠韵。我认为：用现在通行的语法术语来说，就是两个字同一子音者谓之双声。（如《南史·羊元保传》之"官家恨狭，更广八分"，官、家、更、广四字，皆从 k 得声。《洛阳伽蓝记》之"狞奴慢骂"，狞、奴两字，皆从 n 得声。慢、骂两字，皆从 m 得声。）两个字同一母音者，谓之叠韵。（如梁武帝之"后牖有朽柳"，后、牖、有三字，双声而兼叠韵。有、朽、柳三字，其母音皆为 u。刘孝绰之"梁皇长康强"，梁、长、强三字，其母音皆为 ang。）自从李淑的《诗苑类格》伪造沈约的说法，以双声叠韵为诗中八病之二，后世的诗家便不再讲双声叠韵了，甚至不再用之于词。我认为如果能在词的音律悠扬之处使用叠韵，音律急促之处用双声，那么所写之词必然比前人音韵和谐、朗朗上口。可惜那些非常讲究音律的作者，还没有体悟到这一点。

评　析

要理解什么是双声和叠韵，就要从词的构造说起。

任何形式的词都可以分为合成词和单纯词。单就双音节词而言，不算拟声词、叠音词、译音词等特殊词汇之外，其他都可以分成合成词与联绵词，联绵词实际上也是一种单纯词。说得直白一些，由两个有意义的字合成的词是合成词，例如国王、冰冷、沙漠等，两个字拆开之后变得无意义（或是单个字的含义与原词无关联）、要合在一起才有实在意义的词叫作联绵词，如慷慨、忐忑、琵琶等。

联绵词可以分成双声联绵词、叠韵联绵词，还有非双声叠韵词。双声

泉音松吹

● 音律的学问

在诗词音律转合的荡漾之处，辅以叠韵强调尾音的拖长，语音绵长柔和，显得较为情深意重；诗词音律的促节之处，辅以双声强调声母的连续，显得铿锵高昂。

词比如慷慨、参差、忐忑、琵琶等，声母是起头的音，两个连续的声母读起来发声时很顺畅，感受"忐忑""参差"的读音，读起来紧凑轻快、节奏感强；叠韵词比如依稀、徘徊、伶仃、窈窕等，词中有两个相同或相近的韵母，读起来收声时有一个回应，如"伶仃""徘徊"的读音，念起来倍感舒缓悠长。还有一些词既是双声又为叠韵，例如玲珑、辗转、缱绻、氤氲等。合成词当中的双声和叠韵更多，就不全都列举了。

先生认为词在音律悠扬之处使用叠韵，在音律急促的地方用双声，这样能够显得更加"铿锵可诵"，也就是这个道理。双声紧凑、叠韵悠扬，确实对表达有帮助。这个论点前人是所未阐述的。但是自古以来写诗都不可太过拘束，不能够为了音节的优美而牺牲意境的优美，徒有音律上的朗朗上口是根本不够的。但凡有好句子，任何韵律都可抛除。所以说，这个论点只是写作的一个参考，而并非必须遵守的铁律，否则束手束脚，就难以写出真正优美的东西了。

平仄有殊皆叠韵

昔人但知双声之不拘四声，不知叠韵亦不拘平、上、

人间词话

去三声①。凡字之同母者，虽平仄有殊，皆叠韵也。

注 释

①**不拘平、上、去三声**：我国古代的四声指平、上、去、入四声，由于语音的发展变化，入声已经在普通话里消失了将近七百年，以前应该读入声的字被分别派入了平、上、去三声中。整个北方方言除江淮方言以及西北、西南少数地区还保留有入声外，大部分地区已经没有入声，北方方言以外的六大方言倒是都还保留有入声。即便如此，我们也无法根据现在保留下来的入声去推断古代入声的调值，更无法通过分析派入平、上、去三声中的入声来推求古代入声的读音，更进一步来说，也许我们可以利用音韵学的知识对古代韵文中字词的调类（即属于四声的哪一声）进行大概的分析，但是古代四声的调值（不仅是入声），我们已经无从得知。因此，如果不是出于学术上的考虑，我们完全可以按照现在普通话的四声（即阴平、阳平、上声、去声）去区别平仄，以指导我们进行近体诗和词曲的写作。

词 解

过去的人只知道双声这种情况可以不拘四声，不知道叠韵同样不拘平、上、去三声。两个字只要是声母相同，即使平仄不同，也还是叠韵。

评 析

现代所说的叠韵已经不限平仄了。平、上、去、入，是四声。现在的普通话里已经只剩下三声了，即平声（阴平，也就是平常所说的第一声；阳平，也就是平常所说的第二声）、上声（平常所说的第三声）和去声（平常所说的第四声）。入声在如今的大多数北方方言中已经消失了，而在其他的六大方言（吴方言、闽方言、湘方言、客方言、粤佬方言、赣方言）中，都还依旧保留着入声。

叠韵连绵词当中，两个字平仄不相同的并不多，像从容、迤逦、龌龊、葳蕤、彷徨、琢磨、蜿蜒等全部都是平仄相同，而唯有汹涌、淅沥、苍莽、崔嵬等少数叠韵连绵词属于平仄不同。至于合成词叠韵而平仄不相同的例子就越发多了。

王国维在音韵学上也是非常有造诣的，音韵非常复杂，加上千百年来的演变，很多字的读音有过多次变化，研究起来极为繁复。所以，今天的我们只需要有个基本的了解就可以了。

应酬与盛衰

诗至唐中叶以后，殆为羔雁①之具矣。故五代、北宋之诗，佳者绝少，而词则为其极盛时代。即诗词兼擅如永叔、少游者，亦词胜于诗远甚。以其写之于诗者，不若写之于词者之真也。至南宋以后，词亦为羔雁之具，而词亦替矣。此亦文学升降之一关键也。

注　释

①羔雁：小羊和雁。本指卿大夫相见时所带的礼物。《礼记·曲礼》记载："凡挚，天子鬯，诸侯圭，卿羔，大夫雁。"后用作征聘贤士的礼品，亦用作订婚的礼物。羔雁之具，指礼聘应酬之物。

词　解

诗歌到了唐朝中叶以后，已经成为应酬之物。所以五代和北宋好诗极少，而词却极为繁荣。即使像欧阳修、秦观这样既善于写诗又善于填词的作家，他们的词也远比他们的诗要好。因为他们所写的诗不如他们所写的词真实自然。到南宋以后，词也成为了应酬之物，于是词也开始没落了。这同样也是文学盛衰的关键。

评 析

先生在哲学方面有着很深的造诣。凡是具有哲思之人，总是喜欢探究事物的普遍规律，先生也概莫能外。

先生认为唐诗和宋词在发展成熟后成为上流社会士大夫之间的应酬工具，从而导致被新的、更加富有生命力的文学体裁所逐步取代。这话看上去有一定的道理，但还是值得商榷的，改变文学体裁影响力最终的决定性因素应当是文学所处的时代，而并非这一时代中的文人。

文学很多时候都犹如那个时代的倒影。唐朝国力鼎盛，其强大的影响力辐射到整个东亚、东南亚、中东，甚至还影响到了欧洲，万国来朝的盛景让当时的国人都能够胸怀宽广、乐天向上。唐诗多数气象宏大，想象绚丽多彩，即便忧国忧民之作也能够看到其宽阔的胸怀。反观宋朝，强敌环伺，边疆战争不断，而朝廷重文轻武，国人尽管富足安乐，却时常忧心不已。因此宋诗显得有些气象不足，更多的是侧重表达内心深处的思索与感受。因此唐诗中的气象与风骨是宋人所学不来的，这并非人的原因，而是时代使然。

诗词的更替最重要的原因是时代与人民思潮的变迁，而并不是由于文学体裁变成文人雅士的应酬工具。"诗庄词媚"，从结构上看，诗的句式对称，格式更为严谨，恢宏大气，自有庄严气象；而词的句型长短不一，韵律流转，如苏州园林，清新婉约，自有一种隽秀之态。当然诗能够写得清新可喜，词也同样可以气势恢宏，但从普遍意义上来看，就算是最婉转的诗也不如词所表达出来的那种流动深婉的神韵，最恢宏的词也不如诗所传达出来的那种大气磅礴的气象。这是体裁在根本上就已经确定了的。而为什么词会在宋代到达兴盛极点呢？因为词最符合那个时代的根本特性。宋代人民富足安乐，精神上却始终积弱不振，因此连诗也变得越发侧重个人

● 文学体裁的盛衰

　　流行的文学体裁，从诗经、楚辞到赋、骈文、诗、词、曲、小说，逐渐变得更加简单化与直白化，更加贴近百姓的日常说话，这是历史潮流下的必然趋势。

情感以及内心感悟的抒发与思索，失去了唐代的气魄与风骨。而词则在此时应运而生，变为中国古典文化的另一朵奇葩。

　　纵览各个时代最具代表性的古典文学体裁，从最初的《诗经》、楚辞到汉魏六朝时代的古诗，再从唐诗宋词到元曲和明清小说，中国的古典文学史其实就是一个从"雅"到"俗"不断演化的过程。语言越来越大众化、平民化，元曲取代宋词，

是由于它更为通俗，更加受到大众的欢迎。再到半白话和白话的古典小说，这个趋势也更加明显。文学体裁不再是文人雅士的专利，开始逐步走入寻常百姓家，大时代下，人民大众的喜好在文学体裁的更替过程中起了非常重要的作用，时代思潮的变更从根本上使得旧的文学体裁不再盛行。

　　所以，王国维认为前代的文学体裁因为成为文人们的应酬之物才会衰落的观点，有点本末倒置，这也许就是时代所造成的局限吧。

应制词的解读

曾纯甫中秋应制，作《壶中天慢》词，自注云："是夜，

西兴^①亦闻天乐。"谓宫中乐声闻于隔岸也。毛子晋^②谓："天神亦不以人废言。"近冯梦华^③复辨其诬。不解"天乐"两字文义，殊笑人也。

注 释

①**西兴**：渡口名。本名固陵，相传春秋时范蠡于此筑城，六朝时为西陵城，五代吴越改名"西兴"。苏轼《望海楼晚景》诗之三中云："江上秋风晚来急，为传钟鼓到西兴。" ②**毛子晋**：毛晋（1599—1659），字子晋，明末清初的藏书家，是私家刻书最多、影响最大的藏书家。③**冯梦华**：即清末词人冯煦（1843—1927），字梦华，号蒿庵，近代词论家。

词 解

曾觌中秋应制词《壶中天慢》的自序说：今天夜里在西兴也听到了天乐。这句话是说宫中的音乐声在隔岸也能听到。毛晋以为是"天神亦不以人废言"。近人冯煦也指出了他的错误，毛晋不了解"天乐"二字的文义，实在是可笑。

评 析

曾觌（1109—1180），字纯甫，汴京人，南宋词人。曾担任建王内知客。后来除开府仪同三司，加少保、醴泉观使。与奸臣龙大渊朋比为奸，为人不齿，《宋史》将其列入《佞幸传》中。词作大多是应制之作。其词语言婉丽，风格柔媚。

壶中天慢

此进御月词也。上皇大喜曰："从来月词，不曾用'金瓯'事，可谓新奇。"赐金束带、紫番罗、水晶碗。上亦赐宝盏。至一更五点还宫。是夜，西兴亦闻天乐焉。

素飙漾碧，看天衢稳送、一轮明月。翠水瀛壶人不到，比似世间秋别。

人间词话未刊稿及删稿

一九七

玉手瑶笙，一时同色，小按霓裳叠。天津桥上，有人偷记新阕。

当日谁幻银桥，阿瞒儿戏，一笑成痴绝。肯信群仙高宴处，移下水晶宫阙。云海尘清，山河影满，桂冷吹香雪。何劳玉斧，金瓯千古无缺。

毛晋说"天神亦不以人废言"，是指天神不厌恶曾觌这个人，反而由于其词降下天乐。其实天乐实际上是指宫中的乐声。毛晋望文生义，不清楚"天乐"在此处的真正含义，被静安先生取笑了。

历来应制之作，就算语句华美，却大多是为了给皇帝、皇后歌功颂德、溜须拍马的手段，几乎没有真情实感，因此能够广为流传的非常少。李白"云想衣裳花想容，春风拂槛露华浓"、夏竦"水殿按凉州"都是依靠句意出奇。看曾觌注中说"上皇大喜……赐金束带、紫番罗、水晶碗。上亦赐宝盏"云云，洋洋自得之情溢于言表，一副小人得志的嘴脸，未免让人望之生厌。

应制词的整体水平向来不高，能流传下来的更加稀少，但王国维还是提到了，也许是因为他作为清朝遗老，心中对帝制还是有所向往吧，让人不由得心生感叹。

●云想衣裳花想容

李白的《清平调》三首是历代应制诗中的杰作，相传唐明皇携爱妃杨玉环在沉香亭赏牡丹品酒，命李白撰新词助兴。李白让高力士脱靴，杨贵妃为其磨墨，挥笔而成新诗三章，成为传世佳作。

南宋词多肤浅

梅溪、梦窗、中仙、玉田、草窗①、西麓②诸家,词虽不同,然同失之肤浅。虽时代使然,亦其才分有限也。近人弃周鼎而宝康瓠③,实难索解。

人间词话未刊稿及删稿

注 释

①**草窗**:即周密（1232—约1298）,字公谨,号草窗。南宋词人。其作品字句精美,宋亡前的作品意趣淳雅,宋亡后每多故国之思,情致凄苦幽咽。周密与吴文英（梦窗）交往密切,词风也受其影响,故与之并称为"二窗"。②**西麓**:陈允平（约1205—约1258）,字君衡,号西麓,南宋词人。③**康瓠**:空壶,破瓦壶,比喻庸才。

词 解

史达祖、吴文英、王沂孙、张炎、周密、陈允平等人,词虽不同,但是同样失之肤浅。虽然是因为他们所处的时代风气如此,但是也要看到他们的文才确实有限。近人舍弃真正的大家而推崇这些平庸之才,实在是令人费解。

评 析

南宋词人的作品风格评述,大多有一个"雅"字。南宋词人多数学习周邦彦,追求雅致精美的词风。然而就算美成的才情高绝,遣词造句可以做到举重若轻,也还是逃不过后人对其多雕琢而少天真的论评,又更何况南宋学习他风格的词人呢?就像前面所说的那样,诗是无可学的。诗本为心声,又何必将其置入到太多条条框框的限制中呢?反倒是不学周邦彦,

●南宋词的逐渐衰落

南宋词越到后期就越发显得只有语言音律而无意韵情境，白石学美成，后人又学白石，越学越缺乏长进。词空有其表，架子搭得非常耐看，但内容却空洞无物。这样的词实在是难以观瞻。

被人蔑称为"词旨鄙俚"的蒋捷成就颇高。

宋末词人大多以结社的形式彼此唱和，尽管作词字句精美，音律和谐，但是多数意境狭小，格调不高。宋亡后其声势反而一振，大多悲凉哽咽，抒发悲怆的亡国之痛，较宋末那些缺乏真情实感的靡靡之音反而有所进步。但已经是回光返照的余晖，词辉煌煊赫于大宋三百余年，最终如繁花飘落，不再重来。等到后世，词终究不复两宋之气象，词坛消沉，佳作稀少，让人不胜唏嘘。先生的这段论述应该说是非常精辟的。

三篇游戏之作

余填词不喜作长调①，尤不喜用人韵。偶尔游戏，作《水龙吟》咏杨花用质夫②、东坡倡和韵，作《齐天乐》咏蟋蟀用白石韵，皆有与晋代兴之意。然余之所长殊不在是，世之君子宁以他词称我。

注　释

①**长调**：前人把词分为小令、中调、长调三类，以五十八字以内为小令，五十九字到九十字为中调，九十一字以外为长调。②**质夫**：章楶，字质夫。与苏轼同在京师为官。他咏杨花的《水龙吟》是当时的一首名作。

词　解

我不喜欢写长调的词，尤其不喜欢用别人的韵。偶尔游戏之作，作《水龙吟》咏杨花用章楶和苏轼唱和词的韵，《齐天乐》咏蟋蟀用姜夔词的韵，都是想与原作比试一下。实际上我的长处实在不在于此，我宁愿大家用其他的词来评价我。

评　析

这两首词静安先生说有"与晋代兴"之意，也就是希望与原作比试较量一下。我们比较一下姜夔和王国维的《齐天乐》。

齐天乐·蟋蟀
姜　夔

丙辰岁，与张功父会饮张达可之堂。闻屋壁间蟋蟀有声，功父约予同赋，以授歌者。功父先成，辞甚美。予徘徊茉莉花间，仰见秋月，顿起幽思，寻亦得此。蟋蟀，中都呼为促织，善斗。好事者或以三二十万钱致一枚，镂象齿为楼观以贮之。

庾郎先自吟愁赋，凄凄更闻私语。露湿铜铺，苔侵石井，都是曾听伊处。哀音似诉。正思妇无眠，起寻机杼。曲曲屏山，夜凉独自甚情绪？

西窗又吹暗雨，为谁频断续，相和砧杵？候馆迎秋，离宫吊月，别有伤心无数。幽诗漫与。笑篱落呼灯，世间儿女。写入琴丝，一声声更苦。

人间词话未刊稿及删稿

二〇一

齐天乐·蟋蟀

王国维

天涯已自悲秋极，何须更闻虫语。乍响瑶阶，旋穿绣阁。更入画屏深处。喓喓似诉。有几许哀丝，佐伊机杼。一夜东堂，暗抽离恨万千绪。

空庭相和秋雨。又南城罢柝，西院停杵。试问王孙，苍茫岁晚，那有闲愁无数。宵深谩与。怕梦稳春酣，万家儿女。不识孤吟，劳人床下苦。

姜夔的这一篇词作，向来被视为传世名作，这绝非虚誉。一声虫鸣，穿越了沉寂多年的时光，那种凄切孤零的声音正犹如家国之恨，直刺心扉。

第一句"庾郎先自吟愁赋，凄凄更闻私语"。庾郎指庾信，曾作《愁赋》："凄凄更闻私语"，词人的国仇家恨满怀，正在回想庾郎的愁赋，幽幽虫声，却宛如私语，声声在耳，更是愁意郁结，不忍卒听。"露湿铜铺，苔侵石井，都是曾听伊处。"铜铺，铜做的铺首，也就是古时门上的门环。虫声在门外井边，无处不闻。这句似乎很平淡，明写虫声的无处可以逃避，其实是暗指愁无可避，也为此后"思妇无眠"一句埋下伏笔。"哀音似诉"，虫声哀怨如诉，但却又无人来倾听，唯有独自哀鸣，一如私语。此句上承"私语"，下开"无眠"，其意紧密相连。"正思妇无眠，起寻机杼"，蟋蟀又名促织，古代很多女子都伴随着这一声声无眠的虫鸣开始织布纺纱、思念良人吧。促织这个名字也应当由此而来。这里从促织的叫声到夜起织布，情境过渡得非常自然，没有一点突兀的感觉。思妇原本正在辗转，闻声越发无法入眠，只有起床织布。"曲曲屏山，夜凉独自甚情绪？"而来到织机边上，怔怔对着屏风上的遥山远水，想到远方的良人，思念之苦仍旧逃不开也避不掉。在这个夜凉如水的夜晚，独自一人，孤灯无眠，又想到远隔的良人，秋凉更寒，冬衣未织，这种愁肠百结的情绪，或许只有思妇才能深切体会得到吧。上阕末句语言甚浅，感触却极深。

下阕以"西窗又吹暗雨，为谁频断续，相和砧杵"起笔，深得转承之妙。

作者笔锋轻转，从织妇变到了捣衣女，从屋内到屋外，境转而意连，而促织声则是串联起这一连串意境的关键。西窗暗雨，思念良人的又何止是织机旁边的那个人呢？李白《子夜吴歌》有云："长安一片月，万户捣衣声。秋风吹不尽，总是玉关情。何日平胡虏，良人罢远征？"织布和捣衣都让人顿时兴起别离之叹，不管是织布还是捣衣，都深深浸透着一种别离的苦楚。这句上承"夜凉独自甚情绪"，下开"别有伤心无数"。孤灯寒窗，秋风暗雨，那一声声的虫鸣是在为谁与捣衣的砧杵声相和呢？虫声与捣衣声断续相闻，越发显得孤独寂寥，相思苦无极。"候馆迎秋，离宫吊月，别有伤心无数"，恰恰是"天涯共此声"，伤心之人，何处没有呢？候馆中的迁客谪人，离宫当中的帝王妃子，此时大约都在沉静聆听这悲愁无极的虫鸣之声，都在感受那一份彼此相同的离愁别怨吧。"离宫吊月"别有深意，隐喻徽、钦二帝被囚禁在五国城之事，暗抒国恨。此句场景豁然间变得极为开朗宏大，那无声之悲伴随着这一声声虫鸣在思妇房中、在捣衣河畔、在候馆离宫、在这世间的每一个伤心角落弥漫萦回，挥之不去。"豳诗漫与。笑篱落呼灯，世间儿女。"《诗经·豳风·七月》中有"七月在野，八月在宇，九月在户，十月蟋蟀，入我床下"的句子，此处思绪返回到词人本身，词人有感于蟋蟀即席成诗，然而却看见儿女提灯捕捉蟋蟀，笑闹喧哗。这一句与之前的景物完全不同，似是儿女的欢笑打断了词人的愁思，以无心来反衬有心，天真儿童发自内心的欢喜却越发深刻地反衬出词人的忧愁。陈廷焯《白雨斋词话》中说："以无知儿女之乐，反衬出有心人之苦，最为神妙。"末句"写入琴丝，一声声更苦"，暗承前句，眼前儿女显得天真烂漫，不识愁滋味，词人之愁无人可以诉说，只能谱入乐章。那一声声琴音自然也更显幽怨苦楚至极了。

全词从自闻促织声起笔，场景依次展开，到最后两句由于儿女欢笑之声打断了自身思绪，又重新返回词人本身。而最后一句词人独自把愁"写入琴丝"正与首句"先自吟愁赋"遥相呼应。全词结构相当严谨，流畅自

●写入琴丝，一声声更苦

　　可笑的是竹篱外传来欢声笑语——少年男女在捉拿蟋蟀，兴趣盎然。唉，假如把这所有的音响尽谱入琴曲，那一声声，不知能演奏出多少人间的哀怨！

然。长调最讲究词意不断，即整阕词无论意境如何变化，其意必须连绵不绝，不能乱。姜夔的这首词是其中的典范之作。词人之悲，寄托在小小蟋蟀的鸣叫声之中，一个个意象层次触发，由小及大，这种悲伤之情一步步被烘托显现，更显得深刻沉重，让人深有所感。冷窗孤灯、凄风苦雨、秋风候馆、月下离宫，场景纷至沓来，却丝毫没有乱象；蛩鸣声、机杼声、风雨声、捣衣声、笑语声、琴声彼此和谐，极富音乐之美感。白石此词，丝丝相接，环环相扣，转承自然而顺畅，意境变幻错落

　　纷呈而丝毫未感突兀，大家风范就此显露无遗。

　　分析完了姜夔的词再看王国维的这首词，词意连绵不绝基本做到了，但转承、伏笔、呼应、展开与白石词相比就略逊一筹，意境也显得有所不足，但也算得上是佳作。这首"游戏之作"沿用前人之意，尽管不及先贤的传世名作，但也有独到之处，相对而言，王国维的《人间词》中还是一些直诘命运的悲咽之声更富有艺术价值，水准也更高，这一篇还不能完全体现他的文学创作水平。

友人之词作

余友沈昕伯（纮）[1]自巴黎寄余《蝶恋花》一阕云：

帘外东风随燕到。春色东来，循我来时道。一霎围场生绿草，归迟却怨春来早。

锦绣一城春水绕。庭院笙歌，行乐多年少。着意来开孤客抱，不知名字闲花鸟。

此词当在晏氏父子间[2]，南宋人不能道也。

●锦绣一城春水绕

春水绕过这锦绣般的城市，缓缓流过，宛如玉带缠腰，庭院内笙歌燕舞，纵情欢乐的大多是年少之人，显露出勃勃生机。

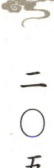

"帘外东风随燕到。春色东来，循我来时道。一霎围场生绿草，归迟却怨春来早。

　　锦绣一城春水绕。庭院笙歌，行乐多年少。着意来开孤客抱，不知名字闲花鸟。"

　　这首词的水平应当在晏殊父子之间，是南宋词人所写不出来的。

评　析

　　这一篇的评价未免有失公允，有过分偏袒友人的嫌疑，沈绂的这首词无论是语言、还是境界都只能算是一般，属于比较平庸的作品，根本无法与晏氏父子相提并论，即便是与王国维不怎么欣赏的周密、张炎相比，也有很大的差距。王国维一生孤高自许，目下无尘，能承他青眼的友人实在不多，因此能承蒙他看得起的朋友在他眼中也俨然都是大人物，因此出现了言过其实的评价。由此可见，大师也是普通人，会因为关系的亲疏而做出与实际不符的评价。

人间词之创新

　　樊抗夫^①谓余词如《浣溪沙》之"天末同云"，《蝶恋花》之"昨夜梦中""百尺朱楼""春到临春"等阕，凿空而道，开词家未有之境。余自谓才不若古人，但于力争第一义处，古人亦不如我用意耳。

注 释

①**樊抗夫**：即樊炳清，字抗夫。王国维在东文学社就学时的同学。王国维请托为《人间词》甲乙两稿作序的"山阴樊志厚"就是樊炳清。他二人加上沈纮并称为东文学社的"三君子"。

词 解

樊抗夫说我的词像《浣溪沙》中的"天末同云"，《蝶恋花》的"昨夜梦中""百尺朱楼""春到临春"等，独辟蹊径，为前人所未道。我自认为文才不如古人，但是在力求创新这方面，古人也不如我这样竭尽全力。

评 析

如果我们做了一件非常得意的事情，内心当中都会隐约间渴望别人来称赞一下自己的得意之处。这是人之常情，王国维也是这样。樊抗夫是王国维就读于东文学社时的同学。他的这番赞语恰好说到了点子之上，王国维照单全收也正是在情理之中。

在这里提到的几首词当中，要说到内容新颖，要数《浣溪沙》（天末同云），我们来一起赏析一下：

浣溪沙
王国维

天末同云黯四垂，失行孤雁逆风飞。江湖寥落尔安归？

陌上金丸看落羽，闺中素手试调醯。今宵欢宴胜平时。

上阕当中，孤雁悲戚难飞，让人心生哀怜。天阔水远，云暗风急，这苍茫的天地间何处是它的归宿呢？读完上阕，只感觉人生寂寥无限，意兴萧索，悲从中来。下阕中笔锋蓦然一转，忽写孤雁已然成为落羽，烹雁入席，欢宴更胜平常。下阕的节奏突然变得明朗而又轻快，情绪也似乎变得越发高昂。然而，这恰恰是以极乐来写极悲，以极乐极欢畅的景致反衬极苦极悲凉的心境。人笑我哭，本就悲鸣却无人理会，更加被人所猎杀，只是为了让人们取乐，舒畅其情怀的区区盘中之物，这难道就是无法逃脱的宿命结局，难道人生就理所应当是一场无法挽救的悲剧吗？此词当真有直问命运的含义。而词中所流露出来的人生命运的沧桑转变，让人无限感叹。先生这首词，"力争第一义"确实不假，上下阕的风格迥异，尤其是下阕转折极大，忽而由悲转欢，用非常欢畅之景把极悲怆的意境更推进一步，这种写法可以说是前无古人了。

《蝶恋花》（昨夜梦中）这首词是静安先生列举的这几首词里面写得最好的一首。

蝶恋花

王国维

昨夜梦中多少恨。细马香车，两两行相近。对面似怜人瘦损，众中不惜搴帷问。

陌上轻雷听隐隐。梦里难从，觉后那堪讯？蜡泪窗前堆一寸，人间只有相思分。

这首词其实是一首悼亡词，而并非许多人误以为的偶遇词。如果将其当作是讲述少男少女偶遇的词的话，那么首句就说不通。如果是偶遇的话，"梦中多少恨"所点明的时间则是昨夜，昨天根本还是素未谋面，又何来的恨？"对面似怜人瘦损，众中不惜搴帷问"这句也就越发明显了。假如不是长期在一起相知相爱的话，是不会"怜人瘦损"的。偶然相遇的人初次见面，怎么能知道人家是否比以前瘦了呢？唯有长期在一起生活，才会出现那种在相别甚久时，对对方关心与疼惜的特殊感觉。

悼亡词当中最负盛名的应当是苏轼的《江城子》与贺铸的《鹧鸪天》，

这两首堪称悼亡词中的两大佳作。王国维的这首词不如前人，但也堪称佳作。

王国维的原配莫氏去世得很早，这是先生的锥心之痛。随后不久，武昌起义爆发，溥仪被迫退位。他在学术层面奋发，在《人间词》当中也多有悲愤之音，或许正是与于家于国的失意愤懑有直接关系。

"昨夜梦中多少恨"第一句写明是梦遇亡人，这与苏轼"夜来幽梦忽还乡"有些类似。"细马香车，两两行相近。"行相近，其实是似近实远，爱人在眼前，其实不过是渐行渐远，后面"听隐隐""梦里难从"可以作为佐证。"对面似怜人瘦损，众中不惜搴帷问。"一个"似"字道出了爱人的问询，自己在人海当中却茫然间听不到的特殊感受。人在对面，似乎触手可及，但却偏偏听不到，活生生地展现出那种彷徨与无助，这一句颇有些后现代感。"陌上轻雷听隐隐"，爱侣已远逝而去，"梦里难从，觉后那堪讯？"梦中都难以相从，醒后更是感觉渺渺。"蜡泪窗前堆一寸，人间只有相思分"，烛泪并非烛泪，而是心泪。茫然四顾，偌大的人世间却再无爱侣，空余相思无尽，恍然间一时无我。

再来看一看《蝶恋花》"百尺朱楼"阕和"春到临春"阕。

蝶恋花

王国维

百尺朱楼临大道，楼外轻雷，不间昏和晓。独倚阑干人窈窕，闲中数尽行人小。

一霎车尘生树杪，陌上楼头，都向尘中老。薄晚西风吹雨到，明朝又是伤流潦。

蝶恋花

王国维

春到临春花正妩，迟日阑干，蜂蝶飞无数。谁遣一春抛却去，马蹄日

日章台路。

几度寻春春不遇，不见春来，那识春归处。斜日晚风杨柳渚，马头何处无飞絮。

"百尺朱楼"中上阕描写闺中人朱楼独倚，望穿秋水，痴痴等候郎君而不至。下阕首句非常好，"一霎车尘生树杪，陌上楼头，都向尘中老"。陌上驶来一辆车，她满怀期望地希望是郎君，然而那车却丝毫没有停下之意，倏尔远去，只残留漫起树梢的尘埃。万般失意之下，不由得想到这楼上的佳人与路上的少年，都会在这烟尘滚滚中逐渐老去。读到此处，蓦然间感到一种时光忽然静止，悲伤却无由而起的感受。末句"流潦"指地面上不断流动的积水，今日已然伤情，更奈何骤雨晚来，明朝想来必定是阴霾如罩，积水四流，对此敢不神伤？

"春到临春"当中的佳句在最后。寻春不遇，蓦然却见到斜阳下杨柳依

●别具一格的词句

这几首词的佳处都蕴含着一种超然物外的默然思索，甚至这种思索也超越了词人本身，隐隐有一种思考宇宙与时间的哲学意味，说这些词开词家未有之境，应当指的就是这一特点吧。

依、漫天飞絮，人们马上感觉时光已停滞不前，一刹那间忘记身处何处，兴起来自何方的感叹。

王国维认为自己的《浣溪沙》（天末同云）、《蝶恋花》（昨夜梦中）、《蝶恋花》（百尺朱楼）"意境两忘，物我一体：高蹈乎八荒之表，而抗心乎千

秋之间"（《〈人间词乙稿〉·序》）。这几首词都有一种超然物外的思索，这可以说是其最大的特色。

词今不如古

叔本华曰："抒情诗，少年之作也。叙事诗及戏曲，壮年之作也。"余谓：抒情诗，国民幼稚时代之作也。叙事诗，国民盛壮时代之作也。故曲则古不如今。（元曲诚多天籁，然其思想之陋劣，布置之粗笨，千篇一律，令人喷饭。至本朝之《桃花扇》②《长生殿》③诸传奇，则进矣。）词则今不如古。盖一则以布局为主，一则须伫兴而成故也。

注　释

①**叔本华**（1788—1860），德国唯意志论哲学家。其哲学、美学思想极大地影响了王国维。本文所引内容出自其作品《作为意志和表象的世界》：少年人仅仅只适于作抒情诗，并且要到成年人才适于写戏剧，至于老年人，最多只能想象他们是史诗的作家。②**《桃花扇》**：清代传奇，内容是明清交替时，侯方域与李香君的悲欢离合，以及对国家兴亡之感。作者孔尚任（1648—1718），字聘之，号东塘、岸堂，清代戏曲作家。③**《长生殿》**：清代传奇，取材于唐明皇与杨贵妃的爱情故事。作者洪昇（1645—1704），字昉思，号稗畦，又号稗村、南屏樵者，钱塘（今浙江杭州）人。

词　解

叔本华说：抒情诗是少年时期的写作，叙事诗和戏曲是壮年时的写作。我认为：抒情诗是国民处于幼稚期的作品，叙事诗是国民处于盛壮期的作品。因此，对于戏曲来说，古代的不如现代的。（元曲当中确实有很多好作品，但是它们大都思想陋劣、情节安排粗笨、形式千篇一律，令人讥笑。到了本朝，产生了《桃花扇》《长生殿》这样的作品，比以前高明多了。）然而对于词来说，现代的不如古代的。因为前者着重于情节的设计，后者则着重于对灵感的捕捉。

评　析

叔本华是德国著名哲学家，王国维受其思想影响极深。叔本华认为诗歌创作对于不同年龄人而言是有差异的。少年大多天真热情，感情澎湃而且透露着真挚；而人成熟之后大多会变得冷静理性，感情逐渐内敛深沉。

王老先生认为国民身处幼稚时代的诗词要好于盛壮时代，而戏曲则恰恰相反。这一观点非常新颖，但其准确性则值得商榷。

中华古文明源头来自于先秦，发展于汉晋，兴盛于唐宋，到了明清时代则发展缓慢，几乎是停滞不前。唐宋是中华古文明最繁荣昌盛的时代，等到明清时期，社会要比前代略有发展，但统治集团的专制残忍，以及对人们思想的禁锢更是远胜前朝。中华古文明到这一时代应当说是已进入了垂暮之年，显露出日薄西山的颓势，只是"百足之虫，死而未僵"而已。所谓的"康乾盛世"顶多不过是回光返照，即便没有列强入侵，古老的文明形态也终将分崩离析。宋代并非如先生所说的是"国民幼稚时代"，而清代则更不是"国民盛壮时代"。

文学体裁的兴衰变化远远要比人从幼稚走向成熟的过程复杂。总体而言，在古代文学成型之后，文体是从"雅"向"俗"，题材是从"窄"到"宽"逐渐过渡的。先来看看各时代富有代表性的文学体裁。唐诗显得气象庄严，但缺少变化；宋词由于蕴含曲调音律，因此变化很多，其体裁、表现手法与形式都要比唐诗更加活泼；元代小曲形式越发自由，题材也更宽泛，甚

至生活当中的琐事都可以入曲，而更贴近生活的戏曲也在这个时代逐步兴起；到了明清小说，从文言文、半文言文最终演变为古白话文，更加通俗易懂，表现的内容也更广泛。这证明了什么呢？这说明了大众对文学的影响力越来越大，他们对文学的态度逐渐决定了文学的主要发展方向。文学从案头到坊间，人民的思潮变更导致了文学体裁的盛衰。

静安先生以人生的各个时期来比喻国民时代，想象力非常丰富，但这一观点显得浪漫有余而理性不足。清代戏曲胜于前代，这种说法也显得牵强。《西厢记》《牡丹亭》《窦娥冤》这些代表性作品无疑是中国古代戏曲的扛鼎之作，《长生殿》《桃花扇》虽然也是传世佳作，成就颇高，但若说这两部已经超越了前人，达到前人不能企及的新高度，则未免言过其实。

●七月七日长生殿

临别殷勤重寄词，词中无限情思。七月七夕长生殿，夜半无人私语时，谁知道比翼分飞连理死，绵绵恨无尽止。

方回词少真味

北宋名家以方回①为最次。其词如历下②、新城③之诗，

非不华赡，惜少真味。

注　释

①**方回**：贺铸（1052—1125），字方回，自号庆湖遗老，北宋词人，其作品一方面充满英雄豪侠的激情，一方面又兼具多情公子的深婉。②**历下**：即李攀龙（1514—1570），字于鳞，号沧溟，历城人，明代文学家，"后七子"之一。③**新城**：王士祯（1634—1711），字贻上，号阮亭，别号渔阳山人，清初诗坛盟主。

词　解

北宋著名词人中以贺铸为最次，他的词如同李攀龙和王士祯的诗，并非文辞不华美富丽，可惜缺少真情实感。至于南宋末年的诸位词人，仅能将其与腐朽的八股文相比。然而这些人数百年来一直受人推崇，现在才知道世界上侥幸成名的人，并不仅仅是曹蜍、李志之辈。

评　析

王国维认为方回词和李攀龙、王士祯的诗相类，这个有失公允。方回词华赡工丽，但并非"少真味"的虚情之作。恰恰相反，其词动人处深情婉转，有若风中絮语，闻之不忍离去。

贺铸的词最负盛名的应当数《青玉案》（凌波不过横塘路），一句"一川烟草，满城风絮，梅子黄时雨"为他赢得"贺梅子"的雅号。但他最能打动读者的词作，还是他的悼亡词《鹧鸪天》。

鹧鸪天·半死桐

重过阊门万事非。同来何事不同归。梧桐半死清霜后，头白鸳鸯失伴飞。
原上草，露初晞。旧栖新垅两依依。空床卧听南窗雨，谁复挑灯夜补衣。

"重过阊门万事非。同来何事不同归。"阊门是苏州的西城门，贺铸夫妇曾经旅居苏州，其妻赵氏客死于此地。词人故地重游，景致尽管依旧，但人事全非，不禁发出"同来何事不同归"的诘问。这是在问词人自身，还是在问早逝的妻子，抑或是在问这让人无法抗拒、徒然独自伤神的凄惨命运呢？首句平平而起，却深情暗蕴，让人心生无限悲戚，对命运的无奈与人生的感叹全都蕴藏其中。"梧桐半死清霜后，头白鸳鸯失伴飞。"这句化用孟郊《烈女操》："梧桐相待老，鸳鸯会双死"之意。中年丧妻，人生至哀之一。霜后梧桐叶已然飘零殆尽，只剩枯枝在凛冽寒风当中，形如半死。鸳鸯已经白头，却失去了厮守终生的伴侣，只好孤身远行。但是天涯哀声，谁又曾理会？表面上是说梧桐半死，其实是词人在写自己的心已半死，其哀之深，无以言表。这句用典清新自然，平淡当中别具深意，其意更胜原诗一筹。

"原上草，露初晞。"原上之草，露珠在日光下逐渐蒸发消逝。这句饱含对人生世事无常的慨叹。运用的是古乐府《薤露歌》中"薤上露，何易晞！露晞明朝更复落，人死一去何时归"的句意，运用在下阕的开头则恰如其分，而兼有《诗经》中"起兴"之妙。"旧栖新垅两

● **方回之词**

贺铸在诗词发展史上，具有独特的地位与影响。他一方面沿袭苏轼抒情自我化的写作道路，抒发自我英雄豪侠气概，开启辛弃疾豪放词的先声；另一方面，文辞上又继承了晚唐温、李的语言风格，影响到南宋吴文英等人的词作。

依依"，面对着旧居与新垅，回想起往日相偎的深情，又何忍离去？末句"空床卧听南窗雨，谁复挑灯夜补衣"把感情带到了高潮。词人独卧空床，聆听窗外凄风冷雨的怆然声响，回想起昔日灯下的熟悉身影，而此时此刻，爱侣又在何处？又有谁还会起身在这孤灯之下辛劳补衣呢？此句把那种失落的痛苦写得极为深沉。此情不泯，天地可鉴。

全词从始至终都在突出一个"失"字，已经习惯了几十年的相偎相依，蓦然间身边少了那个体己贴心的人，那种锥心之痛无以言表，这首词恍若听词人在喃喃低语，读来让人黯然神伤，心痛不已，与苏轼《江城子》（十年生死两茫茫）的那种天遥地远的怅然追思相比，又是别有一番滋味。

这首词的语言非常质朴，也没有多少技巧。想来情至深处，平淡叙之就已动人之极，其他的修饰只会显得多余。流传后世的感人至深之语，无不如此。

这首词的语言质朴而情意深挚，恰好是先生所评论的一个反面，说方回词"华赡而少真味"的结论，未免流于武断了。贺铸为人心胸坦荡，耿直重义，博闻强识，所以其词中多引典故，且多有豪言壮语，先生可能因此认为其言语华赡而少了真味。但方回词用典大多自然贴切，没有突兀的感觉，其词豪言婉语都可以收放自如，可以说与稼轩词有相似之处。

文体写作之难易

散文易学而难工，韵文难学而易工。近体诗易学而难工，古体诗难学而易工。小令易学而难工，长调难学而易工。

词　解

散文容易学，但是难以写得工致，韵文难学，却容易写得工致。近体诗容易学，但是很难写得工致，古体诗难学，却容易写得工致。小令容易学,但是很难写得工致,长调难学,却容易写得工致。

评　析

散文、小令都是比较容易写的，因为限定的规矩少，相对来说比较自由，但正是因为如此，所以往往难以搭建成形，通常会出现诸如语言随意、结构松散、意境相对单薄等毛病；骈文与长调的规矩繁多，不容易写，但同时也因为条条框框都已经在下笔之前就限定好了，所以一旦学好了，运笔不会出现太多毛病，立意高远的，就足以成为佳作。词的长调尤其是如此，不光是在句式、平仄方面受到重重限制，在立意的转承呼应方面才是最难，也是最见功夫的。当然，如吴梦窗那样不受束缚的写法也无不可，但那种境界并非初学者能够学得来的。犹如梵高的油画，不识者觉得笔触粗糙难以认同，但实际上色彩与构图中所蕴含的情绪才是最为震撼人心之处。

欢愉之辞难工

古诗云："谁能思不歌？谁能饥不食？"诗词者，物之不得其平而鸣者也。故"欢愉之辞难工，愁苦之言易巧"。

词　解

古诗说："谁能思不歌？谁能饥不食？"诗词是因为遭遇不平而发出的心声。所以说"欢愉之辞难工,愁苦之言易巧"。

评　析

"谁能思不歌？谁能饥不食？"引自《子夜歌》："谁能思不歌？谁能饥不食？日冥当户倚，惆怅底不忆？"

诗词者，物之不得其平而鸣者也。见韩愈《送孟东野序》，原文是："大凡物不得其平则鸣。草木之无声，风挠之鸣；水之无声，风荡之鸣；其跃也，或激之；其趋也，或梗之，其沸也，或炙之；金石之无声，或击之鸣；人之于言也，亦然。有不得已者而后言，其歌也有思，其哭也有怀，凡出乎口而为声者，其皆有弗平者乎？"

"欢愉之辞难工，愁苦之言易巧"引自韩愈《荆谭唱和诗序》："夫和平之音淡薄，而愁思之声要妙，欢愉之辞难工，而穷苦之言易好也。是故夫文章之作，恒发于羁旅、草野，至若王公贵人，气满志得，非性能而好之，则不暇以为。"

●物不得其平则鸣

任何形式的文学艺术都是植根于人对情感抒发的诉求，有感而发，不平则鸣，人们习惯于在愁苦时试图发泄，欢愉时暗自窃喜，所以传世佳作多为愤懑之语。

先生强调诗词的内容，往往是作者出于心中不平，愤懑难安，于是就在诗词中表现出来。人们心中有了不平，感到压抑，需要以另一种形式发泄出来，这也是人们渴望交流与理解的天性使然。所以古往今来的诗词歌赋，多数都是文人的牢骚之作，人总是特别在乎个人情感的满足，因此在人生不如意事常八九的情况下，也最容易觉得受到了伤害，于是不平则鸣。各类文学作品也就应运而生。

这个世界上，愁苦有千万种，快乐却是如此的单纯，描来摹去感受总是大体相似的，而这世间的愁苦千变万化，千百年来诗人的笔端却都写不清、道不尽。有"满目山河空念远，落花风雨更伤春"，也有"知否，知否，应

是绿肥红瘦"；同是慨叹人生，有"欲说还休，却道天凉好个秋"，也有"悲欢离合总无情，一任阶前点滴到天明"；同样是伤情逝，有"不见去年人，泪湿春衫袖"，也有"世情薄，人情恶，雨送黄昏花易落"；同感乡愁，有"黯乡魂，追旅思"，也有"故乡何处是，忘了除非醉"。千样心情，万般意绪，正应了那句"怎一个愁字了得？"同是悼念亡人，有"料得年年肠断处，明月夜，短松冈"，也有"梧桐半死清霜后，头白鸳鸯失伴飞"；同样是怀念故国，有"雕栏玉砌应犹在，只是朱颜改"，也有"天遥地远，万水千山，知他故宫何处"；都是相思，有"衣带渐宽终不悔，为伊消得人憔悴"，也有"眉上心间，无计相回避"；都是离别，有"执手相看泪眼，竟无语凝噎"，也有"对别酒，怯流年"。

正是由于愁苦如此之多、之重，才如此轻易地触动了文人那敏感多动的心灵，他们也才如此深刻地将这永不宁息的意绪凝结到那些华美的诗篇当中。正如静安先生所言，诗词者，物之不得其平而鸣者也。也恰恰是诗人的多愁善感，轻轻捕捉了这世上无尽的各种愁绪，因思而歌，才会有如此之多的名篇佳作流传后世。

陋习扼杀天才

社会上之习惯，杀许多之善人。文学上之习惯，杀许多之天才。

词解

社会上的陈规陋习，会扼杀许多善良纯洁的人。文学上的陈规陋习，会毁掉许多天才。

●寻找自我之本心

文学创作的太多成规也许会扼杀很多有才情天分的作者，在成规的消磨下，很多人丧失了棱角，也丧失了开创文学新天地的灵气，最后泯然众人矣。

大家为诗为文，都必然有着自身独特的性情与风格。一味尊崇前人的古训，缺少创见，没有自身的鲜明风格，是不可能写出好的诗文的。韩愈被誉为"文起八代之衰"，正是因为其敢于打破定规，写出风格迥异的文章，没有他敢于突破既往浮靡之风的创举，也就不会有古文的新局面。很多人的才华或许不在韩昌黎之下，但是敢于改变风气的，却实实在在只有他一人而已。很多天才正是于此被扼杀。

对词来说更是符合这一规律。宋代以后词派纷呈，主张各异，但都是以前人为宗，唯有纳兰性德不泥古为词，才唱出了宋代以后数百年的最强音。明清两代的各类词论也同样害人不浅，将词的写法确立为定式，后世词家照此学词、写词，最终画虎不成反类犬，始终走不出条条框框。好词犹如天籁，宛如源自心灵深处的低语。词发乎心声，而依葫芦画瓢，又怎么能进退自如地表达自己的心声呢？

先生本身其实有时也没有完全对创新持包容态度，例如他对吴文英的词就评价不高，因为其写作思想迥异于前人，这种情况也应当换个角度欣赏才是。梦窗词就犹如李商隐的诗一样，都是走隐晦迷离的路线，只是诗词体裁不同，所以表现在外在时，风格与表现手法上有所差异罢了。

人间词话

词韵味悠长

词之为体，要眇宜修①。能言诗之所不能言，而不能尽言诗之所能言。诗之境阔，词之言长。

注释

①**要眇宜修**：见于屈原《九歌·湘君》："君不行兮夷犹，蹇谁留兮中洲，美要眇兮宜修。"

词解

词这种文学体裁，是含蓄而又优美的。它虽然能够表达诗难以表达的情感，却不能取替诗的表达。诗的意境宽阔，词的韵味悠长。

评析

诗似皇宫，词如园林，前者大气端庄，后者婉转清秀。

诗有"无边落木萧萧下，不尽长江滚滚来"的壮阔与悲戚，却很难写出"问君能有几多愁，恰似一江春水向东流"的绵延意蕴。而诗里"明月松间照，清泉石上流"的疏朗与清峻，等到词中，就变为"自在飞花轻似梦，无边丝雨细如愁"的婉转迷离。词是窈窕而优美的，能说出诗所不能言喻的缠绵深长之意蕴，但缺少了诗的那种清朗壮阔的情致。这就是先生所说的"（词）能言诗之所不能言，而不能尽言诗之所能言"和"诗境阔词言长"的含义。

境界是写作根本

言气质，言神韵，不如言境界。境界为本也。气质、格律、神韵，末也。有境界，而三者随之矣。

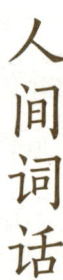

词解

　　追求气质、追求神韵，都不如追求境界。境界是本，气质、格律、神韵是末。有境界自然也会有气质、有格律、有神韵。

评析

　　"境界说"作为王国维的主要论点，这里再一次被提到了。"境界"这个词是很抽象的，我们既看不见，也摸不到，天人合一、形神两忘等道家思想都是难以把握的，那么怎样来理解呢？

　　诗词都是对世间百态的反映，人生世相原本是混沌的、模糊的，是以碎片形态存在的。诗词并非把这些碎片原封不动地抄袭过来，而是通过想象，将原本不相关联的事物有机地依靠想象彼此结合起来。诗词对人生世相必然要有所取舍，存在剪裁，有取舍剪裁就必然要有创造，必然有作者自身的性格和情趣的浸润及渗透。

　　诗词必然要有所本，本源于自然，本源于内心世界；诗词也必然有所创造，创造是艺术。自然、内心与艺术相媾和，其产物位于现实的人生世相之上，另外建立起一个宇宙，正犹如织丝缕以成锦绣，凿顽石以成雕刻，并非完全的虚幻，也不完全是照葫芦画瓢。诗与现实人生世相的关系，妙处正是在于不即不离。唯有"不离"，所以才有真实感；唯有"不即"，所以才新鲜有趣。

　　每首诗词都自成一种神妙的境界。不管是作者还是读者，在对一首好的诗词心领神会时，都必然会有一幅画境或是一幕戏景，非常新鲜生动地展现于脑海当中，使读者为之神魂颠倒，若惊若喜，霎时无暇旁顾，仿佛

人间词话

心处这方小天地当中就有独立自足之乐，此外的偌大乾坤，还有个人的一切憎爱悲喜，都仿佛在瞬间烟消云散。

纯粹的诗词，其心境是凝神注视，心与其所观之境如鱼戏水，配合无间。例如，欣赏王维的《鹿柴》：空山不见人，但闻人语响。返景入深林，复照青苔上。我们从中看到的是戏景，是画境。它们都是从混沌而悠久流动的世间百态中摄取来的一刹那，一个片段。尽管是一刹那，但艺术灌注了丰沛的生命力给它，它便足以成为终古，诗人在那一刹那中所领会到的，便是获得一种超越时间的生命，使后世之人都能不断地去领悟其中的精神。本是一个片段，艺术却给予了其完整的形象，它便成为一种独立自足的乾坤，超出空间性，而同时在无数意会者心中显现出形象。诗词的境界是一个理想境界，是从时间与空间当中执着于一个微点，而加以永恒化与普遍化后的结果。它能够在无数心灵当中继续浮现，虽浮现却不等于陈腐，因为它可以在每个欣赏者的特殊性格与情趣当中汲取新鲜生命力。

西方文学当中有纯诗理论，纯诗本身就是境界的一种表现。纯诗的目的与本质是纯美，是真理，是为诗而诗，美国作家、文艺评论家爱伦·坡（1809—1849）的解释是："为诗而写诗并承认这即为我们的目的。"是希望将诗人纳入生命的范畴当中，并超越生命的本身，试图创造一个纯粹的诗歌境界，用我的创作来为生命找一个出口。在这里，所有的诗人们都是站在人生的范畴内去思考诗歌，诗歌是超越、是创造、是纯粹。

那么诗词的境界从何而来，或者说其本源在哪里呢？让自己与整个世界都融合为一体，以自身的想象去感受整个世界，感受生命。好的诗词都是把艺术当成生命中的一种追求，由此去创作，去思考，这样诗词才有境界可言。一些文人错误地认为诗词不过是一种纯粹的技术手段，或是一种文字游戏，这是他们无法写出传世佳作的重要原因。

诗词当中蕴含极高的境界是最难的，那么当境界具备时，其他的要素如气质、格律、神韵等，也就不难了。例如，东晋桓温（312—373）作为

人间词话未刊稿及删稿

二二三

一代权臣，诗文并非其所长，但他心有所感，胸中自有沟壑，气韵之中自有境界，于是能够说出"木犹如此，人何以堪"的千古名句，这就是境界决定诗词水准的典范。

先生认为境界超越了"气质""格调""神韵"，成为在其之上的，对诗词水平起决定性作用的因素。

那么"气质""格调""神韵"都代表了什么呢？

所谓气质，是一种重视诗文精神的观点。关于"气"的提法，由来已久。魏文帝曹丕（187—226）就曾提出过"文以气为主"的观点，成为"建安风骨"最具标志性的特征之一。清代黄叔琳在《文心雕龙》的批语中说："气是风骨之本。"《隋书》中认为北朝文学"词义贞刚，重乎气质"。清健有力的诗文是气质说最为注重与提倡的。气质是指精神层面上的一种美态。气质比较接近于"境界"的"界"，类似于一种精神追求。同时也不难看出精神已经达到了一定高度的"境界"，也会具备气质之美。

"格调"的观点始于明代七子提倡的"格调高古"，要求诗文应当发乎情性，意境浑成，声调洪亮，气势雄浑。清代沈德潜正式提出"格调说"，但其学说提倡以唐代"格调"为尊，兼以"温柔敦厚"的诗风，其实已经与明七子的学说有所差异。有

● 意境代表着人生

诗词当中的意境代表着人的一种思维能力，但同时表现出来的也就是艺术人生了。只有当我们有了艺术般的人生，我们才能够真正找到属于自己生命旅程的出口，我们的一生才算完整而充实。

境界之作，意蕴流动，变化自如。雄浑之作宛如朔北悲风，自然有铿锵之响；深婉之作宛如山间清泉，自有幽咽之声。这是格调应当随境界高下而出的缘由。

"神韵"之说由来已久，最早是对画作的评论，南朝谢赫《古画品录》中有"神韵气力"的说法。宋代的严羽认为："诗之极致有一，曰入神。"此后，明代胡应麟、王夫之等人在诗评中大多引用"神韵"的概念。到了清代，王士祯提出"神韵说"作为写诗的标杆。但王士祯的"神韵说"未免偏颇，他以"无香火气"为标准来评判诗作是否富有神韵。在唐诗中，他排斥李白、杜甫、白居易，而尊崇山水田园派的诗人。其实任何诗词都有"神韵"蕴含其中，而并非只有那些冲淡、超逸的诗作才拥有。"神韵"的含义近乎于"意境"中那种独特的神髓与韵致。意境优美的作品，宛如悠远之致的国画，"神韵"俱在其中。

"境界"是一个可以在诗词当中具体感知并具体分析的概念，而"气质""格调""神韵"都是依附于诗词的描述性概念，因而有着内质与外在的区别。"意境"触碰到了古典诗词之美的最深刻部分，因此先生认为"气质"等三者随境界而出。

境界的借鉴

"秋风吹渭水，落叶满长安。"美成以之入词，白仁甫以之入曲，此借古人之境界为我之境界者也。然非自有境界，古人亦不为我用。

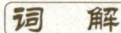
"秋风吹渭水，落叶满长安"，周邦彦把这种境界化入词中，白朴把它化入曲中。这是借用古人的境界来创造自己的新境界。但是如果自己没有境界，那么这种对前人境界的化用也不会成功。

对于探究意境来说，只看只字片语未免失真，体会全诗进行整体把握，会来得更加准确。

先来赏析一下"秋风吹渭水，落叶满长安"的出处——贾岛的《忆江上吴处士》：

闽国扬帆去，蟾蜍亏复圆。

秋风吹渭水，落叶满长安。

此地聚会夕，当时雷雨寒。

兰桡殊未返，消息海云端。

这首诗谈的是贾岛对友人的怀念。"闽国扬帆去，蟾蜍亏复圆"表明友人前往福建，久未谋面。"蟾蜍"代指月亮，"亏复圆"并非是指一个月的光景，而是指几个月这样一个比较长的周期。"秋风吹渭水，落叶满长安"，突出一种对好友的极度感怀之情。渭水原本是古代送别好友的地方，本就让人倍感怀念。此时秋风瑟瑟，吹动水波，满城的落叶漫天飞扬，铺满了街道，更映衬出一种无限怅然的感触。"此地聚会夕，当时雷雨寒"，相会畅谈到晚间，还能回忆起当时窗外雷雨交加的场景。"兰桡殊未返，消息海云端。"桡即船桨，是说朋友还没回来，只能遥望天边的海云，希望由此得到朋友的讯息。

"秋风吹渭水，落叶满长安"这一句所选取的景象非常具有代表性，给人以极深刻的印象，对全诗的主旨也是一个极好的烘托，难怪后世的诗人多有借用。

再看看先生所提到的两首借用之作：周邦彦的《齐天乐·秋思》与白朴的《梧桐雨》第二折《普天乐》。

齐天乐·秋思

绿芜凋尽台城路，殊乡又逢秋晚。暮雨生寒，鸣蛩劝织，深阁时闻裁剪。云窗静掩。叹重拂罗裀，顿疏花簟。尚有练囊，露萤清夜照书卷。

荆江留滞最久，故人相望处，离思何限？渭水西风，长安乱叶，空忆诗情宛转。凭高眺远。正玉液新篘，蟹螯初荐。醉倒山翁，但愁斜照敛。

周邦彦的这首词也有怀念故人的含义，但词中更为深刻的是一种对时光流逝而不觉岁暮的人生慨叹。

"绿芜凋尽台城路，殊乡又逢秋晚。"台城原本是东晋与南朝的宫殿所在之处，故址位于江宁，这里代指江宁。江宁昔日的宫殿荒芜凋零，而颇有《诗经·王风·黍离》之感，更加衬托出萧索之意。本来已经人在异乡，不胜感慨，更逢秋日晚间，萧瑟之景越发触动离愁。"暮雨生寒，鸣蛩劝织，深阁时闻裁剪。"暮雨当中寒意袭来，促织声似催人纺纱，诗人不时听见深阁中裁剪之声。此句描写暮雨之寒、促织之声，具体描绘"殊乡秋晚"之景，将上一句中的秋意更加推进一层。诗人倍感寒意却听见他人裁剪之声，而异乡谁又会为我裁衣呢？此处让客居的寂寞凄苦的氛围更进一层。美成之词落笔大多别有深意，不直接叹惋旅人无衣，而写促织声、裁剪声，间接表明身处异乡的苦楚。"云窗静掩"，明写云窗难掩上句中的寒意与秋声，实则悲秋之意无处不在，无法隔绝。句意连绵不绝，并以"云窗"把视线拉回到屋内，拓开下句："叹重拂罗裀，顿疏花簟。"花簟也就是夏天的竹席，罗裀是秋冬季节所用的夹褥。撤掉凉席，重新把夹褥拂去尘埃再垫上。诗人心细如发，即便是非常细微平常的举动，都足以引发诗人的感叹。这一句其实有慨叹世态炎凉之意，人情的亲疏远近，似乎也犹如这花簟、罗裀一般。此句和上句全都是从"生寒"衍生而来，身感寒热，心知冷暖。"尚有练囊，露萤清夜照书卷。"这一句典出《晋书·车胤传》："家贫不常得油，夏月则练囊盛数十萤火以读书。""尚有"二字有两层意思。其一是席裀置换时还要留下练囊，预示不忘旧情；其二有"幸好还有"练囊与书卷的意思，还能在清冷的秋夜当中读书，似乎是对诗人的莫大慰藉。夜色当中传来的微光，仿佛是支撑诗人的全部希望，这是"练囊""露萤"之所指。也只有这微光才能支撑起这如黑夜般的哀愁吧。这一句颇有坚忍之意。

"荆江留滞最久，故人相望处，离思何限？"下阕的开头，荡开一笔。在荆州停留日久，与友人的交情日厚，现在想来双方大概都在遥遥相望，别情尤深。这一句与"疏乡"对应，身处异乡的感叹，最主要的只在于孤寂，有亲情、友情则无所谓故乡还是异乡。"渭水西风，长安乱叶，空忆诗情宛转。"此一句是全词的高潮。诗人心绪不宁，追忆当年临近长安渭水，对着秋风乱叶，抒怀畅意的倥偬岁月。长安这里其实是指汴京。当年清秋之景，如今回想起来，又别有一番滋味。"凭高眺远"，回结上句，西风渭水其实是登高远望的怀念。这是遥望汴京，回忆当年，抑或是眺望这无尽的悲秋呢？兼而有之。"正玉液新篘，蟹螯初荐。"篘，有滤酒的含义。玉液新篘，即美酒新酿。人生不如意事常八九，只有寄情于杯中之物了。末句"醉倒山翁，但愁斜照敛"堪称佳句，已然大醉却难逃愁思的笼罩，斜阳余晖逐渐收敛，想要挽回却已经无可奈何。明里写斜阳已暮，实则慨叹岁月逝去，已经无法淹留。"斜照敛"与首句"绿芜凋尽"遥相呼应，而更有感叹人生无奈，岁月蹉跎的无尽哀愁溢于言表，周氏顿郁内敛之风由此可见一斑。

"渭水西风，长安乱叶"这一句是回忆之境，也是一种混杂着感念与

失落情愫的境界，相比于"秋风吹渭水，落叶满长安"，又是不同的意境与感受。

再看白朴的《唐明皇秋夜梧桐雨》（第二折节录）：

普天乐

恨无穷，愁无限。争奈仓卒之际，避不得蓦岭登山。銮驾迁，成都盼。更那堪泸水西飞雁，一声声送上雕鞍。伤心故园，西风渭水，落日长安。

《梧桐雨》，全名是《唐明皇秋夜梧桐雨》，以李隆基与杨玉环之间的悲欢离合作为全剧主线，反映安史之乱期间的历史动荡与爱恨情仇。《普天乐》一调是剧中李隆基决定放弃长安时所唱。怆然回顾，故园的西风渭水，在落日之下越发显得萧索悲凉。此境反映了李隆基临别时那种锥心之痛，与前两首相比，别有一番滋味。

从以上的对照里，我们可以看出，唐诗的境界与宋词有很大差异，即使感伤，也大多或淡然，或磊落，不似后者那样显得深刻幽微。而元曲则多了一分圆融通透的世俗味道，这也是戏曲本身特点与表达方式的需要所致。由于表达上存在差异，类似的化用其实大多不会与原诗的意境相同，但可能有近似之处。化用前人的诗句，必须得当。意境相同或者类似就难免有抄袭的嫌疑。因此化用之境必定要有自身的境界，或别出新

●秋风吹渭水，落叶满长安

自从离别之后，友人远去前往闽国，明月阴晴圆缺，转眼已经时日不短。对友人的思念之情如同渭水两岸萧瑟秋风当中弥漫的别离之苦，长安城中落叶漫天盖满了街路阡陌，徒增悲伤之情。

意，或青出于蓝，照搬不仅无法达到"借古人之境界为我之境界"的目的，而且还会落入俗套，甚至被人指摘。

一切景语皆情语

昔人论诗词，有景语、情语之别。不知一切景语，皆情语也。

词解

以前的人评论诗词，有写景之语和抒情之语的分别。然而他们不知道一切写景之语其实都是抒情之语。

评析

诗词以景抒情，是非常常见的写作技法。所谓景语，在《诗经》当中就有多处体现。其一是比兴句。看起来是直接写景，但其实是由于景致触动了歌者内心最深处的种种感情，或悲或喜，或忧或怒，不一而足。类似于"关关雎鸠，在河之洲"有向往之情，"彼黍离离"带有悲戚叹息之意，"桃之夭夭，灼灼其华"带有喜悦与祝福之情等。其二是诗中展现的景致，大多是用来映衬情感，最耳熟能详的当数"昔我往矣，杨柳依依；今我来思，雨雪霏霏"，以喜景写悲，以悲景写喜，是最为明显的"景语皆情语"。而楚辞当中的景语非常多，《九章·涉江》当中"霰雪纷其无垠兮，云霏霏而承宇"、《九歌·湘夫人》中"袅袅兮秋风，洞庭波兮木叶下"、《九章·怀沙》中"滔滔孟夏兮，草木莽莽"等，诗人都是有感而发，其中多饱含深情。

到汉代时，诗篇中典型的如"秋风起兮白云飞，草木黄落兮雁南归""青青河畔草，郁郁园中柳""处所多霜雪，胡风春夏起"等，全都是以景抒怀，或是因景起意。此后，魏晋南北朝时期，景语更多起来。建安风骨至今让

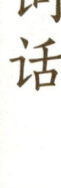

人心生向往，譬如"月明星稀，乌鹊南飞""秋风萧瑟，洪波涌起""山冈有余映，岩阿增重阴""秋风萧瑟天气凉，草木摇落露为霜""高树多悲风，海水扬起波"等，都在此列。东晋之后，景语蔚为大观，陶渊明、大小谢等一大批杰出诗人全都是以景抒怀的高手，"采菊东篱下，悠然见南山""暖暖远人村，依依墟里烟""白日沦西阿，素月出东岭""析析就衰林，皎皎明秋月""孤月出北山，宿鸟惊东林"等，都是情绪暗藏，作为抒情之用。

●一切景语皆情语

诗原本就是为了抒发心声，诗人的心灵好比多棱镜，万物全都是通过诗人的心灵折射到诗中，呈现出变化多端的色彩。我悲则无景不悲，我喜则无物不喜，这就是"一切景语皆情语"。

等到唐诗、宋词大放异彩，自然与此前以景抒情之作一脉相承。先说唐诗，例子不胜枚举，如前一条中"秋风吹渭水，落叶满长安"，景中充满感怀之情；"山光悦鸟性，潭影空人心"，景中有着禅意心境；"星垂平野阔，月涌大江流"，景中饱含寥廓悲戚之意；"天阶夜色凉如水"，景中含有幽怨之叹等。

词作之中则更多景语即情语，词体更适合抒情，而景色之中更是蕴含情义款款，如"碧云天，黄叶地，秋色连波，波上寒烟翠""一望关河萧索，千里清秋""渡头杨柳青青，枝枝叶叶离情""数点雨声风约住，朦胧淡月云来去""斜阳外，寒鸦万点，流水绕孤村"等，全都饱含深情。

必不在见删之数

"岂不尔思，室是远而。"孔子讥之。故知孔门而用词，则牛峤之"须作一生拌，尽君今日欢"等作，必不在见删之数。

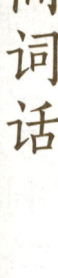

词解

"不是我不想念你，而是因为家住得太遥远了。"孔子曾对此加以讥讽，认为这位诗人的感情不真实。由此可见，如果孔子选录词的话，那么牛峤的"须作一生拌，尽君今日欢"等词作，应该不属于被删除之列。

评析

牛峤，生卒年不详，字松卿，临州狄道（今甘肃临洮）人。唐代宰相牛僧孺之孙，在前蜀政权中官拜给事中，又称"牛给事"。其人博学多才，以诗词闻名于世。

"岂不尔思，室是远而"引自《论语·子罕》："'唐棣之华，偏其反尔，岂不尔思，室是远尔。'子曰：'未之思也，夫何远之有？'"

菩萨蛮
牛　峤

玉炉冰簟鸳鸯锦，粉融香汗流山枕。帘外辘轳声，敛眉含笑惊。

柳阴轻漠漠，低鬓蝉钗落。须作一生拌，尽君今日欢。

这首词类似于元曲，而且写得非常火辣大胆，称得上是艳词了。由此看来，先生对言之无物的"雅词"是极为反感的。相反的，只要情真意切，

就算是这首如此直率冶艳的词都可以得到他的青眼。这首词是不折不扣的"艳词"，有民歌的风格，写得非常直白。礼教与规矩的束缚其实算不了什么，喜欢就是喜欢，即便为此你要付出所有，依旧心甘情愿。

文中引用孔子所说的那番话非常有意思："唐棣之华，偏其反尔，岂不尔思，室是远而。"唐棣即为棠棣，其花先开后合。这位写诗的青年想念着佳人，却又表示路途遥远，难以前往。所以孔子嘲笑他说："哪里有什么山高路远，是他根本就没有真正相思而已。"真正相思起来，口干舌燥，坐立不安，犹如得病了一般，又怎么还会借口路途遥远而不能前去见她呢？

"真"最可贵

"真"是诗词的第一要素，无法包容半点惺惺作态，这就是先生对诗词的基本要求。

为了心爱的恋人，赴汤蹈火也在所不辞，区区长路实在是不在话下。当然孔子不会认同"须作一生拚，尽君今日欢"这样露骨的说法，他所说的，应当是为了劝学。学习也应当有一种愿望与动力，真的想学，又"何远之有"呢？

专作情语之绝妙

词家多以景寓情。其专作情语而绝妙者，如牛峤之"甘作一生拚，尽君今日欢"，顾敻之"换我心为你心，始知

相忆深"。欧阳修之"衣带渐宽终不悔,为伊消得人憔悴[1]。"
美成之"许多烦恼,只为当时,一饷留情"。此等词古今
曾不多见,余《乙稿》[2]中颇于此方面有开拓之功。

注　释

①这句词的作者实际是柳永。此处为静安先生参照了误记作者的版本所
致。②指先生的《人间词乙稿》。

词　解

　　词人经常采取寓情于景的写法。那种专门作情语而又绝
妙的好句子,比如牛峤的"甘作一生拼,尽君今日欢",顾夐
的"换我心为你心,始知相忆深",欧阳修的"衣带渐宽终不
悔,为伊消得人憔悴",周邦彦的"许多烦恼,只为当时,一
饷留情"。这些都是不可多得的好词。我的《人间词乙稿》在
这方面颇有开拓之功。

评　析

　　顾夐,生卒年不详。五代词人,曾在前蜀为官,后担任后蜀太尉,又称"顾
太尉"。顾夐生性诙谐,擅长小令。

　　　　　　　　诉衷情
　　　　　　　　顾夐

　　永夜抛人何处去?绝来音。香阁掩,眉敛,月将沉。争忍不相寻?怨
孤衾。换我心,为你心,始知相忆深。

　　顾夐的《诉衷情》小词,情深缠绵,凄婉动人,特别是"换我心,为你心,
始知相忆深"这一句最动人心魄。夜漫长,月冷清,爱侣不见,徒有孤衾,
香阁难掩这一份刻骨的相思寂寥。或许唯有换我的心,变为你的心,你才

会知道那种思念是多么深沉苦楚。此一句情深意切，哀怨动人，让人心中恻然。

"衣带渐宽终不悔，为伊消得人憔悴。"柳永的词，真切得仿佛让你能够见到他深挚哀痛的眼神。千古之下，其中蕴藏的寂寞孤独、相思苦恨，都在这一句当中缓缓沉淀下来。这一句是当之无愧的千古相思第一名句。

庆宫春
周邦彦

云接平冈，山围寒野，路回渐转孤城。衰柳啼鸦，惊风驱雁，动人一片秋声。倦途休驾，淡烟里、微茫见星。尘埃憔悴，生怕黄昏，离思牵萦。

华堂旧日逢迎，花艳参差，香雾飘零。弦管当头，偏怜娇凤，夜深簧暖笙清。眼波传意，恨密约、匆匆未成。许多烦恼，只为当时，一饷留情。

"许多烦恼，只为当时，一饷留情。"诗人的真心在不经意间遗落到佳人的身边。心中有所牵挂，则必然有烦恼。那一刹那的极度美好，或许将永存于心间而不复再得。命运总是给人以莫名的喜悦或痛楚，为何会彼此相识，又为何会被迫分开？情之所至，仿佛心中的无限抑郁即将冲口而出，才让此句有了感人肺腑却又痛彻心扉的力量。

专作情语，直抒胸臆，在词中确实比较少见。词中多言愁，但大多不言愁

●许多烦恼，只为当时，一饷留情

曾经的美好散落在零散的记忆之中，越想追寻，却越是无法得到。这种烦恼，也唯有自己才清楚知道其中的滋味。未有真情，难出此言。

为何物。类似于如此直白的爱情宣言，从来都被看作是冶艳之词，不可以登上大雅之堂。其实情至深处，又何必隐晦呢？中国古代文明尽管至大盛美，但对于人性有刻意压抑的一面，爱情从来都是奢侈品，不能光明正大地说出来、写下来。这也正是这类词比较少见的主要原因。先生自称在自己的词集《人间词》中多有留意借鉴这一类词，不过也没有太明显的突破，这也与先生所处的时代有关，词这种文体在这个时代已经衰微了，不过其清丽的词句，还是能够给我们带来美的享受。

长调之经典

长调自以周、柳、苏、辛为最工。美成《浪淘沙慢》二词，精壮顿挫，已开北曲[1]之先声。若屯田[2]之《八声甘州》，玉局[3]之《水调歌头》（中秋寄子由），则仁兴之作，格高千古，不能以常调论也。

注 释

①**北曲**：原指宋元以来北方诸宫调、散曲、戏曲所用的各种曲调。声调刚健朴实。元杂剧基本上用北曲，所以也用来专指元杂剧。②**屯田**：即柳永，官至屯田员外郎。③**玉局**：指苏轼，他曾提举玉局观，所以有这样的称呼。

词 解

长调自然是以周邦彦、柳永、苏轼、辛弃疾写得最好。

周邦彦的两首《浪淘沙慢》，抒写精致，意境壮阔，声韵顿挫，

人间词话

已开北曲之先声。至于柳永的《八声甘州》和苏轼的《水调歌头》（中秋寄子由），则兴会神至，格调高绝千古，不能以一般的词的标准来衡量和评论。

评 析

长调，是词调体式之一，指词调当中的长曲。目前以全词超过九十一字的词为长调，常见的词牌有："满江红""水调歌头""念奴娇""水龙吟""雨霖铃""永遇乐""沁园春"等。

词，这种文学体裁在发展变化的过程当中经历了从短到长、由浅入深、由简单到复杂的过程。长调慢词的出现、兴起与盛行正是这种变化的显著标志。与小令相比，长调显得更舒缓，更丰满，更适合表现较为复杂多变的现实生活，因此这种形式也就在大词家柳永的手中被推向了高潮，随后经过秦观、苏轼、周邦彦等名家的大力提倡及积极创作，等到了北宋末年，已经蔚为大观，足以与小令分庭抗礼。后经张孝祥、张元幹、辛弃疾、姜夔、吴文英等词家的进一步发展，到了南宋末年，已经成为词体主流。

先生认为周邦彦、柳永、苏轼、辛弃疾，这四位的长调水准最高。

周邦彦的《浪淘沙慢》精壮顿挫，开北曲之先声，其慢词，章法严谨，又富于变化。谋篇布局，层次井然，结构严谨，又不墨守成规。写景状物，言情述意，既不像柳永式的平铺直叙，也并非苏轼式的直抒胸臆；既一笔赋陈到底，又执意于寻求变化，笔法往往盘旋曲折，起伏无常，正所谓"模写物态，曲尽其妙"。音律方面，既清浊抑扬，又谐美清蔚。其技巧，则博采众长，多法并用，点染、勾勒、顺逆、离合，都挥洒自如，淋漓尽致，没有单调生疏之嫌，有博大精深之誉。下面这两首词可以说是其代表作：

浪淘沙慢·其一

昼阴重，霜凋岸草，雾隐城堞。南陌脂车待发，东门帐饮乍阕。正拂面、垂杨堪揽结。掩红泪、玉手亲折。念汉浦、离鸿去何许，经时信音绝。

情切。望中地远天阔。向露冷风清，无人处、耿耿寒漏咽。嗟万事难忘，唯是轻别。翠樽未竭，凭断云留取，西楼残月。

罗带光消纹衾叠。连环解、旧香顿歇。怨歌永、琼壶敲尽缺。恨春去、不与人期，弄夜色、空余满地梨花雪。

这首词表达了作者对久别恋人的追思之情。上阕回忆当初离别时的场景，中阕将别后思念之情集中到一个夜晚进行了充分描述，下阕表达"怨""恨"之情。全词以时间的推移为主线，展现出离别、思念、追悔、期望、怨恨、空茫这几个思绪发展的主要阶段。整首词层层铺陈，多层次、多角度进行描写，将离人的离情、思情、愁情、恨情写得非常真挚、深切。

清朝的词学家陈廷焯评价这首词："蓄势后，骤雨飘风，不可遏抑。歌至曲终，觉万汇哀鸣，天地变色，老杜所谓'意惬关飞动，篇终接混茫'也。"全词既照顾到了词的整体结构，又注重了局部的灵活自如，充分展现出词人驾驭长调结构的艺术才华。词结尾处以景语隐括，带给人无限优美的遐想。

浪淘沙慢·其二

万叶战，秋声露结，雁度砂碛。细草和烟尚绿，遥山向晚更碧。见隐隐、云边新月白。映落照、帘幕千家。听数声、何处倚楼笛？装点尽秋色。

脉脉。旅情暗自消释。念珠玉、临水犹悲戚，何况天涯客？忆少年歌酒，当时踪迹。岁华易老，衣带宽、懊恼心肠终窄。

飞散后、风流人阻。蓝桥约、怅恨路隔。马蹄过、犹嘶旧巷陌。叹往事、一一堪伤，旷望极、凝思又把阑干拍。

词的上阕写秋景，下阕叙羁旅之情。将秋声、秋色融汇在一起，交织进行描写。声色交错，将作者的悲戚情怀，在对一层层清秋晚景的描写中

一点点透露出来。引发自己的离情别意以及乡情、羁旅之思。离别和羁旅引起词人心中无限的悲伤、懊恼与怅恨，回忆、期盼与感叹交织于心中。万千思绪萦绕于心，最后出于无奈，只能用拍遍栏杆来发泄。

举完了周邦彦的例子，又举了柳永的词《八声甘州》：

八声甘州

对潇潇暮雨洒江天，一番洗清秋。渐霜风凄紧，关河冷落，残照当楼。是处红衰翠减，苒苒物华休。惟有长江水，无语东流。

不忍登高临远，望故乡渺邈，归思难收。叹年来踪迹，何事苦淹留？想佳人、妆楼颙望，误几回、天际识归舟。争知我、倚阑干处、正恁凝愁。

先生对柳永的总体评价不高，这与柳永的艺术成就不匹配，这可能是与先生受传统思想影响颇深，看不惯柳永身为风流浪子，混迹于青楼的做派。但是柳永的词确实在文学史上占有不容忽视的一席之地。因此，先生即便未必喜欢他的词，却也不能否认其艺术价值。

词的上阕写作者登高望远，景物描写当中融入一股悲凉之感。开头，总写秋景，雨后江天，澄澈如洗。"对潇潇暮雨洒江天，一番洗清秋"，勾画出词人正面对暮秋傍晚的秋江雨景。"洗"字最为生动真切，隐约显露出一种情心。"潇"和"洒"字，用来形容

●对潇潇暮雨洒江天

暮色四合，潇潇秋雨飘洒在水天之间，把长空洗礼得格外清朗。霜寒逼近，山河清冷，落日的余晖照耀下，花草凋零，一片肃杀，唯有江水依旧静静流淌。

暮雨，仿佛让人听到点滴雨声。"渐霜风凄紧，关河冷落，残照当楼"，进一步烘托凄凉、萧索的气氛，连对柳永有成见的苏轼也赞叹"此语于诗句不减唐人高处"。凄冷的寒风和着潇潇暮雨急促吹来，关山江河都冷落了，残阳的余晖映照着人们所在的高楼之上，每一个景色里，都渗透出作者深沉的情感。景色苍茫寥阔，境界高远雄浑，勾勒出深秋雨后的一幅悲凉画卷，也渗透进天涯游子的忧郁伤感。"是处红衰翠减，苒苒物华休。"这两句写低处所见，到处花落叶败，万物均在凋零，更引起作者无法排解的悲哀之情。这句既是写景，也是抒情，看到花木凋零，羁旅之人自然心潮澎湃，但却没明写人心有何感，而只用"长江无语东流"来暗示。人们在无语东流的滔滔江水中，寄托了韶华易逝的感慨。

接下来就是苏轼的千古名篇《水调歌头》：

水调歌头

丙辰中秋，欢饮达旦，大醉，作此篇。兼怀子由。

明月几时有？把酒问青天。不知天上宫阙，今夕是何年？我欲乘风归去，又恐琼楼玉宇，高处不胜寒。起舞弄清影，何似在人间。

转朱阁，低绮户，照无眠。不应有恨，何事长向别时圆？人有悲欢离合，月有阴晴圆缺，此事古难全。但愿人长久，千里共婵娟。

从艺术成就来看，它构思奇特，独辟蹊径，非常富有浪漫主义色彩，是千百年来中秋词中的绝唱。从表现手法来看，上阕高屋建瓴，下阕峰回路转。前半部分是对历代神话的推陈出新，也是对魏晋六朝仙诗的发展。后半则纯粹用白描的手法，下笔错综回环，摇曳多姿。全词以咏月为中心表达了游仙"归去"以及直舞"人间"、离欲与入世的矛盾及困惑，还有旷达的乐观态度与美好期盼。立意高远，构思新颖，意境如画。最后以旷达情怀收束全词，完全是词人豁达情怀的自然流露。情韵悠扬，境界壮美不凡，因此先生才称赞其"格高千古，不能以常词论也"。

后人无法学稼轩

稼轩《贺新郎》词（送茂嘉十二弟），章法绝妙。且语语有境界，此能品而几于神者。然非有意为之，故后人不能学也。

词解

辛弃疾的《贺新郎》（送茂嘉十二弟），章法绝妙，并且句句都有境界，这是因为他对意境的理解已经达到出神入化的地步了。然而这首词并非有意修饰，而是心有灵犀，自然流出，所以后人无法学习。

评析

苏轼与辛弃疾可以说是先生最欣赏的两大词人了，这首《贺新郎》得到了他的极高评价。

贺新郎·送茂嘉十二弟

绿树听鹈鴃。更那堪、鹧鸪声住，杜鹃声切！啼到春归无寻处，苦恨芳菲都歇。算未抵、人间离别。马上琵琶关塞黑，更长门翠辇辞金阙。看燕燕，送归妾。

将军百战声名裂。向河梁、回头万里，故人长绝。易水萧萧西风冷，满座衣冠似雪。正壮士、悲歌未彻。啼鸟还知如许恨，料不啼、清泪长啼血。谁共我，醉明月？

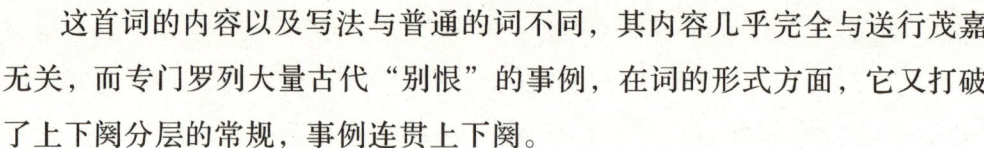

　　这首词的内容以及写法与普通的词不同，其内容几乎完全与送行茂嘉无关，而专门罗列大量古代"别恨"的事例，在词的形式方面，它又打破了上下阕分层的常规，事例连贯上下阕。

　　这首词应用了大量典故，词的开头几句："绿树听鹈鴂。更那堪、鹧鸪声住，杜鹃声切！啼到春归无寻处，苦恨芳菲都歇。"采用了兴与赋彼此结合的写作手法。实中有虚，虚中有实。说它是"赋"，是由于它写送别茂嘉，正值春去夏来之时，可以同时听见三种鸟的叫声，是写实。鹈鴂，一说是杜鹃，一说是伯劳，辛弃疾应当是取伯劳的说法；说它是"兴"，因为它借听到鸟啼声来兴起时光飞逝、美人迟暮的感叹。伯劳在夏至前后啼叫，所以暗用《离骚》"恐鹈鴂之先鸣兮，使夫百草为之不芳"之意，引出下文"苦恨"句。鹧鸪鸣叫声类似于"行不得也哥哥"；杜鹃传说是蜀王望帝失国后的魂魄所化，时常悲鸣出血，声音类似"不如归去"。词同时以这三种悲鸣的鸟声起兴，形成了强烈的悲戚氛围，并寄托了自身的悲痛心情。接着"算未抵、人间离别"一句，是上下文互相转接的关键。

　　它将"离别"和啼鸟的悲鸣进行比较，以抑扬的手法来承上启下，为下文出现的"别恨"做好铺垫。"马上琵琶关塞黑，更长门翠辇辞金阙"这两句，包含了两个典故：一是汉元帝宫女王昭君出嫁匈奴呼韩邪单于远离汉宫；二是汉武帝的陈皇后失宠时辞别"汉阙"，被幽禁在长门宫中。"看燕燕，送归妾"，用的是春秋时期卫庄公之妻庄姜，貌美得宠但没有子嗣，庄公的小妾戴妫生了一个儿子叫完，庄公死后，完当上了国君。州吁造反，完被杀，戴妫离开卫国。《诗经·邶风》中的《燕燕》诗，相传就是庄姜送别戴妫而作。"将军百战声名裂。向河梁、回头万里，故人长绝"，引用汉代的典故。汉朝李陵出兵抗击匈奴，力战援绝，势穷投降；其友人苏武出使匈奴，被拘押十九年，守节不屈。后来苏武得以回归汉朝，李陵送他离去时有"异域之人，一别长绝"之语；另外相传李陵曾作《与苏武诗》，有"携手上河梁""长当从此别"等句。词人借此暗讽当时主张降金之人。"易水萧萧西风冷，满座衣冠似雪。正壮士、悲歌未彻"，是指战国时期燕太子丹在易水边送荆轲入秦行刺秦王的故事。相传送行者都穿着白衣，戴着白冠，荆轲临行歌唱："风萧萧兮易水寒，壮士一去兮不复还。"以上这些典故都与远去异国、不得生还，还有身受幽禁或国破家亡的故事有关，都包含了极为悲痛的"别恨"。这些故事，写在给堂弟的一首送别词当中，强烈地表达了作者此时沉重、悲壮之情。

● 料不啼清泪长啼血

鸟儿悲鸣，却不知人世间有如此众多的愤懑与苦恨，否则早已涕泪如血。人间满目疮痍，悲苦无极，英雄末路，亲人离去后，又有谁能与我共诉衷肠？

　　"啼鸟还知如许恨，料不啼、清泪长啼血。"这是承上启下的两句。啼鸟只解春归之恨，假如它也能了解人间的诸般恨事，它的悲痛必定更深，随着啼声，眼里滴出的不是泪而是血了。为下句转入到送别的正题作了省力的铺垫。"谁共我，醉明月？"承接以上的两句，迅速地归结到送别茂嘉一事上，点破题目，收束全词，把以上大片凌空驰骋的想象与描写，一下子靠拢到主题上来，有此两句，本词就没有脱离本题，只显得擅长大处落墨、别开生面。由此可以看出，辛弃疾不愧为一代文豪，收放自如，游刃有余。

　　辛弃疾的这首词，之所以感人至深，除了在感情、气氛方面显得强烈外，还得力于它的音节。它押入声的曷、黠、屑、叶等韵律，在"切响"与"促节"中有着非常强的摩擦力，声如裂帛，声情并茂。古人对这首词可谓推崇备至。

　　之前在解读"隔"与"不隔"的时候就提到过，是否用典与用典的多

人间词话未刊稿及删稿

少并不是判断"隔"与"不隔"的依据，而在于用典是否自然，是否与全词浑然天成，这首词就是大量用典而不隔的典范，行云流水，自然流畅，胸襟坦荡，气势雄浑，这正是王国维所欣赏的地方。

不足与容若比

谭复堂[①]《箧中词选》谓："蒋鹿潭[②]《水云楼词》与成容若[③]、项莲生[④]，二百年间，分鼎三足。"然《水云楼词》小令颇有境界，长调惟存气格。《忆云词》亦精实有余，超逸不足，皆不足与容若比。然视皋文[⑤]、止庵[⑥]辈，则倜乎远矣。

注 释

①**谭复堂**：即谭献（1832—1901），字仲修，号复堂，擅长骈体文，在词学方面造诣精深。其所选清人词为《箧中词》，极为精审，学者奉为圭臬。
②**蒋鹿潭**：蒋春霖（1818—1868），字鹿潭，清代词人，词集为《水云楼词》。
③**成容若**：即纳兰性德。④**项莲生**：项鸿祚（1798—1835），亦名廷纪，字莲生，清代著名词人。词集为《忆云词》。⑤**皋文**：即张惠言。⑥**止庵**：即周济。

词 解

谭献在《箧中词选》中认为：蒋春霖的《水云楼词》与纳兰性德和项廷纪的词在二百多年中分鼎三足。但是《水云楼词》的小令虽然很有境界，长调却只有气格。项廷纪的《忆云词》则精致有余、超逸不足，都不能与纳兰性德相比。但

是他们比起张惠言、周济等人，则高明多了。

评　析

谭献认为蒋春霖、项廷纪、纳兰性德在这二百年间的词坛中，是造诣最高的三个人，但王国维认为纳兰性德的成就远在二人之上。纳兰词如行云流水，直抒胸臆，表达内心中最真实的情感，其特点在前面已经分析过了，这里一起赏析一下他的一首词。

浣溪沙

谁念西风独自凉，萧萧黄叶闭疏窗。沉思往事立残阳。

被酒莫惊春睡重，赌书消得泼茶香。当时只道是寻常。

西风送来凉意，对每个人都是如此，可以吹进皇宫，也可以吹进寻常巷陌。而在纳兰词中，这凉意却似乎仅仅是针对他自己而来，也唯有他自己才能体会出来。

面对萧萧黄叶，"伤心人"怎堪重负？纳兰或许只有关闭"疏窗"，设法逃避痛苦来换取内心的短暂平静。"西风""黄叶""疏窗""残阳""沉思往事"，一派肃杀凄凉景象。词中所展现出来的意向仿佛能让我们想象出容若那茕茕孑立、形影相吊的凄凉身影，衣袂飘飘，"残阳"下，陷入无尽的哀思。

下阕非常自然地写出了词人对恩爱往事的追忆。"被酒莫惊春睡重，赌书消得泼茶香"，春日醉酒，酣甜入睡，生活的情趣完全体现在其中，而睡意正浓时无人惊扰。"莫惊"二字写出了卢氏不惊扰其睡眠，对他体贴入微的特点。而这样一位温柔贤惠的妻子不但是生活上的贤内助，也是他在文学层面上的红颜知己。词人在这里借用"赌书泼茶"的故事，一方面在凸显自己与妻子的情真意笃不亚于当年的赵明诚、李清照夫妇，同时也是在暗示当年赵明诚的早逝是李清照一生不可言说之痛，而卢氏的早逝

●当时只道是寻常

对自己的打击丝毫不逊于李清照，意在表明自己对卢氏的至深爱恋以及对妻子早丧的无限哀伤。

越是美好的事物，在失去它后才越懂得应当珍惜，而美好的事物又往往是稍纵即逝，犹如昙花一现。纳兰把全部的哀思与无奈都融入了最后一句"当时只道是寻常"，当年李清照记录赌书泼茶时，曾经说当时甘愿这样平淡地生活，终老于乡间，过着这种虽然没有波澜壮阔却甜蜜的生活。其实这也正是容若的心声。这样平淡如日常琐事的小事只有在一去不返后，人们才意识到其真正不寻常的价值，道出了人生真谛，而这样的慨叹又岂是容若独有的？每个人读到这里都会心有所感。

每一种平凡的快乐全都是弥足珍贵、来之不易的，如果只当它是寻常，没有好好珍惜，那么等到永远失去时，便只能悔恨了。亲人、爱人、寻常而甜蜜的家庭琐事，这一切的寻常，又有多少人能够平静承受失去的痛苦呢？

先生还提到了蒋春霖的《水云楼词》，小令颇有境界，长调只存气格，但与纳兰词相比，精实有余，超逸不足。也就是在气度方面不如纳兰词，缺少潇洒之气，解不开郁结之心，境界也就不够开阔。

寄兴深沉微妙

宋直方《蝶恋花》："新样罗衣浑弃却，犹寻旧日春衫著。"谭复堂《蝶恋花》："连理枝头侬与汝，千花百草从渠许。"可谓寄兴深微。

词　解

宋徵舆在《蝶恋花》中说："新样罗衣浑弃却，犹寻旧日春衫著。"谭献在《蝶恋花》中也说："连理枝头侬与汝，千花百草从渠许。"这两句词可谓寄兴深沉微妙。

评　析

蝶恋花
宋徵舆

宝枕轻风秋梦薄。红敛双蛾，颠倒垂金雀。新样罗衣浑弃却，犹寻旧日春衫著。

偏是断肠花不落。人苦伤心，镜里颜非昨。曾误当初青女约，只今霜夜思量著。

这首词是写负心人对过往那段被自己抛弃的情意的留恋以及不舍，失去那段感情之后如今如此难堪与悔恨。词中并没写为何要把这段感情舍弃，这样更能给人以悠远的联想，因此细品其中所透露出的消息也更加值得我们沉思。

"宝枕轻风秋梦薄。红敛双蛾，颠倒垂金雀。"宝枕，有着非常多珍贵装饰的枕头。轻风，微微秋风。梦薄，睡眠浅。"宝枕"的珍贵并非普通人家所能拥有，必然是落在贵族豪门官宦世家，那么"宝枕"就有富贵气象或是高官厚禄的象征。

有心事让她泛起红晕的脸庞双眉紧皱，金雀钗颠倒过来斜垂在有些凌乱的发髻上。"颠倒垂金雀"与白居易《长恨歌》里"翠翘金雀玉搔头"对比来看自然更好理解。在这句诗中，可以看到玉簪搔头的娇媚，还有那金雀钗都是展现杨玉环集万千宠爱于一身时的春风得意。而这首词中金雀钗的颠倒，固然是写女子无心打理，但也意味着原本可以做好的事情，却最终事与愿违。这就与最后两句词相扣。

"红"字，是从薄梦中醒来脸上未褪的红晕，"敛双蛾"，是"秋梦薄"在神情上的显露，"颠倒垂金雀"是"秋梦薄"在表现愁苦的外在形式方面的进一步强化。这一句词是从三方面写出女子的哀愁，意脉上既连贯，又层层深入。"新样罗衣浑弃却，犹寻旧日春衫著。""新样罗衣"所代表的表面华丽的风光虚荣，最终支撑不住心灵深处对于真正美好的渴求，"春衫"，韦庄有句词"当时年少春衫薄"，我想要找回年少时的"春衫"，那里有一种质朴纯净与美好情怀。张惠言《水调歌头》中云："肠断江南春思，黏着天涯残梦，剩有首重回。"当岁月流逝催人老时，回首年少，江南春景中的芬芳相思似乎已远在天边，此时却又依稀回到了我的梦中，可是现实的一切已让我无法回到从前，只剩下对曾经的追忆，为此怎能不让我断肠。

"偏是断肠花不落。人苦伤心，镜里颜非昨。"我依然哀伤难抑，柔肠寸断，但花偏偏依旧绽放于枝头，"偏是"是对花拟人的写法，花似有意，在你断肠时还能展现出其娇艳。"人生自是有情痴，此恨不关风与月"，风月无情，痴者自痴，自己的苦恨深也唯有自己明白，别人不懂，只怕也不在乎。宋徵舆曾写过一首《浪淘沙·咏秋海棠》："尽日雨冥冥，满眼青青。断肠心事乱星星。冷落胭脂如欲语，秋梦初醒。"昏暗的天色当中，落雨不停，海棠的枝叶依旧绿意盎然，断肠心事让人思绪凌乱。海棠花被凄寒的秋雨打湿，犹如在清冷的秋梦中苏醒，似要诉说着梦中的相思。秋海棠也叫断肠花，断肠花开，人亦断肠。

"曾误当初青女约，只今霜夜思量著。"负了当初的约定，失约之人永不再来，于是那刚醒来的女子任由雀钗垂下，无心梳妆。皱眉与断肠也都由此而来。青女，青霄玉女，是主霜雪之神。霜雪全都是晶莹洁白，纤尘不染。在这深秋的暗夜当中，冰霜飘落地上，看着洁白无瑕的满地清霜，宋徵舆想起年少时曾经相遇相知的那一位犹如青女般高贵的女子。晚唐诗人牛希济的《生查子》中写道："语已多，情未了，回首犹重道：记得绿罗裙，处处怜芳草。"离别的叮咛已说了太多，可

●当时人面无寻处

恋人曾经执手盟誓，纵然看遍花草也会相守相知，可如今，歌罢将别，风雨之中踽踽独行，年华逝去，曾经海誓山盟的人却已无处寻觅。

是对你的情意依旧依依不舍，在你离去的那一刻又回首告诉你：远行的途中假如你记得我如今穿的绿罗裙，请怜惜路边与你相伴的萋萋芳草，就当那是我在与你一路偕行。这是一位女子送别恋人，希望他在远行路上能看到芳草而如同见到自己，而这首词中女子或宋徵舆见到地上清霜而想到昔日自己与之失约的人。两者在表现技巧上如出一辙，但宋徵舆的这两句词潜藏的含义更加深刻丰富。

我们再来看看谭献的《蝶恋花》：

蝶恋花

帐里迷离香似雾，不烬炉灰，酒醒闻余语。连理枝头侬与汝，千花百草从渠许。

莲子青青心独苦，一唱将离，日日风兼雨。豆蔻香残杨柳暮，当时人

面无寻处。

先生选取的是"连理枝头侬与汝，千花百草从渠许"这一句，暗含着不会舍弃从前的东西，从前的东西与现在有着千丝万缕的联系，已经成为不可分割的一部分了。

这首词的下阕似乎悲戚感更浓，情感也越发明显。莲子表面碧绿，但内里却是苦涩的，歌罢将要离别，离去匆匆，一天天的路程风雨交加，只余下豆蔻残香，日暮之柳，而昔日的人们已经无处找寻，抱怨与不满之情充塞着全词。

谭献、宋徵舆、王国维，这三个人都生活在发生重大历史变迁的时代里：宋徵舆生活在明末清初朝代更迭之时；谭献生活在清朝由盛转衰，列强入侵的时代；王国维生活在帝制覆灭、民国军阀纷争的时代，因此这三个人的作品与观点，都不可避免地出现了对往昔的怀念与眷恋，这或许也是王国维推崇这两句词的重要原因之一吧。

不可作儇薄语

读《会真记》者，恶张生之薄倖而恕其奸非。读《水浒传》者，恕宋江之横暴而责其深险。此人人之所同也。故艳词可作，唯万不可作儇薄①语。龚定庵②诗云："偶赋凌云偶倦飞，偶然闲慕遂初衣。偶逢锦瑟佳人问，便说寻春为汝归。"其人之凉薄无行，跃然纸墨间。余辈读耆卿、伯可③词，亦有此感。视永叔、希文④小词何如耶？

注　释

①僄薄：轻浮、轻薄。②龚定庵：龚自珍（1792—1841），清末思想家和文学家。③伯可：康与之，字伯可，南宋词人。④希文：即范仲淹，见前注。

词　解

　　读《会真记》的人，都会厌恶张生的薄幸而宽恕他的虚伪。读《水浒传》的人，会宽恕宋江的横暴而责备他的阴险。这些，人人的看法都是相同的。因此艳词可作，只是千万不可作轻薄浮华之语。龚自珍的诗云："偶赋凌云偶倦飞，偶然闲慕遂初衣。偶逢锦瑟佳人问，便说寻春为汝归。"此人的凉薄无行，跃然纸墨间。我们读柳永、康与之的词，也会有这种感觉。他们的作品比起欧阳修、范仲淹的作品有多大差距啊！

评　析

　　《莺莺传》（亦名《会真记》），唐朝著名诗人元稹著，是唐传奇中的名篇，为世人所推崇。后世文人在此基础上演变为诸多杂剧，其中以金代董解元的《西厢记诸宫调》与元代王实甫的《西厢记》最为著名。

　　《莺莺传》讲述的是唐朝贞元年间，书生张生在游蒲州时，居住在普救寺，巧遇暂住于此的表亲崔家母女。此时蒲州发生兵变，张生搭救了崔氏母女。崔夫人设宴答谢，并命女儿出来拜谢张生，张生对其一见钟情，托丫鬟红娘转赠给崔莺莺《春词》两首剖白心迹，莺莺作《明月三五夜》相酬，并暗中与张生见面。之后在红娘的帮助下，张生抱得美人归。但最后，张生赴京赶考，滞留不回，莺莺尽管给张生寄去长信和信物，却最终没能挽留住张生，惨遭抛弃。张生在与朋友谈论此事时，斥责莺莺是"必妖于人"的"尤物"，并自诩为"善补过者"，虚伪卑鄙嘴脸暴露无余。所以张生是一个始乱终弃而又虚伪自私的人。

　　《水浒传》里宋江身为梁山之主，人称呼保义、及时雨，表面仗义疏财，结交天下豪杰，但其实心狠手黑，残忍好杀。因为阎婆惜发现了他暗通梁山，于是"宋江左手早按住那婆娘，右手却早刀落；去那婆惜嗓子上只一勒，鲜血飞出，那妇人兀自吼哩。宋江怕他不死，再复一刀，那颗头伶伶仃仃落在枕头上"。后来为了自己的仕途前程，接受招安，结果征方腊损兵折将，自己也被一杯毒酒害死。

　　静安先生分析了这些，其实最终目的在于提示大家，张生与宋江所做的恶事并非一件，但让人们记忆深刻的，都是其中最恶劣的部分。

　　那么落实到写作上，王国维是在奉劝作者艳词可以写，但词中不可以流露出轻浮的言语，这样会使词的品格低劣。

●追寻内心最本源的感受

　　先生最欣赏的还是表达真情实感的作品，即便是艳词，只要是内心最本源的感受，就不失为好词，但一旦落入下乘，沾惹了世俗习气，那么作品就彻底堕落了，文学在先生眼中是神圣的，容不得侮辱与戏谑。

　　随后先生举例说明，龚自珍的诗：偶赋凌云偶倦飞，偶然闲慕遂初衣。偶逢锦瑟佳人问，便说寻春为汝归。这首诗的后两句显得很轻浮，有些花花公子的感觉，说的是：外出寻找春色，遇到一位美人，美人问他这是要去做什么，他说要去寻找春色，但如今遇到了你，你要比春色美丽得多，于是我为你而驻足不前。应该说这一番话等于公然挑逗了，显得格调很低俗。因此先生说"其人之凉薄无行"。

　　于是，常年出没于青楼，并且为娼妓写词的柳永，依附奸臣、写了太多歌功颂德词作的康与之，他们的作品自然也就无法与欧阳修、范仲淹等人的词作相比。

清代词人的得失

明季国初诸老之论词，大似袁简斋之论诗，其失也，纤小而轻薄。竹垞②以降之论词者，大似沈归愚③，其失也，枯槁而庸陋。

注 释

①袁简斋：袁枚（1716—1798），清代诗人。字子才，号简斋，世称随园先生，与赵翼、蒋士铨并称为"乾隆三大家"。袁枚生活通脱放浪，个性独立不羁，极具反叛色彩。他论诗标举"性灵"，主张在诗歌中写出诗人的真情实感和个性，反对拟古和形式化的倾向。他的诗技巧较高，选材别致，表现新颖，格律严整妥帖，风格清新流丽，但有部分作品流于肤浅油滑。

②竹垞：朱彝尊（1629—1709），清代文学家。字锡鬯，号竹垞，博通经史，诗歌领域他与王士祯被称南北两大宗。作词风格清丽，推崇南宋词的工致。

③沈归愚：沈德潜（1673—1769），字确士，号归愚，清代诗人，曾任内阁学士兼礼部侍郎。论诗主格调，提倡温柔敦厚的诗教。著有《沈归愚诗文全集》。

词 解

明末清初的人论词，很像袁枚论诗，他们的失误之处在于纤小而轻薄。朱彝尊以后的论词者，很像沈德潜，他们的失误之处在于枯槁而庸陋。

评 析

袁枚论诗主张"性灵"，他认为"性情之外本无诗""作诗不可无我"；

认为作诗应当性情至上，肯定情欲的合理性，并强调男女之情才是一切真情的本源。他曾与沈德潜进行过反复辩论，对沈氏的诗教、尊唐等主张提出了质疑，并公开为写男女之情的诗歌辩驳、平反，在当时发挥了振聋发聩的功效。在"性灵"理论的指导下，袁枚写下了大量清灵隽妙、新颖活泼的好诗，但由于他的情感缺少适当的节制，想法缺乏长期酝酿，字句也缺乏提炼，因此往往使诗歌显得浅滑，韵味不足。

"竹垞以降之论词者"，是指张惠言、周济、谭献等人，认为姜夔、张炎是词坛正宗，主张词风应当"清空"，缺乏真情实感，内容匮乏，题材不广，因此逐渐只在格律与雕琢字句上下功夫，最终逐渐走向了没落。

沈德潜对诗歌的看法是倡导格调，他主张让诗歌"去淫滥以归于雅正"，认为"温柔敦厚，斯为极则"，要求诗歌创作应当"一归于中正和平"，也就是尊奉唐代诗歌的创作路线，并且强调音律的重要性。同时他还主张诗歌的重点在于"蕴蓄"，而不在于"质直"，诗歌应当有"理趣"而不应当有"理语"，并提出："有第一等襟抱，第一等学识，斯有第一等真诗。"认为诗歌应当有教化意义。沈德潜的诗论对于纠正浮滑游荡的诗风有益处，总结并发展了传统的审美

● 性灵、格调与意境

"性灵"风格新颖活泼，但显得浅薄，缺少悠长的韵味；"格调"对浮华诗风有所改进，但矫枉过正，太过呆板；意境兼顾新颖与摒弃浮华，更值得斟酌与提炼、回味。

标准，但是"诗教"等理论太过陈腐，导致其作品大多成为雍容典雅但平淡无奇的台阁体。

文天祥之风骨

文文山①词，风骨甚高，亦有境界，远在圣与②、叔夏③、公谨④诸公之上。亦如明初诚意伯⑤词，非季迪⑥、孟载⑦诸人所敢望也。

注释

①**文文山**：即文天祥（1236—1282），南宋大臣，曾官至宰相。元兵南侵，他在家乡招募义军勤王，后被俘，不屈而死。②**圣与**：王沂孙，字圣与，南宋词人。③**叔夏**：即张炎。④**公谨**：即周密。⑤**诚意伯**：即刘基（1311—1375），明朝开国功臣，封诚意伯。他诗文兼长，诗风质朴雄健，"沉郁顿挫，自成一家"。⑥**季迪**：高启（1336—1374），字季迪，明初文学家，被称为"海内诗宗"，其诗雄健有力，富有才情。⑦**孟载**：杨基（1326—1378），字孟载，明初诗人。

词解

文天祥的词风骨极高，也有境界。远在王沂孙、张炎、周密等人之上。就如同明初刘基的词，绝非高启、杨基等人所可比一样。

评析

文天祥的诗词文章字字带有血泪，辞情哀苦而又意气激昂，视死如归的英雄气概与民族豪情蕴含其中，在宋朝的最后时刻为两宋文坛增添了最后一抹辉煌。

静安先生认为文天祥的词作远超王沂孙、张炎、周密等人，因为文天祥的词作，其风骨远非这些人所能比拟，词中的境界更是这些人所无法比肩的。文天祥的词作在南宋时代要找到一个足以与其比肩的人，大概就只有辛弃疾了。

文天祥作为一介书生，征战沙场并非其所长，这与能征惯战、纵横敌营的辛弃疾是完全不同的，辛弃疾的词显露的是英雄的惊天豪气，而文天祥的词展露的是文人的铮铮铁骨。尽管二人有着诸多不同，但其风骨与气概却是极为近似的。我们从文天祥的两首作品中可以窥知一二。

沁园春·题潮阳张许二公庙

为子死孝，为臣死忠，死又何妨。自光岳气分，士无全节；君臣义缺，谁负刚肠。骂贼睢阳，爱君许远，留取声名万古香。后来者，无二公之操，百炼之钢。

人生翕歘云亡。好烈烈轰轰做一场。使当时卖国，甘心降虏，受人唾骂，安得流芳。古庙幽沉，仪容俨雅，枯木寒鸦几夕阳。邮亭下，有奸雄过此，仔细思量。

"为子死孝，为臣死忠，死又何妨。"子死于孝，臣死于忠，这两句蕴含着儒家思想的本源。《易经序卦》："有天地然后有万物，有万物然后有男女，有男女然后有夫妇，有夫妇然后有父子，有父子然后有君臣。"儒家认为孝之意义源于不忘生命的本源，是道德的根本。忠是孝的延伸，是最大的孝。文天祥出使元营被扣留，第二天，谢太后派宰相贾余庆等赴元营献上降表，已经国破家亡，但文天祥自始至终都宁死不屈，其为臣死忠，并非忠于一家一姓，而是忠于民族与祖国。人能死孝死忠，其节操已经确立了。"死又何妨"，视死如归。以一段震古烁今的绝大议论开篇，下边转入到盛赞张巡、许远。"自光岳气分，士无全节；君臣义缺，谁负刚肠"，文天祥的《正气歌》中写道："天地有正气，杂然赋流形。在地为河岳，在天为日星"，与这几句意蕴相通。安史之乱爆发，降叛者众多，国家危急，但有张巡、许远死守睢阳，堂堂正气，令人振奋。

"骂贼张巡，爱君许远，留取声名万古香"，张、许二公，血战睢阳，至死不降，"时穷节乃见，一一垂丹青"。张巡每次与叛军交战，都会大骂叛贼，眼角撕裂，以致血流满面，牙齿都被咬碎，但最终独木难撑，城池陷落，当面痛骂叛军，叛军用刀割他的嘴，最后与许远一同被害。"留取声名万古香"，张、许二人虽死，但精神长存。语意高迈积极，突出张许取义成仁的伟大精神。南宋灭亡之际，叛国投降者不计其数，所以文天祥感慨至深。"二公之操，百炼之钢"，对仗歇拍，笔力精健。

"人生翕歘云亡。好烈烈轰轰做一场。"人生短暂，转眼即逝，更应当轰轰烈烈做一场为国为民的大事业！《易经乾卦》："天行健，君子以自强不息。"儒家重生不重死，尤为看重精神生命的自强不息，生生无已。"使当时卖国，甘心降虏，受人唾骂，安得流芳。"假使张、许二公当时贪生怕死，卖国降虏，必将受后人唾骂，遗臭万年，怎能流芳百世？

"古庙幽沉，仪容俨雅，枯木寒鸦几夕阳。"文天祥着重抒写精神生命的不朽。枯木虽枯，夕阳将夕，自然物象从来都是易衰易变，反衬古庙的依然不改，仪容栩栩如生，可见世事自有公道，忠

●或为渡江楫，慷慨吞胡羯

文天祥在《正气歌》中，以其激昂慷慨之气，歌颂流芳万世之影响，长华夏之声威，殄寇贼之凶焰，提振士气，以正人心，气势雄浑。

臣孝子虽死犹荣。"邮亭下，有奸雄过此，仔细思量。"而对浩然张、许二公，如有奸雄路过双庙，应当愧然自省。

全词以议论立意，与抒情结合，有具体形象之美，又有抽象之美。在抒情当中蕴含从容娴雅与刚健之美。最重要的是其中显露出的感恩思报国，宁死不屈的铮铮铁骨。

而最能说明文天祥风骨的还是那首流传千古的《过零丁洋》：

过零丁洋

辛苦遭逢起一经，干戈寥落四周星。山河破碎风飘絮，身世浮沉雨打萍。

惶恐滩头说惶恐，零丁洋里叹零丁。人生自古谁无死？留取丹心照汗青。

●留取声名万古香

张巡、许远抗击叛贼，宁死不屈，万古流芳，如今大宋江山破碎，但依旧有忠臣孝子为国赴难，宁死不降。

这首诗前面慨叹山河破碎，故国灭亡；大厦将倾，独木难支，到了最后笔势一转，忽然宕进，由如今过渡到将来，拨开现实，露出理想，这样的结语，有如暮鼓晨钟，清音绕梁。全诗格调，顿时生变，从沉郁转到了开拓、豪放、洒脱。"人生自古谁无死？留取丹心照汗青。"让赤诚之心宛如一团火焰，光耀史册，照亮世界，照暖人生。用一个"照"字，显露四射光芒，英气逼人。诚然文天祥把作诗与做人，诗格与人格，浑然一体。堪称千秋绝唱，情调高昂，激励与感召古往今来的无数志士仁人英勇献身。这就是风骨，其他的词人纵然能在文采上超过文天祥，但这份铮铮铁骨却是无法超越的。

至于静安先生认为高启、杨基的词作远远不如刘基，未免有失公允，刘基、高启、杨基三人都不以词作见长，三人的词都有宋末遗风，但还达不到宋末词作的水平。三人填词的水准差异其实并不明显，基本在伯仲之间。明代的词作清丽却缺少气度，有婉约之形而少婉约之神，意境单薄，词风轻浮而缺少新意，是无法与宋词相比较的。

不值如许费力

"自怜诗酒瘦，难应接、许多春色。""能几番游？看花又是明年。"此等语亦算警句耶？乃值如许费力。

词 解

"自怜诗酒瘦，难应接、许多春色。""能几番游？看花又是明年。"这样的句子也能算是警句吗？哪值得花费如此的气力？

评 析

凡是情感不够真实，只是局限于卖弄文采，导致读起来晦涩的诗词，都会被静安先生所鄙夷。

"自怜诗酒瘦，难应接许多春色"出自史达祖的《喜迁莺》：

喜迁莺

月波凝滴，望玉壶天近，了无尘隔。翠眼圈花，冰丝织练，黄道宝光相直。自怜诗酒瘦，难应接、许多春色。最无赖，是随香趁烛，曾伴狂客。

踪迹。谩记忆。老了杜郎，忍听东风笛。柳院灯疏，梅厅雪在，谁与细倾春碧。旧情拘未定，犹自学、当年游历。怕万一，误玉人、夜寒帘隙。

描写月色的诗词多不胜数，史达祖的这首词似乎是要故意推陈出新，与众不同。"月波凝滴"是说月色浓重得犹如要滴落下来一样，这样的写法虽然比较新鲜，但并不能脱颖而出，反而让人感觉有一些不自然。随后的一句"望玉壶天近，了无尘隔"，距离月亮非常近，似乎已经与尘世隔绝，是一派逍遥洒脱的意境，与此前凝重成滴的月色形成了完全不同的意境，有前后矛盾之嫌。

综观整首词，其意蕴缺乏清新自然的感觉，犹如一个浓妆妖艳的女子却严重缺乏应有的气质与内涵，单调乏味，让人感受不到其中蕴藏的意境。

"能几番游？看花又是明年"出自张炎的《高阳台》：

高阳台·西湖春感

接叶巢莺，平波卷絮，断桥斜日归船。能几番游？看花又是明年。东风且伴蔷薇住，到蔷薇、春已堪怜。更凄然，万绿西泠，一抹荒烟。

当年燕子知何处？但苔深韦曲，草暗斜川。见说新愁，如今也到鸥边。无心再续笙歌梦，掩重门、浅醉闲眠。莫开帘，怕见飞花，怕听啼鹃。

这一首词的问题在于过于平庸，全词缺少应有的雕琢，意境也平淡无奇，张炎填词，往往过于注重词作画面的华丽却忘记了对构思方面的谨慎，因此立意往往不足。

元代的陆辅之在《词旨》当中举出了警句九十二则，其中有"自怜诗酒瘦，难应接许多春色"和"见说新愁，如今也到鸥边""莫开帘，怕见飞花，怕听啼鹃"。但这几句读起来都缺乏优秀词作应具备的诗情画意，显得非常干瘪。也就难怪静安先生会对这几句词如此看不上眼了。

附录一 文学小言

《文学小言》是有关文学观的一篇学术随笔，尽管篇幅短小，但王国维在其中透露了文学应当独立自由的新颖观点。一九〇五年，随着科举制度的彻底废除，中国文坛的新文学、新文风开始崭露头角。中国古代的为文高度强调文学的实用性，儒家思想更是始终强调『文以载道』。然而，在王国维的心目中，文学始终是一场审美的游戏，在内容乃至架构上，都应当释放愉悦。王国维认为，文学作者自身更必须是超逸的、不受世俗拘束的，不能为了文学而去写文章，只有作者成为高尚品德的载体，其作品才能如兰之吐芳，流传后世。

二一

昔司马迁推本汉武时学术之盛，以为利禄之途使然。余谓一切学问皆能以利禄劝，独哲学与文学不然。何则？科学之事业，皆直接间接以厚生利用为旨，古未有与政治及社会上之兴味相刺谬者也。至一新世界观与新人生观出，则往往与政治及社会上之兴味不能相容。若哲学家而以政治及社会之兴味为兴味，而不顾真理之如何，则又决非真正之哲学。以欧洲中世哲学之以辩护宗教为务者，所以蒙极大之污辱，而叔本华所以痛斥德意志大学之哲学者也。文学亦然。铺锾的文学，决非真正之文学也。

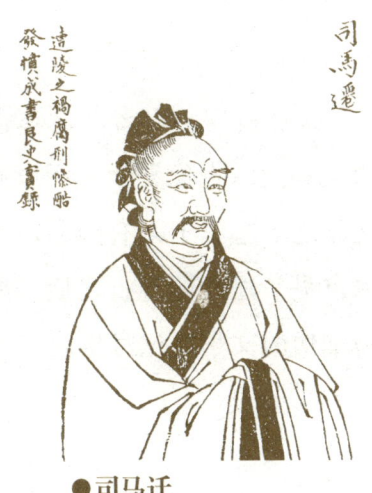

●司马迁

二二

文学者，游戏的事业也。人之势力用于生存竞争而有余，于是发而为游戏。婉娈之儿，有父母以衣食之，以卵翼之，无所谓争存之事也。其势力无所发泄，于是作种种之游戏。逮争存之事亟，而游戏之道息矣。唯精神上之势力独优，而又不必以生事为急者，然后终身得保其游戏之性质。而成人以后，又不能以小儿之游戏为满足，放是对其自己之感情及所观察之事物而摹写之，咏叹之，以发泄所储蓄之势力。故民族文化之发达，非达一定之程度，则不能有文学；而个人之汲汲于争存者，决无文学家之资格也。

三

人亦有言，名者利之宾也。故文绣的文学之不足为真文学也，与铺缀的文学同。古代文学之所以有不朽之价值者，岂不以无名之见者存乎？至文学之名起，于是有因之以为名者，而真正文学乃复托于不重于世之文体以自见。逮此体流行之后，则又为虚玄矣。故模仿之文学，是文绣的文学与铺缀的文学之记号也。

四

文学中有二原质焉：曰景，曰情。前者以描写自然及人生之事实为主，后者则吾人对此种事实之精神的态度也。故前者客观的，后者主观的也；前者知识的，后者感情的也。自一方面言之，则必吾人之胸中洞然无物，而后其观物也深，而其体物也切；即客观的知识，实与主观的感情为反比例。自他方面言之，则激烈之感情，亦得为直观之对象、文学之材料；而观物与其描写之也，亦有无限之快乐伴之。要之，文学者，不外知识与感情交代之结果而已。苟无锐敏之知识与深邃之感情者，不足与于文学之事。此其所以但为天才游戏之事业，而不能以他道劝者也。

五

古今之成大事业大学问者，罔不经过三种之境界："昨夜西风凋碧树，独上高楼，望尽天涯路。"（晏同叔《蝶恋花》）此第一境也。"衣带渐宽终不悔，为伊消得人憔悴。"（欧阳永叔《蝶恋花》）此第二境也。"众里寻他千百度，蓦然回首，那人却在灯火阑珊处。"（辛幼安《青玉案》）此第三境也。未有不阅第一第二境，而能遽跻第三境者。文学亦然。此有文学上之天才者，所以又需莫大之修养也。

六

三代以下之诗人，无过于屈子、渊明、子美、子瞻者。此四子者苟无文学之天才，其人格亦自足千古。故无高尚伟大之人格，而有高尚伟大之文学者，殆未之有也。

●欧阳修

七

天才者，或数十年而一出，或数百年而一出，而又须济之以学问，帅之以德性，始能产真正之大文学。此屈子、渊明、子美、子瞻等所以旷世而不一遇也。

八

"燕燕于飞，差池其羽。""燕燕于飞，颉之颃之。""睍睆黄鸟，载好其音。""昔我往矣，杨柳依依。"诗人体物之妙，侔于造化，然皆出于离人孽子征夫之口，故知感情真者，其观物亦真。

九

"驾波四牡，四牡项领。我瞻四方，蹙蹙靡所骋。"以《离骚》《远游》数千言言之而不足者，独以十七字尽之，岂不诡哉！然以讥屈子之文胜，则亦非知言者也。

●贾谊

十

屈子感自己之感，言自己之言者也。宋玉景差感屈子之所感，而言其所言；然亲见屈子之境遇，与屈子之人格，故其所言，亦殆与言自己之言无异。贾谊、刘向其遇略与屈子同，而才则逊矣。王叔师以下，但袭其

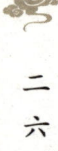

貌而无真情以济之。此后人之所以不复为楚人之词者也。

<h2 style="text-align:center">十一</h2>

屈子之后，文学上之雄者，渊明其尤也。韦、柳之视渊明，其如贾、刘之视屈子乎！彼感他人之所感，而言他人之所言，宜其不如李、杜也。

<h2 style="text-align:center">十二</h2>

宋以后之能感自己之感，言自己之言者，其唯东坡乎！山谷可谓能言其言矣，未可谓能感所感也。遗山以下亦然。若国朝之新城，岂徒言一人之言已哉？所谓"莺偷百鸟声"者也。

<h2 style="text-align:center">十三</h2>

诗至唐中叶以后，殆为羔雁之具矣。故五季、北宋之诗（除一二大家外）无可观者，而词则独为其全盛时代。其诗词兼擅如永叔、少游者，皆诗不如词远甚。以其写之于诗者，不若写之于词者之真也。至南宋以后，词亦为羔雁之具，而词亦替矣。（除稼轩一人外。）观此足以知文学盛衰之故矣。

人间词话

●孔尚任

十四

上之所论，皆就抒情的文学言之（《离骚》、诗词皆是）至叙事的文学（谓叙事诗、诗史、戏曲等，非谓散文也），则我国尚在幼稚之时代。元人杂剧，辞则美矣，然不知描写人格为何事。至国朝之《桃花扇》，则有人格矣，然他戏曲则殊不称是。要之，不过稍有系统之词，而并失词之性质者也，以东方古文学之国，而最高之文学无一足以与西欧匹者，此则后此文学家之责矣。

十五

抒情之诗，不待专门之诗人而后能之也。若夫叙事，则其所需之时日长，而其所取之材料富。非天才而又有暇日者不能。此诗家之数之所以不可更仆数，而叙事文学家殆不能及百分之一也。

十六

《三国演义》无纯文学之资格，然其叙关壮缪之释曹操，则非大文学家不办。《水浒传》之写鲁智深，《桃花扇》之写柳敬亭、苏昆生，彼其所为，固毫无意义。然以其不顾一己之利害，故犹使吾人生无限之兴味，发无限之尊敬，况于观壮缪之矫矫者乎？若此者，岂真如汗德所云，实践理性为宇宙人生之根本欤？抑与现在利己之世界相比较，而益使吾人兴无涯之感也？则选择戏曲小说之题目者，亦可以知所去取矣。

●《水浒传》鲁智深拳打镇关西

十七

吾人谓戏曲小说家为专门之诗人，非谓其以文学为职业也。以文学为职业，馂馅的文学也。职业的文学家，以文学为生活；专门之文学家，为文学而生活。今馂馅的文学之途，盖已开矣。吾宁闻征夫思妇之声，而不屑使此等文学嚣然污吾耳也。

附录二 屈子文学之精神

战国后期，战国七雄并立，其中北方正处于百家争鸣的学术思想大活跃时期，正从巫术宗教的束缚中走出来，开始以理性精神进行思考。但南方却受到原始氏族社会结构的束缚，依旧保持着远古传统。楚国作为南方的核心大国，「宽柔以教不报无道」的楚人沉浸在图腾式的神话世界当中。王国维从原始思维——存在于「落后」社会当中的「诗性智慧」的本性来观照「南方之想象」，恰当地阐述了《离骚》奇异超凡的想象、多姿多彩的形式、人神共处的世界。

我国春秋以前，道德政治上之思想，可分之为二派：一帝王派，一非帝王派。前者称道尧、舜、禹、汤、文、武，后者则称其为出于上古之隐君子，（如庄周所称广成子之类）。或托之于上古之帝王。前者近古学派，后者远古学派也。前者贵族派，后者平民派也。前者入世派，后者遁世派也。（非真遁世派，知其主义之终不能行于世，而遁焉者也）。前者热情派，后者冷性派也。前者国家派，后者个人派也。前者大成于孔子、墨子，而后者大成于老子。（老子楚人，在孔子后，与孔子问礼之老聃，系二人，说见汪容甫《述学·老子考异》）。故前者北方派，后者南方派也。此二派者，其主义常相反对，而不能相调和。观孔子与接舆、长沮、桀溺、荷蓧丈人之关系，可知之矣。战国后之诸学派，无不直接出于此二派，或出于混合此二派。故虽谓吾国故有之思想，不外此二者，可也。

夫然，故吾国之文学，亦不外发表二种之思想。然南方学派则仅有散文的文学，如《老子》《庄》《列》是已。至诗歌的文学，则为北方学派之所专有。《诗》三百篇，大抵表北方学派之思想者也。虽其中如《考槃》《衡门》等篇，略近南方之思想。然北方学者所谓"用之则行，舍之则藏"，"有道则见，无道则隐"者，亦岂有异于是哉？！故此等谓之南北公共之思想则可，不必为南方思想之特质也。然则诗歌的文学，所以

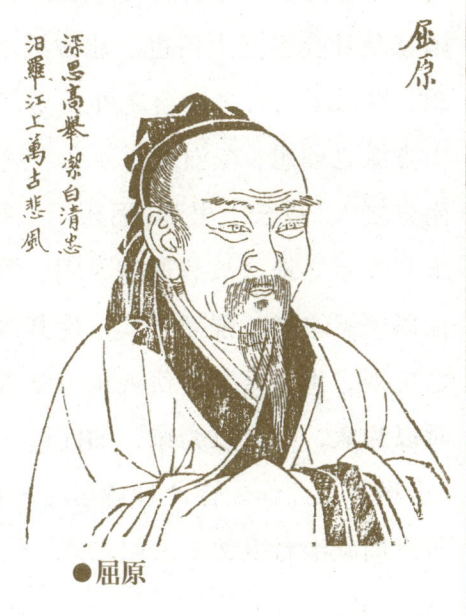

深思高举，洁自清忠
汩罗江工万古悲风

屈原

●屈原

● 离骚图

独出于北方之学派者，又何故乎？

诗歌者，描写人生者也。（用德国大诗人希尔列尔之定义）。此定义未免太狭。今更广之曰"描写自然与人生"，可乎？然人类之兴味，实先人生，而后自然。故纯粹之模山范水，留连光景之作，自建安以前，殆未之见。而诗歌之题目，皆以描写自己深邃之感情为主。其写景物也，亦必以自己深邃之感情为之素地，而始得于特别之境遇中，用特别之眼观之。故古代之诗，所描写者，特人生之主观的方面；而对于人生之客观的方面，及纯处于客观界之自然，断不能以全力注之也。故对古代之诗，前之定义，苦其广，而不苦其隘也。

诗之为道，既以描写人生为事，而人生者，非孤立之生活，而在家庭、国家及社会中之生活也。北方派之理想，置于当日之社会中，南方派之理想，则树于当日之社会之外。易言以明之，北方派之理想，在改作旧社会，南方派之理想，在创造新社会。然改作与创作，皆当日之社会之所不许也。南方之人，以长于思辨，而短于实行，故知实践之不可能，而即于其理想中，求其安慰之地，故有遁世无闷，嚣然自得以没齿者矣。若北方之人，则往往以坚忍之志，强毅之气，恃其改作之理想，以与当日之社会争；而社会之仇视之也，亦与其仇视南方学者无异，或有甚焉。故彼之视社会也，一时以为寇，一时以为亲，如此循环，而遂生欧穆亚（Humour）之人生观。《小雅》之杰作，皆此种竞争之产物也。且北方之人，不为离世绝俗之举，而日周旋于君臣父子夫妇之间，此等在畀以诗歌之题目，与以作诗之动机。

此诗歌的文学，所以独产于北方学派中，而无与南方学派者也。

　　然南方文学中，又非无诗歌的原质也。南方想象力之伟大丰富，胜于北人远甚。彼等巧于比类，而善于滑稽：故言大则有若北溟之鱼，语小则有若蜗角之国；语久则大椿冥灵，语短则蟪蛄朝菌；至于襄城之野，七圣皆迷；汾水之阳，四子独往；此种想象，决不能于北方文学中发见之。故庄、列书中之某分，即谓之散文诗，无不可也。夫儿童想象力之活泼，此人人公认之事实也。国民文化发达之初期亦然，古代印度及希腊之壮丽之神话，皆此等想象之产物也。以我中国论，则南方文化发达较后于北方，则南人之富于想象，亦自然之势也。此南方文学中之诗歌的特质所以优于北方文学者也。

　　由此观之，北方人之感情，诗歌的也，以不得想象之助，故其所作遂止于小篇。南方人之想象，亦诗歌的也，以无深邃之感情之后援，故其想象亦散漫而无丽，是以无纯粹之诗歌。而大诗歌之出，必须俟北方人之感情，与南方之想象合而为一，即必通南北骑驿而后可，斯即屈子其人也。

　　屈子南人而学北方之学者也。南方学派之思想，本与当时封建贵族之制度，不能相容。故虽南方之贵族，亦当奉北方之思想焉。观屈子之文，可以征之。其所称之圣王，则有若高辛、尧、舜、汤、少康、武丁、文、武，贤人则有若皋陶、挚说、彭、咸（谓彭祖、巫咸，商之贤臣也，与"巫咸时夕降兮"巫咸，自是二人，列子所谓郑有神巫，名季咸者也。）比干、伯夷、吕望、宁戚、百里、介推，暴君则有若夏启、羿、浞、桀、纣，皆北方学者之所常称道，而于南方学者所称黄帝、广成等不一及焉，虽《远游》一篇，似专述南方之思想，然此实屈子愤激之词，如孔子之居夷浮海，非其志也。《离骚》之卒篇，其旨亦与《远游》同。然卒曰："陟升皇之赫戏兮，忽临睨夫旧乡。仆夫悲余马怀兮，蜷局顾而不行。"《九章》中之《怀沙》，乃其绝笔，然犹称重华、汤、禹，足知屈子固彻头彻尾抱北方之思想，虽欲为南方之学者，而终有所不慊者也。

●扬雄梦吐白凤

屈子之自赞曰"廉贞"。余谓屈子之性格，此二字尽之矣。其廉固南方学者之所优为，其贞则其所不屑为，亦不能为者也。女婴之詈，巫咸之占，渔父之歌，皆代表南方学者之思想，然皆不足以动屈子。而知屈子者，惟詹尹一人。盖屈子之于楚，亲则肺腑，尊则大夫，又尝管内政外交上之大事矣，其于国家既同累世之休戚，其于怀王又有一日之知遇，被疏者一，被放者再，而终不能易其志，于是其性格与境遇相得，而使之成一种欧穆亚。《离骚》以下诸作，实此欧穆亚所发表者也。使南方之学者处此，则贾谊《吊屈原文》、扬雄《反离骚》是，而屈子非矣。此屈子之文学，所负于北方学派者。

然就屈子文学之形式言之，则所负于南方学派者，抑又不少，彼之丰富之想象力，实与庄、列为近。《天问》《远游》凿空之谈，求女谬悠之语，庄语之足，而继之以谐，于是思想之游戏，更为自由矣。变《三百篇》之体，而为长句、变短什而为长篇，于是感情之发表，更为婉转矣。此皆北方学者之所未有，而其端自屈子开之。然所以驱此想象而成率此大文学者，实由其北方之纯挚的性格。此庄周等之所以仅为哲学，而周、秦间之大诗人，不能不独数屈子也。要之，诗歌者，感情的产物也。虽其中之想象的原质，即知力的原质。亦须有纯挚之感情，为之素地。而后此原质乃显。故诗歌者实北方文学之产物，而非儇薄冷淡之夫所能托。观后世之诗人，若渊明，若子美，无非受北方学派之影响者。岂独一屈子然哉！岂独一屈子然哉！

附录三 关于叔本华意志论的阐释

叔本华是德国著名的意志主义哲学家，其思想也是在西学东渐时代最早进入我国的西方哲学思想之一。意志论对于意志独立在时空当中，支配理性及知识的观点，还有叔本华对欲望的审美洗涤理论，都深刻震撼着清末的有识之士。王国维身为其中受益匪浅的一员，曾将叔本华的书随身携带，手不释卷，并表示：「公虽云亡，公书则存，愿言千复，奉以终身！」可见王国维受其影响之深。本篇介绍并分析了叔本华的意志哲学理论的核心。通过它，我们可以寻找王国维在《人间词话》当中所提及的哲学源头，更清晰地理解他的思想特点与思维方式。

哲学者，世界最古之学问之一，亦世界进步最迟之学问之一也。自希腊以来，至于汗德（今译康德）之生，二千余年，哲学上之进步几何？自汗德以降，至于今百有余年，哲学上之进步几何？其有绍述汗德之说，而正其误谬，以组织完全之哲学系统者，叔本华一人而已矣。而汗德之学说，仅破坏的，而非建设的。彼憬然于形而上学之不可能，而欲以知识论易形而上学，故其说仅可谓之哲学之批评，未可谓之真正之哲学也。叔氏始由汗德之知识论出而建设形而上学，复与美学伦理学以完全之系统，然则视叔氏为汗德之后继者，宁视汗德为叔氏之前驱者为妥也。兹举叔氏哲学之特质如下：

汗德以前之哲学家，除其最少数外，就知识之本质之问题，皆奉素朴实在论，即视外物为先知识而存在，而知识由经验外物而起者也。故于知识之本质之问题上，奉实在论者，于其渊源之问题上，不得不奉经验论，其有反对此说者，亦未有言（持）之有故，持（言）之成理者也。汗德独谓吾人知物时，必于空间及时间中，而由因果性（汗德举此等性，其数凡十二，叔本华仅取此性）整理之。然空间、时间者，吾人感性之形式，而因果性者，吾人悟性之形式，此数者皆不待经验而存，而构成吾人之经验者也。故经验之世界，乃外物之入于吾人感性悟性之形式中者，与物之自身异。物之自身，虽可得而思之，终不可得而知之，故吾人所知者，唯现象而已。此与休蒙（今译休谟）之说，其差只在程度，而不在性质。即休蒙以因

●叔本华

果性等出于经验，而非有普遍性及必然性，汗德以为本于先天，而具此二性，至于对物之自身，则皆不能赞一词。故如以休蒙为怀疑论者乎，则汗德之说，虽欲不谓之怀疑论不可得也。叔本华于知识论上奉汗德之说曰："世界者，吾人之观念也。"一切万物，皆由充足理由之原理决定之，而此原理，吾人知力之形式也。物之为吾人所知者，不得不入此形式，故吾人所知之物，决非物之自身，而但现象而已。易言以明之，吾人之观念而已。然则物之自身，吾人终不得而知之乎？叔氏曰："否。"他物则吾不可知，若我之为我，则为物之自身之一部，昭昭然矣。而我之为我，其现于直观中时，则块然空间及时间中之一物，与万物无异；然其现于反观时，则吾人谓之意志而不疑也。而吾人反观时，无知力之形式行乎其间，故反观时之我，我之自身也。然则我之自身，意志也。而意志与身体，吾人实视为一物，故身体者，可谓之意志之客观化，即意志之入于知力之形式中者也。吾人观我时，得由此二方面，而观物时，只由一方而，即唯由知力之形式中观之，故物之自身，遂不得而知。然由观我之例推之，则一切物之自身，皆意志也。叔本华由此以救汗德批评论之失，而再建形而上学。于是汗德矫休蒙之失，而谓经验的世界，有超绝的观念性与经验的实在性者，至叔本华而一转，即一切事物，由叔本华氏观之，实有经验的观念性而有超绝的实在性者也。故叔本华之知识论，自一方而观之，则为观念论，自他方面观之，则又为实在论。而彼之实在论，与昔之素朴实在论异，又昭然若揭矣。

　　古今之言形而上学及心理学者，皆偏重于知力之方面，以为世界及人之本体，知力也。自柏拉图以降，至于近世之拉衣白尼（借指以色列地区宗教哲学）志，皆于形而上学中持此主知论。其间虽有若圣奥额斯汀谓一切物之倾向与吾人之意志同，有若汗德于其《实理批评》中说意志之价值，然尚未得为学界之定论。海尔巴德（今译赫尔巴特，德国哲学家、心理学家）复由主知论以述系统之心理学，而由观念及各观念之关系以说明一切意识中之状态。至叔本华出而唱主意论，彼既由吾人之自觉，而发现意志为吾人之本质，因之以推论世界万物之本质矣。至是复由经验上证明之，谓吾人苟旷观生物界与吾人精神发达之次序，则意志为精神中之第一原质，而知力为其第二原质，自不难知也。植物上逐日光，下趋土浆。此明明意志之作用，然其知识安在？下等动物之于饮食男女，好乐而恶苦也，与吾人同，此明明意志之作用，然其知识安在？即吾人之坠地也，初不见有知识之迹，然且呱呱而啼饥，瞿瞿而索母，意志之作用，早行乎其间。若就知力上言之，弥月而始能视，于是始见有悟性之作用；三岁而后能言，于是始见有理性之作用。

知力之发达，后于意志也如此。就实际言之，则知识者，实生于意志之需要。一切生物，其阶级愈高，其需要愈增，而其所需要之物亦愈精，而愈不易得，而其知力亦不得不应之而愈发达。故知力者，意志之奴隶也，由意志生，而还为意志用者也。植物所需者，空气与水耳。之二者，无乎不在，得自来而自取之，故虽无知识可也。动物之食物，存乎植物及他动物；又各动物各有特别之嗜好，不得不由己力求之，于是悟性之作用生焉。至人类所需，则其分量愈多，其性质愈贵，其数愈杂。悟性之作用，不足应其需，始生理性之作用，于是知力与意志二者始相区别。至天才出，而知力遂不复为意志之奴隶，而为独立之作用。然人之知力之所由发达由于需要之增，与他动物固无以异也，则主知说之心理学，不足以持其说，不待论也。心理学然，形而上学亦然。而叔氏之他学说，虽不愧于今人，然于形而上学心理学，渐有趋于主意论之势，此则叔氏之大有造于斯二学者也。

吾人于此，可进而窥叔氏之伦理学。从叔氏之形而上学，则人类于万物同一意志之发现也，其所以视吾人为一个人，而与他人物相区别者，实由知力之蔽。夫吾人之知力，既以空间时间为其形式矣，故凡现于知力中者，不得不复杂。既复杂矣，不得不分彼我。然就实际言之，实同一意志之客观化也。易言以明之，即意志之入于观念中者，而非意志之本质也。意志之本质，一而已矣。故空间对间二者，用婆罗门及佛教之语言之，则曰"摩耶之网"，用中世哲学之语言之，则曰"个物化之原理"也。自此原理，而人之视他人及物也，常若与我无毫发之关系，苟可以主张我生活之欲者，则虽牺牲他人之生活之欲以达之，而不之恤，斯之谓"过"。其甚者，无此利己之目的，而惟以他人之苦痛为自己之快乐，斯为（应为"谓"）之"恶"。若一旦超越此个物化之原理，而认人与己皆此同一之意志，知己所弗欲者，人亦弗欲之，各主张其生活之欲，而不相侵害，于是有正义之德。更进而以他人之快乐，为己之快乐，他人之苦痛，为己之苦痛，于是有博爱之德。于正义之德中，己之生活之欲已加以限制，至博爱，则其限制又加甚焉。故善恶之别，全视拒绝生活之欲之程度以为断：其但主张自己之生活之欲，而拒绝他人之生活之欲者，是为"过"与"恶"；主张自己，亦不拒绝他人者，谓之"正义"；稍拒绝自己之欲，以主张他人者，谓之"博爱"。然世界之根本，以存于生活之欲之故，故以苦痛与罪恶充之。而在主张生活之欲以上者，无往而非罪恶。故最高之善，存于灭绝自己生活之欲，且使一切生物皆灭绝此欲，而同人于涅槃之境。此叔氏伦理学上最高之理想也。此绝对的博爱主义与克己主义，虽若有严肃论之观，然其说之根柢，存于意志之同一之说，由是而以永远之正义，说明为恶之苦与为善之乐。故其说，自他方而言之，亦可谓立于快乐论及利己主义之上者也。

　　叔氏于其伦理学之他方而，更调和昔之自由意志论及定业论，谓意志自身，绝对的自由也。此自由之意志，苟一旦有所决而发见于人生及其动作也，则必为外物所决定，而毫末不能自由。即吾人有所与之品性，对所与之动机，必有所与之动作随之。若吾人对所与之动机，而欲不为之动乎？抑动矣，而欲自异于所与之动作乎？是犹却走而恶影，击鼓而欲其作金声也，必不可得之数也。盖动机律之决定吾人之动作也，与而果律之决定物理界之现象无异，此普遍之法则也，必然之秩序也。故同一之品性，对同一之动机，必不能不为同一之动作，故吾人之动作，不过品性与动机二者感应之结果而已。更自他方面观之，则同一之品性，对种种之动机，其动作虽殊，仍不能稍变其同一之方向，故德性之不可以言语教也与美术同。

苟伦理学而可以养成有德之人物，然则大诗人及大美术家，亦可以美学养成之欤？有人于此，而有贪戾之品性乎？其为匹夫，则御人于国门之外可也。浸假而为君主，则掷千万人之膏血，以征服宇宙可也。浸假而受宗教之感化，则摩顶放踵，弃其生命国土，以求死后之快乐可也。此数者，其动作不同，而其品性则绝不稍异，此岂独他人不能变更之哉！即彼自己，亦有时痛心疾首而无可如何者也。

故自由之意志，苟一度自决，而现于人生之品性以上，则其动作之必然，无可讳也。仁之不能化而为暴，暴之不能化而为仁，与鼓之不能作金声，钟之不能作石声无以异。然则吾人之品性遂不能变化乎？叔氏曰："否。"吾人之意志，苟欲此生活而现于品性以上，则其动作有绝对的必然性，然意志之欲此与否，或不欲此而欲彼，则有绝对的自由性者也。吾人苟有此品性，则其种种之动作，必与其品性相应，然此气质非他，吾人之所欲而自决定之者也，然欲之与否，则存于吾人之自由。于是吾人有变化品性之义务，虽变化品性者，古今曾无几人，然品性之所以能变化，即意志自由之征也。然此变化，仅限于超绝的品性，而不及于经验的品性。由此观之，叔氏于伦理学上持经验的定业论，与超绝的自由论，与其于知识论上持经验的观念论与超绝的实在论无异。此亦自汗德之伦理学出，而又加以系统的说明者也。由是叔氏之批评善恶也，亦带形式论之性质，即谓品性苟善，则其动作之结果如何，不必问也。若有不善之品性，则其动作之结果，虽或有益无害，然于伦理学上，实非有丝毫之价值者也。

············

更有可注意者，叔氏一生之生活是也。彼生于富豪之家，虽中更衰落，尚得维持其索居之生活。彼送其一生于哲学之考察，虽一为大学讲师，然未几即罢，又非以著述为生活者也。故其著书之数，于近世哲学家中为最少，然书之价值之贵重，有如彼者乎！彼等日日为讲义，日日作杂志之论文（殊如希哀林［谢林，德国哲学家］、海额尔等），其为哲学上真正之考察之时殆希也。独叔氏送其一生于宇宙人生上之考察，与审美上之冥想，其妨此考察者，独彼之强烈之意志之苦痛耳。而此意志上之苦痛，又还为哲学上之材料。故彼之学说与行为，虽往往自相矛盾，然其所谓"为哲学而生，而非以哲学为生"者，则诚夫子之自道也。

至是，吾人可知叔氏之在哲学上之位置。其在古代，则有希腊之柏拉图，在近世，则有德意志之汗德，此二人，而叔氏平生所最服膺，而亦以之自命者也。然柏氏之学说中，其所说之真理，往往被以神话之面具。汗德之知识论，固为旷古之绝识，然如上文所述，乃破坏的而非建设的，故仅如陈胜、吴广，帝王之驱除而已。更观叔氏以降之哲学，如翻希奈尔、芬德、赫尔德曼等，无不受叔氏学说之影响，特如尼采，由叔氏之学说出，浸假而趋于叔氏之反对点，然其超人之理想，其所负于叔氏之天才论者亦不少。其影响如彼，其学说如此，则叔氏与海尔巴脱（德国哲学家、心理学家，科学教育学的奠基人）等之学说，孰真孰妄，孰优孰绌，固不俟知者而决也。

附录四 叔本华美学思想品论天才

本篇节选自《叔本华之哲学及其教育学说》与《叔本华与尼采》。

叔本华在其《意志论》当中曾经提到，人唯有沉浸在审美当中，才可以摆脱欲望对本身的控制及束缚。因此，叔本华的美学思想也同样是其哲学思想的延伸及补充。叔本华对于「永恒的形式」「最纯粹的快乐」「理念」「个象」的阐述，让我们看到了王国维著名的「境界」说的影子，而「美者，实可谓天才之特许物也」的论断，也与王国维著名的「诗人之眼」「赤子之心」有着异曲同工之妙。

叔氏更由形而上学进而说美学。夫吾人之本质，既为意志矣。而意志之所以为意志，有一大特质焉曰：生活之欲。何则？生活者非他，不过自吾人之知识中所观之意志也。吾人之本质，既为生活之欲矣，故保存生活之事，为人生之唯一大事业。且百年者，寿之大齐，过此以往，吾人所不能暨也，于是向之图个人之生活者，更进而图种姓之生活。一切事业，皆起于此。吾人之意志，志此而已；吾人之知识，志此而已。既志此矣，既知此矣，于是满足与空乏，希望与恐怖，数者如环无端，而不知其所终。目之所观，耳之所闻，手足所触，心之所思，无往而不与吾人之利害相关，终身仆仆而不知所税驾者，天下皆是也！然则，此利害之念，竟无时或息欤？吾人于此桎梏之世界中，竟不获一时救济欤？曰：有。唯美之为物，不与吾人之利害相关系，而吾人观美时，亦不知有一己之利害。何则？美之对象，非特别之物，而此物之种类之形式，又观之之我，非特别之我，而纯粹无欲之我也。夫空间时间，既为吾人直观之形式；物之现于空间皆并立，现于时间者皆相续，故现于空间时间者，皆特别之物也。既视为特别之物矣，则此物与我利害之关系，欲其不生于心，不可得也。若不视此物为与我有利害之关系，而但观其物，则此物已非特别之物，而代表其物之全种。叔氏谓之曰："实念。"故美之知识，实念之知识也。而美之中，又有优美与壮美之别。今有一物，令人忘利害之关系，而玩之而不厌者，谓之曰优美之感情。若其物直接不利于吾人之意志，而意志为之破裂，唯由知识冥想其理念者，谓之曰壮美之感情。然此二者之感吾人也，因人而不同；其知力弥高，其感之也弥深。独天才者，由其知力之伟大，而全离意志之关系，故其观物也，视他人为深，而其创作之也，与自然为一。故美者，实可谓天才之特许物也。若夫终身局于利害之桎梏中，而不知美之为何物者，则滔滔皆是。且美之对吾人也，仅一时之救济，而非永远之救济，此其伦理学上之拒绝意志之说，所以不得已也。

…………

而美术之知识全为直观之知识，而无概念杂乎其间，故叔氏之视美术也，尤重于科学。盖科学之源，虽存于直观，而既成一科学以后，则必有整然之系统，必就天下之物分其不相类者，而合其相类者，以排列之于一概念之下，而此概念复与相类之他概念排列于更广之他概念之下。故科学上之所表者，概念而已矣。美术上之所表者，则非概念，又非个象，而以个象代表其物之一种之全体，即上所谓实念者是也，故在在得直观之。如建筑、雕刻、图书、音乐等，皆呈于吾人之耳目者，唯诗歌（并戏剧小说言之）一道，虽借概念之助以唤起吾人之直观，然其价值全存于其能直观与否。诗之所以多用比兴者，其源全由于此也。由是，叔氏于教育上甚蔑视历史，谓历史之对象，非概念，非实念，而但个象也。

诗歌之所写者，人生之实念，故吾人于诗歌中，可得人生完全之知识。故诗歌之所写者，人及其动作而已；而历史之所述，非此人即彼人，非此动作即彼动作，其数虽巧历不能计也，然此等事实，不过同一生活之欲之发现，故吾人欲知人生之为何物，则读诗歌贤于历史远矣。

…………

叔氏谓吾人之知识，无不从充足理由之原则者，独美术之知识不然。其言曰：一切科学，无不从充足理由原则之某形式者。科学之题目，但现象耳，现象之变化及关系耳。今有一物焉，超乎一切变化关系之外，而为现象之内容，无以名之，名之曰"实念"。问此实念之知识为何？曰："美术是已。"夫美术者，实以静观中所得之安念，寓诸一物焉而再现之。由其所寓之物之区别，而或谓之雕刻，或谓之绘画，或谓之诗歌、音乐，然其惟一之渊源，则存于实念之知识，而又以传播此知识为其惟一之目的也。

一切科学，皆从充足理由之形式。当其得一结论之理由也，此理由又不可无他物以为之理由，他理由亦然。譬诸混混长流，永无淳潴之日；譬诸旅行者，数周地球，而曾不得见天之有涯、地之有角。美术则不然，固无往而不得其息肩之所也。彼由理由结论之长流中，拾其静观之对象而使之孤立于吾前。而此特别之对象，其在科学中也，则藐然全体之一部分耳；而在美术中，则遽而代表其物之种族之全体，空间时间之形式对此而失其效，关系之法则至此而穷于用，故此时之对象，非个物而但其实念也。吾人于是得下美术之定义曰：美术者，离充足理由之原则，而观物之道也。此正与由此原则观物者相反对。后者如地平线，前者如垂直线；后者之延长虽无限，而前者得于某点割之；后者合理之方法也，惟应用于生活及科学，前者天才之方法也，惟应用于美术；后者雅里大德勒之方法，前者柏拉图之方法也；后者如终风暴雨，震撼万物，而无始终，无目的，前者如朝日漏于阴云之鑨，金光直射，而不为风雨所摇；后者如瀑布之水，瞬息交易，而不舍昼夜，前者如涧畔之虹，立于鞳鞳澎湃之中，而不改其色彩。（英译《意志及观念之世界》第138—140页。）

　　夫充足理由之原则，吾人知力最普遍之形式也，而天才之观美也，乃不沾沾于此。此说虽本于希尔列尔（Schiller）之游戏冲动说，然其为叔氏美学上重要之思想，无可疑也。

…………

　　叔本华之天才论曰：天才者不失其赤子之心者也。盖人生至七年后，知识之机关即脑之质与量已达完全之域，而生殖之机关尚未发达，故赤子能感也，能思也，能教也。其爱知识也，较成人为深，而其受知识也，亦视成人为易。一言以蔽之曰：彼之知力盛于意志而已，即彼之知力之作用，远过于意志之所需要而已。故自某方面观之，凡赤子皆天才也。又凡天才自某点观之，皆赤子也。昔海尔台尔（Herder）谓格代（Goethe，今译歌德）曰"巨孩"。音乐大家穆差德（Mozart，今译莫扎特）亦终生不脱孩气，休利希台额路尔谓彼曰：“彼于音乐，幼而惊其长老，然于一切他事，则壮而常有童心者也。”（英译《意志及观念之世界》第三册61—63页。）至尼采之说超人与众生之别，君主道德与奴隶道德之别，读者未有不惊其与叔氏伦理学上之平等博爱主义相反对者，然叔氏于其伦理学及形而上学所视为同一意志之发现者，于知识论及美学上，则分之为种种之阶级，故古今之崇拜天才者，殆未有如叔氏之甚者也。彼于其大著述第一书之补遗中，说知力上之贵族主义曰：

知力之拙者，常也其优者，变也。天才者，神之示现也。不然，则宁有以八百兆之人民，经六千年之岁月，而所待于后人之发明思索者，尚如斯其众耶！夫大智者，固天之所吝，天之所吝，人之幸也。何则？小智于极狭之范围内，测极简之关系，比大智之冥想宇宙人生者，其事逸而且易。昆虫之在树也，其视盈尺以内，较吾人为精密，而不能见人于五步之外。故通常之知力，仅足以维持实际之生活耳。而对实际之生活，则通常之知力，固亦已胜任而愉快。若以天才处之，是犹用天文镜以观优，非徒无益，而又蔽之。故由知力上言之，人类真贵族的也，阶级的也。此知力之阶级，较贵贱贫富之阶级为尤著。其相似者，则民万而始有诸侯一，民兆而始有天子一，民京垓而始有天才一耳。故有天才者，往往不胜孤寂之感。白衣龙（Byron）于其《唐旦之预言诗》中咏之曰：

“To feel me in the solitude of kings without the power that make them hear a crown。”

（略译：予岑寂而无友兮，羌独处乎帝之庭。冠玉冕之崔巍兮，夫固踽踽而不能胜。）

此之谓也。

此知力的贵族与平民之区别外，更进而立大人与小人之区别曰：一切俗子因其知力为意志所束缚故，但适于一身之目的。由此睁的出，于是有俗溢之画，冷淡之诗，阿世媚俗之哲学。何则？彼等自己之价值，但存于其一身一家之福祉，而不存于真理故也。惟知力之最高者，其真正之价值，不存于实际，而存于理论，不存于主观，而存于客观，端端（专专）焉力索宇宙之真理而再现之。于是彼之价值，超乎个人之外，与人类自然之性质异。如彼者，果非自然的欤？宁超自然的也。而其人之所以大，亦即存乎此。故图画也，诗歌也，思索也，在彼则为目的，而在他人则为手段也。彼牺牲其一生之福祉，以殉其客观上之目的，虽欲少改焉而不能。何则？彼之真正之价值，实在此而不在彼故也。他人反是，故众人皆小，彼独大也。（前书第三册第149—150页。）

　　叔氏之崇拜天才也如是，由是对一切非天才而加以种种之恶谥：曰俗子（Philistine）、曰庸夫（Populase）、曰庶民（Mob）、曰舆台（Rabble）、曰合死者（Mortal）。尼采则更进而谓之曰众生（Herd），曰众庶（Far-too-many）。其所以异者，惟叔本华谓知力上之阶级惟由道德联结之，尼采则谓此阶级于知力道德皆绝对的，而不可调和者也。

　　叔氏以持知力的贵族主义，故于其伦理学上虽奖卑屈（Humility）之行，而于其美学上大非谦逊（Modesty）之德曰：人之观物之浅深明暗之度不一，故诗人之阶级亦不一。当其描写所观也，人人殆自以为握灵蛇之珠，抱荆山之玉矣。何则？彼于大诗人之诗中，不见其所描写者或逾于自己。非大诗人之诗之果然也，彼之肉眼之所及，实止于此，故其观美术也，亦如其观自然，不能越此一步也。惟大诗人见他人之见解之肤浅，而此外尚多描写之余地，始知己能见人之所不能见，而言人之所不能言。故彼之著作不足以悦时人，只以自赏而已。若以谦逊为教，则将并其自赏者而亦夺之乎？然人之有功绩者，不能掩其自知之明。譬诸高八尺者暂而过市，则肩背昂然，齐于众人之首矣。千仞之山，自巅而视其麓也，与自麓而视其巅等。霍兰士（Horace）、鲁克来鸠斯（Lucletius）、屋维特（Ovid）及一切古代之诗人，其自述也，莫不有矜贵之色，唐旦（Dante，今译但丁）然也，狭斯丕尔（Shakespeare，今译莎士比亚）然也，柏庚（Baeon，今译培根）亦然也。故大人而不自见其大者，殆未之有。惟细人者自顾其一生之空无所有，而聊托于谦逊以自慰，不然则彼惟有蹈海而死耳。某英人尝言曰："功绩（Merit）与谦逊（Modest）除二字之第一字母外，别无公共之点。"格代亦云："惟一无所长者乃谦逊耳。"特如以谦逊教人责人者，则格代之言，尤不我欺也。

人间词话

附录五 孔子之美育主义

众所周知，孔子是中国古代最为著名的思想家及教育家，是大贤至圣先师，可是，人们在讨论儒家思想时，很少会针对孔子的审美和美育思想进行论断。本篇就是王国维评析从儒家思想当中所汲取到的美学思想的文章。在本篇中，他援引了康德、叔本华等审美静观境界当中的主客体观点，以苏轼「寓意于物」等我国古代文艺理论还有典型诗词，提出极为新颖的审美境界说。

王国维创造性地运用西方美学原理来对我国古代的美学思想进行梳理，这是他思想的一大特色，本文应该是王国维运用这一方式进行学术论述的最早一篇。不仅如此，王国维还以此文第一个向国人介绍席勒的美育观点。应当注意的是，王国维的「境界」说是从本篇（一九〇四年二月）开始正式提出的，比《人间词话》要早近四年。因此，在这里我们可以看到王国维论及「境界」的初衷还有原始的理论状态。

诗云："世短意常多，斯人乐久生。"（语出陶渊明《九日闲居》）岂不悲哉！人之所以朝夕营营者，安归乎？归于一己之利害而已。人有生矣，则不能无欲；有欲矣，则不能无求；有求矣，不能无生得失；得则淫，失则戚：此人人之所同也。世之所谓道德者，有不为此嗜欲之羽翼者乎？所谓聪明者，有不为嗜欲之耳目者乎？避苦而就乐，喜得而恶丧，怯让而勇争：此又人人之所同也。于是，内之发于人心也，则为苦痛；外之见于社会也，则为罪恶。然世终无可以除此利害之念，而泯人己之别者欤？将社会之罪恶固不可以稍减，而人心之苦痛遂长此终古欤？曰：有，所谓"美"者是已。

　　美之为物，不关于吾人之利害者也。吾人观美时，亦不知有一己之利

●杏坛礼乐

害。德意志之大哲人汗德，以美之快乐为不关利害之快乐（Disinterested Pleasure）。至叔本华而分析观美之状态为二原质：（一）被观之对象，非特别之物，而此物之种类之形式；（二）观者之意识，非特别之我，而纯粹无欲之我也（《意志及观念之世界》）。何则？由叔氏之说，人之根本在生活之欲，而欲常起于空乏。既偿此欲，则此欲以终；然欲之被偿者一，而不偿者十百；一欲既终，他欲随之：故究竟之慰藉终不可得。苟吾人之意识而充以嗜欲乎？吾人而为嗜欲之我乎？则亦长此辗转于空乏、希望与恐怖之中而已，欲求福祉与宁静，岂可得哉！然吾人一旦因他故，而脱此嗜欲之网，则吾人之知识已不为嗜欲之奴隶，于是得所谓"无欲之我"。无欲故无空乏，无希望，无恐怖；其视外物也，不以为与我有利害之关系，而但视为纯粹之外物。此境界唯观美时有之。苏子瞻所谓"寓意于物"（《宝绘堂记》）；邵子曰："圣人所以能一万物之情者，谓其能反观也。所以谓之反观者，不以我观物也。不以我观物者，以物观物之谓也。既能以物观物，又安有我于其间哉？"（《皇极经世·观物内篇》七）此之谓也。其咏之于诗者，则如陶渊明云："采菊东篱下，悠然见南山。山气日夕佳，飞鸟相与还。此中有真意，欲辨已忘言。"谢灵运云："昏旦变气候，山水含清晖。清晖能娱人，游子澹忘归。"或如白伊龙（今译拜伦）云："I live not in myself, but I become portion of that around me ; and to me high mountains are a feeling."（翻译：我活着却不被束缚在自己的身心之中，和那些围绕着我的万物一样，我也是它们中的一员；对于我来说，就算那看似毫无关系的崇山峻岭，也是我对世间所流露出的一种情。）皆善咏此者也。

夫岂独天然之美而已，人工之美亦有之。宫观之瑰杰，雕刻之优美雄丽，图画之简淡冲远，诗歌音乐之直诉人之肺腑，皆使人达于无欲之境界。故泰西（指西欧各国）自雅里大德勒（今译亚里士多德）以后，皆以美育为德育之助。至近世，谑夫志培利（今译夏夫兹伯里，英国美学家）、赫启孙（今译哈奇生，英国美学家）等皆从之。及德意志之大诗人希尔列尔（今译席勒）出，而大成其说，谓人日与美相接，则其感情日益高，而暴慢鄙倍之心自益远。故美术者科学与道德之生产地也。又谓审美之境界乃不关利害之境界，故气质之欲灭，而道德之欲得由之以生。故审美之境界乃物质之境界与道德之境界之津梁也。于物质之境界中，人受制于天然之势力；于审美之境界则远离之；于道德之境界则统御之（希氏《论人类美育之书简》）。由上所说，则审美之位置犹居于道德之次。然希氏后日更进而说美之无上之价值，曰："如人必以道德之欲克制气质之欲，则人性之两部犹未能调和也。于物质之境界及道德之境界中。人性之一部，必克制之以扩充其他部；然人之所以为人，在息此内界之争斗，而使卑劣之感跻于高尚之感觉。如汗德之严肃论中气质与义务对立，犹非道德上最高之理想也。最高之理想存于美丽之心（Beautiful Soul），其为性质也，高尚纯洁，不知有内界之争斗，而唯乐于守道德之法则，此性质唯可由美育得之。"（芬特尔朋《哲学史》第600页）此希氏最后之说也。顾无论美之与善，其位置孰为高下，而美育与德育之不可离，昭昭然矣。

今转而观我孔子之学说。其审美学上之理论虽不可得而知，然其教人也，则始于美育，终于美育。《论语》曰："小子何莫学夫诗。诗可以兴，可以观，可以群，可以怨。迩之事父，远之事君。多识于鸟兽草木之名。"又曰："兴于诗，立于礼，成于乐。"其在古昔，则胄子之教，典于后夔；大学之事，董于乐正。然则以音乐为教育之

●孔子

一科，不自孔子始矣。荀子说其效曰："乐者，圣人之所乐也，而可以善民心。其感人深，其移风易俗。……故乐行而志清，礼修而行成，耳目聪明，血气和平，移风易俗，天下皆宁。"此之谓也。故"子在齐闻《韶》"，则"三月不知肉味"。而《韶》乐之作，虽絜壶之童子，其视精，其行端。音乐之感人，其效有如此者。

且孔子之教人，于诗乐外，尤使人玩天然之美。故习礼于树下，言志于农山，游于舞雩，叹于川上，使门弟子言志，独与曾点。点之言曰："莫春者，春服既成，冠者五六人，童子六七人，浴乎沂，风乎舞雩，咏而归。"由此观之，则平日所以涵养其审美之情者可知矣。之人也，之境也，固将磅礴万物以为一，我即宇宙，宇宙即我也。光风霁月不足以喻其明，泰山华岳不足以语其高，南溟渤澥不足以比其大。邵子所谓"反观"者非欤？叔本华所谓"无欲之我"、希尔列尔所谓"美丽之心"者非欤？此时之境界：无希望，无恐怖，无内界之争斗，无利无害，无人无我，不随绳墨而自合于道德之法则，一人如此，则优入圣域；社会如此，则成华胥之国。孔子所谓"安而行之"与希尔列尔所谓"乐子守道德之法则"者，舍美育无由矣。呜呼！我中国非美术之国也！一切学业，以利用之大宗旨贯注之。治一学，必问其有益与否；为一事，必问其有益与否。美之为物，为世人所不顾久矣！故我国建筑、雕刻之术，无可言者。至图画一技，宋元以后，生面特开，其淡远幽雅实有非西人所能梦见者。诗词亦代有作者。而世之贱儒辄援"玩物丧志"之说相诋。故一切美

●孔子延医

术皆不能达完全之域。美之为物，为世人所不顾久矣！庸讵知无用之用，有胜于有用之用者乎？以我国人审美之趣喙之缺乏如此，则其朝夕营营，逐一己之利害而不知返者，安足怪哉！安足怪哉！庸讵知吾国所尊为"大圣"者，其教育固异于彼贱儒之所为乎？故备举孔子美育之说，且诠其所以然之理。世之言教育者，可以观焉。

附录六 古雅之在美学上之位置

「一切之美皆形式之美」是这一篇文章的主旨。在《人间词话》中，王国维对美的两种形态，即优美与宏壮，进行了分别划分及阐释，在此，王国维将它们归结为美的「第一种形式」，而把「古雅」作为美的「第二种形式」而将其独立出来，以阐述优美及宏壮所难以涵盖的审美对象。「古雅」之美不仅仅是针对文学，还可以延伸到绘画、建筑乃至音乐领域，再次强调形式对于美的重要性。我们从其中不难看出，王国维的「古雅」说，也受到康德的「自由美」说、叔本华的「音乐美」说的极大影响。

"美术者天才之制作也"，此自汪德以来百余年间学者之定论也。然天下之物，有决非真正之美术品，而又决非利用品者，又其制作之人，决非必为天才，而吾人之视之也，若与天才所制作之美术无异者：无以名之，名之曰"古雅"。欲知古雅之性质，不可不知美之普遍之性质。美之性质，一言以蔽之曰：可爱玩而不可利用者是已。虽物之美者，有时亦足供吾人之利用，但人之视为美时，决不计及其可利用之点。其性质如是，故其价值亦存于美之自身，而不存乎其外。而美学上之区别美也，大率分为二种：曰优美，曰宏壮。自巴克及汪德之书出，学者殆视此为精密之分类矣。至古今学者对优美及宏壮之解释，各由其哲学系统之差别而各不同。要而言之，则前者由一对象之形式不关于吾人之利害，遂使吾人忘利害之念，而以精神之全力沉浸于此对象之形式中。自然及艺术中普通之美，皆此类也。后者则由一对象之形式，越乎吾人知力所能驭之范围，或其形式大不利于吾人，而又觉其非人力所能抗，于是吾人保存自己之本能，遂超越乎利害之观念外，而达观其对象之形式，如自然中之高山大川、烈风雷雨，艺术中伟大之宫室、悲惨之雕刻像、历史画、戏曲、小说等皆是也。此二者，其可爱玩而不可利用也同。若夫所谓古雅者则何如？

一切之美，皆形式之美也。就美之自身言之，则一切优美皆存于形式之对称变化及调和。至宏壮之对象，汪德虽谓之无形式，然以此种无形式之形式能唤起宏壮之情，故谓之形式之一种，无不可也，就美术之种类言之，则建筑雕刻音乐之美之存于形式固不俟论，即图画诗歌之美之兼存于材质之意义者，亦以此等材质适于唤起美情故，故亦得视为一种之形式焉。释迦与马利亚庄严圆满之相，吾人亦得离其材质之意义，而感无限之快乐，生无限之钦仰。戏曲小说之主人翁及其境遇，对文章之方面言之，则为材质；然对吾人之感情言之，则此等材质又为唤起美情之最适之形式。故除吾人之感情外，凡属于美之对象者，皆形式而非材质也。而一切形式之美，又不可无他形式以表之，惟经过此第二之形式，斯美者愈增其美，而吾人之所谓古雅，即此第二种之形式。即形式之无优美与宏壮之属性者，亦因此第二形式故，而得一种独立之价值，故古雅者，可谓之形式之美之形式之美也。

夫然，故古雅之致存于艺术而不存于自然。以自然但经过第一形式，而艺术则必就自然中固有之某形式，或所自创造之新形式，而以第二形式表出之。即同一形式也，其表之也各不同。同一曲也，而奏之者各异；同一雕刻绘画也，而真本与摹本大殊。诗歌亦然，"夜阑更秉烛，相对如梦寐"（杜甫《羌村》诗）之于"今宵剩把银釭照，犹恐相逢是梦中"（晏几道《鹧鸪天》词），"愿言思伯，甘心首疾"（《诗·卫风·伯兮》）之于"衣带渐宽终不悔，为伊消得人憔悴"（欧阳修《蝶恋花》词），其第一形式同，而前者温厚，后者刻露者，其第二形式异也。一切艺术无不皆然，于是有所谓雅俗之区别起。优美及宏壮必与古雅合，然后得显其固有之价值。不过优美及宏壮之原质愈显，则古雅之原质愈蔽。然吾人所以感如此之美且壮者，实以表出之之雅故，即以其美之第一形式，更以雅之第二形式表出之故也。

虽第一形式之本不美者，得由其第二形式之美（雅），而得一种独立之价值。茅茨土阶，与夫自然中寻常琐屑之景物，以吾人之肉眼观之，举无足与于优美若宏壮之数，然一经艺术家（绘画若诗歌）之手，而遂觉有不可言之趣味。此等趣味，不自第一形式得之，而自第二形式得之无疑也。绘画中之布置，属于第一形式，而使笔使墨，则属于第二形式。凡以笔墨见赏于吾人者，实赏其第二形式也。此以低度之美术（如法书等）为尤甚。三代之钟鼎，秦汉之摹印，汉、魏、六朝、唐、宋之碑帖，宋、元之书籍等，其美之大部实存于第二形式。吾人爱石刻不如爱真迹，又其于石刻中爱翻刻不如爱原刻，亦以此也。凡吾人所加于雕刻书画之品评，曰"神"、曰"韵"、曰"气"、曰"味"，皆就第二形式言之者多，而就第一形式言之者少。文学亦然，古雅之价值大抵存于第二形式。西汉之匡、刘，东京之崔、蔡，其文之优美宏壮，远在贾、马、班、张之下，而吾人之嗜之也亦无逊于彼者，以雅故也。南丰之于文，不必工于苏、王、姜夔之于词，且远逊于欧、秦，而后人亦嗜之者，以雅故也。由是观之，则古雅之原质，为优美及宏壮中不可缺之原质，且得离优美宏壮而有独立之价值，则固一不可诬之事实也。

然古雅之性质，有与优美及宏壮异者。古雅之但存于艺术而不存于自然，既如上文所论矣，至判断古雅之力亦与判断优美及宏壮之力不同。后者先天的，前者后天的，经验的也。优美及宏壮之判断之为先天的判断，自汗德之《判断力批评》后，殆无反对之者。此等判断既为先天的，故亦普遍的、必然的也。易言以明之，即一艺术家所视为美者，一切艺术家亦必视为美。此汗德之所以于其美学中，预想一公共之感官者也。若古雅之判断则不然，由时之不同而人之判断之也各异。吾人所断为古雅者，实由吾人今日之位置断之。古代之遗物无不雅于近世之制作，古代之文学虽至拙劣，自吾人读之无不古雅者，若自古人之眼观之，殆不然矣。故古雅之判断，后天的也，经验的也，故亦特别的也，偶然的也。此由古代表出第一形式之道与近世大异，故吾人睹其遗迹，不觉有遗世之感随之，然在当日，则不能。若优美及宏壮，则固无此时间上之限制也。古雅之性质既不存于自然，而其判断亦但由于经验，于是艺术中古雅之部分，不必尽俟天才，而亦得以人力致之。苟其人格诚高，学问诚博，则虽无艺术上之天才者，其制作亦不失为古雅。而其观艺术也，虽不能喻其优美及宏壮之部分，犹能喻其古雅之部分。若夫优美及宏壮，则非天才殆不能捕攫之而表出之。今古第三流以下之艺术家，大抵能雅而不能美且壮者，职是故也，以绘画论，则有若国朝之王翚，彼固无艺术上之天才，但以用力甚深之故，故摹古则优而自运则劣，则岂不以其舍其所长之古雅，而欲以优美宏壮与人争胜也哉？以文学论，则除前所述匡、刘诸人外，若宋之山谷，明之青邱、历下，国朝之新城等，其去文学上之天才盖远，徒以有文学上之修养故，其所作遂带一种典雅之性质。而后之无艺术上之天才者亦以其典雅故，遂与第一流之文学家等类而观之，然其制作之负于天分者十之二三，而负于人力者十之七八，则固不难分析而得之也。又虽真正之天才，其制作非必皆神来兴到之作也。以文学论，则虽最优美最宏壮之文学中，往往书有陪衬之篇，篇有陪衬之章，章有陪衬之句，句有陪衬之字。一切艺术，莫不如是。此等神兴枯涸之处，非以古雅弥缝之不可。而此等古雅之部分，又非借修养之力不可。若优美与宏壮，则固非修养之所能为力也。

　　然则古雅之价值，遂远出优美及宏壮下乎？曰：不然。可爱玩而不可利用者，一切美术品之公性也。优美与宏壮然，古雅亦然。而以吾人之玩其物也，无关于利用故，遂使吾人超出乎利害之范围外，而惝恍于缥缈宁静之域。优美之形式，使人心和平；古雅之形式，使人心休息，故亦可谓之低度之优美。宏壮之形式常以不可抵抗之势力唤起人钦仰之情，古雅之形式则以不习于世俗之耳目故，而唤起一种之惊讶。惊讶者，钦仰之情之初步，故虽谓古雅为低度之宏壮，亦无不可也。故古雅之位置，可谓在优美与宏壮之间，而兼有此二者之性质也。至论其实践之方而，则以古雅之能力，能由修养得之，故可为美育普及之津梁。虽中智以下之人，不能创造优美及宏壮之物者，亦得由修养而有古雅之创造力；又虽不能喻优美及宏壮之价值者，亦得于优美宏壮中之古雅之原质，或于古雅之制作物中得其直接之慰藉。故古雅之价值，自美学上观之，诚不能及优美及宏壮，然自其教育众庶之效言之，则虽谓其范围较大成效较著可也。因美学上尚未有专论古雅者，故略述其性质及位置如右。篇首之疑问，庶得由是而说明之欤？

附录七 词集序记

王国维在《人间词话》中多次提及李煜、周邦彦等人的名作，他不断品评这些人的词作，还曾为这些大家的词集写过序记。在这些序记当中，不但带有王国维的精湛点评，也有他对词集版本的溯源，还有阅读时应当注意的问题的提示。借此，读者可以在进行扩展阅读时，对其内容有更进一步的把握。

《南唐二主词》跋

右南词本《南唐二主词》，与常熟毛氏所钞、无锡侯氏所刻，同出一源。犹是南宋初辑本。殆即《直斋书录解题》所著录，宋长沙书肆所刊行者也。直斋云："卷首四阕《应天长》、《望远行》各一，《浣溪沙》二，中主所作，重光尝书之，墨迹在盱江晁氏。"今此本正同。又注中引曹功显节度、孟郡王、曾端伯诸人。案功显，曹勋字。《宋史》勋本传，以绍兴二十九年拜昭信军节度使，孝宗朝加太尉、提举皇城司、开府仪同三司。淳熙元年卒，赠

●李煜

少保。又《外戚传》，孟忠厚以绍兴七年封信安郡王，绍兴二十七年卒。曾端伯慥亦绍兴时人。以此数条推之，则编辑者当在绍兴之季。曹功显已拜节度之后，未加太尉之前也。且半从真迹编录，尤为可据。故如式写录。另为《补遗》及《校勘记》附后，诸本得失，览者当自得之。

《片玉词》"玉带"考证

曩读周清真《片玉词》"诉衷情"一阕（《片玉集》、《清真集》均不载）

曰："当时选舞万人长，玉带小排方，喧传京国声价，年少最无量。"按：排方、玉带乃宋时乘舆之服。岳倦翁《愧郯录》（十二）："国朝服带之制：乘舆，东宫以玉，大臣以金，勋旧间赐以玉，其次，则犀、则角。此不易之制。考之典故，玉带乘舆以排方，东宫不佩鱼，亲王佩玉鱼，大臣勋旧佩金鱼。"《石林燕语》（七）亦云："国朝亲王皆服金带，元丰中官制行，上欲宠嘉、岐二王，乃诏赐方团玉带，著为朝仪。先是，乘舆玉带皆排方，故以方团别之。二王力辞，乞宝藏于家而不服用，不许，乃请加佩金鱼，遂诏以玉鱼赐之。亲王玉带佩玉鱼，自此始。故事，玉带皆不许施于公服，然熙宁中收复熙河，神宗特解所系带赐王荆公，且使服以入贺。荆公力辞，久之不从，上待服而后追班，不得已，受诏，次日即释去。（维案《临川集》卷十八《荆公赐玉带谢表》末云：'退藏，唯谨知燕及于云来。'知释去之说不妄。）大观中，收复青唐，以熙河故事，复赐蔡鲁公，而用排方时，公已进太师，上以为三师礼当异，特许施于公服。辞，乃乞琢为方团。既以为未安，或诵韩退之《玉带垂金鱼之礼》告以请，因加佩金鱼。"（《铁围山丛谈》、《挥麈前录》所记略同。）则排方玉带实乘舆之制，臣下未有敢服者也。且宋时臣下受玉带之赐者，可以指数。太祖时，则有李彝兴、符彦卿、王审琦、石保吉。英宗时，则有王守约。（保吉、守约均以主婿赐。）神宗时，则有王安石、嘉、岐二王。徽宗时，则有蔡京、何执中、郑居中、王黼、蔡攸、童贯、赵仲忽。钦宗时，则有李纲（上皇所赐）。南宋得赐者，

●贾似道半闲堂斗蟋蟀

文臣则有张浚、秦桧、史浩、史弥远、郑清之、贾似道；宗室则有居广士、铤梯、伯圭、师揆、师弥；勋臣则有刘光世、张俊、杨存中、吴璘；外戚则有吴益、谢渊、杨次山（何执中以下五人赐玉带事，见《石林燕语》。）史弥远、赵师揆见《四朝闻见录》。贾似道、师弥见《癸辛杂志》。余见《宋史》本传及《玉海》卷八十六）此外罕闻。唯《太祖纪》载：建隆元年正月，以犀玉带遍赐宰相、枢密使及诸军列校。此行佐命之赏，未可据为典要。又《梦溪笔谈》（二十二）云："丁晋公从车驾巡幸，礼成，有诏赐辅臣玉带。时辅臣八人行在祗候，库只有七带尚衣有带，谓之比玉，价直（值）数百万，上欲以赐辅臣，以足其数。"《容斋随笔》（四）驳之曰：景德元年，真宗巡幸西京，大中祥符元年巡幸太山，四年幸河中，丁谓皆为行在三司使，未登政府，七年幸亳州，谓始以参知政事从，时辅臣六人，王旦、向敏中为宰相，王钦若、陈尧叟为枢密使，皆在谓上，谓之下尚有枢密副使马知节，即不与此说合，且既为玉带，而又名比玉，尤可笑。洪氏之言如此。案《宋史·真宗纪》大中祥符二年五月癸亥，以封禅庆成，赐宗室辅臣袭衣、金带、器币，不云玉带。《旧闻证误》（四）引某书谓真宗尝遍以玉带赐两府大臣，盖亦袭《笔谈》之误。夫以乘舆御服，大臣所不得赐，宰相、亲王所不敢服，僭侈如蔡京，犹必琢为方团，加以金鱼，而后敢用。何物倡优，乃以此自炫于万人之中。此事诚不可解，盖尝参互而得其说焉。《宋史·舆服志》：太平兴国七年，翰林学士承旨李昉奏，奉诏详定车服制度，请从三品以上服玉带。《旧闻证误》（四）引《庆元令》云："诸带，三品以上得服玉，臣寮在京者，不得施于公服。"盖宋时便服，并无禁令，故东坡曾以玉带施元长老，有诗见集中。（《东坡集》十四）其二曰："此带阅人如传舍，流传到我亦悠哉，锦袍错落真相称，乞与佯狂老万回。"味其诗意，不独东坡可服，了元亦可服矣。《至顺镇江志》（十九）载此事云："公便服入方丈。"又云："师急呼侍者，收公所许玉带。"则为便服束带之证。东坡赠陈季常《临江仙》词云："细马远驮双侍女，青巾玉带红靴。"亦其一证。陈后山《谈丛》(《后山集》十九）亦云："都市大贾赵氏，世居货宝，言玉带有刻文者，皆有疵疾，以蔽映耳，美玉盖不琢也。比岁，杭、扬二州化洛石为假带，色如瑾瑜，然可辨者，以其有光也。"观此，知宋时上下便服通用玉带，故人能辨之，漫至倡优服饰，上僭乘舆，虽云细事，亦可见哲、徽以后政刑之失矣。

曩作《清真先生遗事》，颇辨《贵耳集·浩然斋雅谈》记李师师事之妄。今得李师师金带一事，见于当时公牍，当为实事。案《三朝北盟会编》（三十）："靖康元年正月十五日圣旨，应有官无官，诸色人曾经赐金带，各据前项所赐条数，自陈纳官，如敢隐蔽，许人告犯，重行断遣。后有尚书省指挥云：赵元奴、李师师、王仲端，曾经祗候倡优之家，（中略）曾经赐金带者，并行陈纳，当时名器之滥如是，则玉带排方亦何足为怪。颇疑此词或为师师作矣，然当时制度之紊，实出意外。《老学庵笔记》(一）言："宣和间，亲王、公主及他近属、戚里，入宫辄得金带关子。得者旋填姓名，卖之价五百千。虽卒伍屠酤，自一命以上皆可得。方腊破钱唐时，太守客次有服金腰带者数十人，皆朱勔家奴也。时谚曰：'金腰带，银腰带，赵家天下朱家坏。'然则徽宗南狩时，尽以太宗时紫云楼金带赐蔡攸、童贯等。"（见《铁围山丛谈》六）更不足道。以公服而犹若是，则便服之僭侈，更何待言！国家将亡，必有妖孽，殆谓是欤？